KB177890

그녀, 클로이

marc levy

Dear Woman Reader

Thank you for reading "A Woman like her"
You will travel to one of New York's most
charming neighborhoods, the West Village
Enter at N° 12th fifth Avenue,
take a ride in its antique elevator with
Deepak and meet the amazing tenants
of this crazy building.
They all have hidden stories, secret and happy.
But the most amazing one is Chloe,
she lives with her father on the last floor
and soon Sanji will change her life as she will change his.
There is so much love in this book that I
hope you will fall in love with it too   Truly
                                           Marc levy

한국의 독자들에게

『그녀, 클로이』를 읽어주셔서 감사합니다.

당신은 뉴욕에서 가장 매력적인 지역 중 하나인 웨스트빌리지로 여행하게 될 것입니다.

5번가 12번지로 들어가 디팍과 함께 수동식 엘리베이터를 타고, 이 굉장한 빌딩의 놀라운 주민들을 만나보시기 바랍니다.

그들 모두는 숨겨진 이야기와 비밀들, 희망을 갖고 있는데 그중 가장 놀라운 사람은 클로이입니다. 클로이는 아파트 맨 꼭대기 층에 아버지와 함께 살아가는데, 산지는 머지않아 그녀의 삶을 변화시키고 그녀 또한 그를 변화시킵니다.

사랑이 가득한 이 이야기 속으로 당신도 푹 빠져보시길.

마르크 레비

MARC LEVY

그녀,
클로이
Une fille comme elle

마르크 레비 장편소설
이원희 옮김

작가
정신

오랜 세월 응원해준 당신에게.
매 순간 감동을 주는 내 아이들에게.

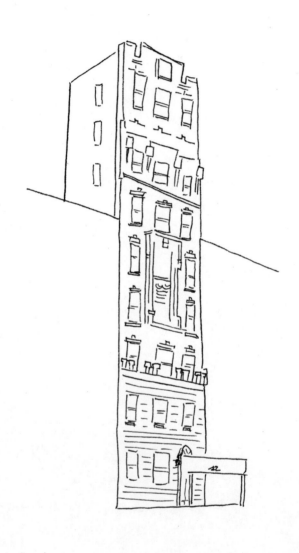

나날의 일기

내 시계가 멈춘 날

먼저, 폭죽 터질 때 같은 냄새가 났다. 그리고 마지막 불꽃 다발이 꺼지는 순간 다시 어둠에 잠겼다.

눈을 어렴풋이 뜨고 아빠의 눈을 본 기억이 있다. 분노와 눈물이 섞여 있었다. 그리고 나란히 서 있는 내 부모의 모습, 그다지 사실 같지 않은 한 폭의 그림에 나는 모르핀 탓이라고 생각했다.

간호사 매기가 내 혈압을 재고 있었다. 나는 저녁마다 그녀의 얼굴을 보면서 잠든다. 이따금 내 미소를 치켜세우는 이들이 있었다. 친구들은 미소가 나의 매력이라고 했다. 매기의 미소와는 비교할수도 없다. 병원 밖에서 매기를 보는 이들은 푸근한 외모만 보겠지만, 그녀를 잘 아는 이들은 그 푸근한 몸매에 비례하는 고운 마음을 안다. 사람들은 이제 날씬하기만 한 나를 보고 아름답다고 말하지 않는다.

줄리어스가 병실 문에 기대고 서 있었는데, 그의 심각한 시선에나는 겁이 났다. 눈치챘는지 그가 표정을 풀었다. 나는 모두의 긴장을 풀어줄 만한 농담을 던지고 싶었다. 가령 내가 경기에서 우승했는지 물어본다거나. 아빠는 분명히 배꼽을 잡고 웃었을 텐데, 아닐

지도 모르지만. 하지만 내 입에서는 어떤 말도 나오지 않았다 — 그
래서 덜컥 겁이 났다. 매기가 나를 안심시켰다. 목구멍에 튜브가 끼
어 있어서 절대 말하면 안 되고, 침도 삼키지 말아야 한다면서. 그
리고 이제 의식을 회복했으니 튜브는 제거될 거라고. 아빠를 웃기
고 싶은 마음이 싹 사라졌다.

클로이

1

늦은 오후, 퇴근 시간이 시작되면서 디팍은 벌써 엘리베이터를 세 번 운행했다. 폭스뉴스 채널의 칼럼니스트인 윌리엄스 씨를 올려다주기 위해 8층까지 왕복했고, 회계사 그룹랫 씨를 2층 사무실에서 로비로 내려주기 위해 또 한 번. 지금은 프랑스인 클레르 부부의 골든리트리버를 태우고 7층으로 올라가고 있다. 미리 나와 있던 가사도우미가 골든리트리버를 인계받으면서 내미는 10달러짜리 지폐 한 장을 받아 로비에서 기다리는 도그워커에게 건네줄 것이다.

디팍은 손목시계를 봤다. 곧 콜린스 부인이 엘리베이터를 호출할 거다. 남편이 죽고 혼자 사는 이 부인은 현관문을 삼중으로 걸어 잠그느라 애먹고 있을 게 틀림없다. 마치 누군가가 디팍을 거치지 않고도 건물에 침입할 수 있다는 듯이. 하지만 5번가 12번지 주민들의 이런 강박증이 디팍의 일상에도 한자리를 차지했기에 디팍은 주민들보다 강박증이 더 심하면 심했지 덜하지 않았다.

디팍은 콜린스 부인을 도와 현관문을 잠가준 다음 부인을 1층에 내려준 뒤 곧바로 2층으로 다시 올라갔다. 엘리베이터 철제 도어 앞에서 기다리던 미스 클로이가 환한 미소로 인사했다. 태어날 때부터 입가에 미소를 머금고 세상에 나온 것이 틀림없다. 그녀는 엘리베이터 안으로 들어오면서 오늘 하루는 어떻게 지냈냐고 물었고, 디팍은 대답했다.

"오르락내리락하면서 보냈지요, 미스 클로이."

엘리베이터를 바닥 높이에 딱 맞게 정차하려면 예술적 기술이 필요하다. 물론 눈 감고도 할 수 있지만, 미스 클로이를 그녀의 2층 사무실에서 9층 아파트로 태워갈 때는 각별히 신경을 썼다.

"오늘 저녁에 외출하나요?" 디팍이 물었다.

전혀 실례되는 질문이 아니다. 미스 클로이가 엘리베이터를 이용해야 할 경우를 대비해 야간 근무를 서는 동료에게 알려주려는 지극히 단순한 이유에서니까.

"아뇨, 따뜻한 물에 목욕하고 일찍 잘 거예요. 아버지 들어오셨어요?"

"들어가보면 알겠죠." 디팍이 대답했다.

디팍에게는 두 가지 종교가 있다. 힌두교와 종교적 신념에 가까운 과묵. 5번가 12번지의 부유층 아파트 건물에서 엘리베이터를 운전해온 39년 동안, 그는 주민 중 누가 들어오고 누가 나갔는지 같은 아주 사소한 일조차 발설한 적이 한 번도 없었다. 아주 가까운 사이에게라도.

*

5번가 12번지는 사무실 두 개가 있는 2층을 제외하고, 각 층에 아파트가 한 채씩 있는 9층짜리 석조 건물이다. 층간 높이를 포함해, 하루에 층당 평균 다섯 차례 왕복한다고 치고 그 거리를 계산하면 디팍이 1년에 이동하는 거리는 594킬로미터다. 엘리베이터 운전을 시작했을 때부터 계산하면 이동 거리는 22,572킬로미터에 이른다. 디팍은 프록코트 안주머니에 소중히 넣고 다니는 작은 수첩에 엘리베이터 수직 여행의 이동 거리를 적어놓는다. 마치 조종사들이 비행 시간과 함께 이동 거리를 기록하듯.

1년 5개월 3주 후면 이동 거리가 23,448킬로미터에 이를 것이고, 그 거리는 정확히 난다데비 높이의 3천 배에 해당한다. 산악인이라면 누구나 정상에 오르는 걸 평생의 꿈이자 위업으로 삼는 난다데비, '축복받은 여신'이란 뜻의 이름을 가진 이 산은 인도 땅에 속하는 히말라야 산맥에서 자타공인 최고봉이다.

5번가 12번지 건물의 엘리베이터는 뉴욕 전체에 53대밖에 남아 있지 않을 정도로 완전히 수동으로만 작동하는 골동품이다. 하지만 이 건물 주민들에게 수동식 엘리베이터는 삶의 지혜가 깃든 흔적이자 추억이다.

역사의 뒤안길로 사라질 위기에 놓인 수동식 엘리베이터 운전 기술을 보유한 디곽에게 막상 그 상황이 닥치면 어떤 기분일까? 서글퍼 할까 아니면 긍지를 가질까?

매일 아침 6시 15분, 디곽은 직원용 출입문으로 5번가 12번지에 들어선다. 계단을 이용해 지하실에 있는 창고 골방으로 향한다. 너무 커서 헐렁한 바지와 색 바랜 스웨터를 벽장에 걸어놓고 흰 셔츠와 플란넬 바지로 갈아입은 뒤, 가슴 부분에 금실로 건물 주소를 수놓은 프록코트를 걸친다. 이어서 머리를 매끈하게 가다듬어 뒤로 넘긴 다음 모자를 쓰고 골방 문짝에 걸린 작은 거울을 힐끔 쳐다보고는 리베라 씨와 교대하러 1층 로비로 올라간다.

이어서 디곽은 30분 동안, 부드러운 헝겊을 들고 엘리베이터 내부의 목재 부분과 구리 핸들에 왁스를 칠하고 광을 낸다. 그의 엘리베이터에 오르는 것은 흡사 오리엔트 특급열차를 타고 짧은 여행을 하는 것 같다. 아니, 엘리베이터 천장의 르네상스 프레스코화를 올려다보고 있노라면 어느 왕의 무덤이 있는 하늘로 올라가는 것 같다.

주민들 입장에서 보면 현대식 엘리베이터 비용이 훨씬 적게 들 것이다. 하지만 오가면서 나누는 인사와 경청해주는 배려를 어떻게 금전적 가치로 환산할 수 있을까? 이웃 간 갈등을 원만하게 해결해주려고 노력하는 사람의 인내심, 다정한 말로 아침을 열어주고, 날씨에 대해 알려주고, 생일을 기억해주고, 여행을 떠날 때는 비어 있는 집에 신경을 써주고, 혼자 밤을 보낼 때는 로비에 자기가 있다며 안심시켜주는 든든함,

그 가치를 무엇으로 평가할 수 있을까? 이쯤 되면 엘리베이터 승무원이란 직업은 거의 성직에 가깝다.

39년 동안, 디팍의 하루는 늘 똑같다. 아침 출근 시간과 저녁 퇴근 시간 사이는 로비 안내데스크를 지킨다. 방문객이 찾아오면, 정문을 잠그고 엘리베이터에 태운다. 소포를 받아주기도 하고, 하루에 두 번씩 로비 입구의 대형 거울과 철문에 낸 창유리를 닦는다. 그리고 오후 6시 15분, 디팍은 리베라 씨에게 왕국을 내어주고 지하실로 내려가 흰 셔츠와 플란넬 바지, 프록코트를 벗어서 걸어놓고 모자를 선반에 내려놓은 다음, 머리를 매끈하게 가다듬어 넘기고 거울을 한번 힐끔 쳐다보고, 지하철로 향한다.

워싱턴스퀘어역은 그리 붐비지 않아서 늘 앉을 자리가 있다. 승객이 많은 34번가역에서는 맨 처음 열차에 오르는 승객에게 자리를 양보한다. 승객이 많이 내리는 42번가역에서 그는 다시 앉아 신문을 펼치고 세상의 뉴스를 읽다가 116번가역에서 내린다. 그리고 집까지 700미터 거리를 걸어간다. 햇살 뜨거운 여름이든, 비 내리는 가을이든, 눈보라치는 겨울이든, 디팍은 매일 아침과 저녁, 이 노선을 오간다.

저녁 7시 30분, 그는 집에 들어가 아내와 저녁을 먹는다. 랄리와 디팍은 39년 동안 이 일상을 딱 한 번 깼었다. 당시 랄리는 스물여섯 살이었다. 앰뷸런스 안에서 디팍은 진통으로 괴로워하는 아내의 손을 잡아주면서 안절부절못하고 있었다. 그들 인생에서 가장 아름다웠어야 하는 날에 일어난 비극에 대해 부부는 그 뒤로 한 번도 입 밖에 낸 적이 없었다.

2주에 한 번씩 목요일마다, 랄리와 디팍은 이스트할렘의 아담한 레스토랑에서 단둘이 외식을 한다.

　디팍은 아내를 사랑하는 만큼이나 이 일상에 애착을 느끼고 있다. 하지만 그날 저녁, 그가 식탁 앞에 앉는 순간 일상이 다시 한 번 깨진다.

2

에어인디아 비행기가 존 피츠제럴드 케네디 공항 활주로에 착륙했다. 산지는 일어나 수하물 칸에서 가방을 꺼내고 비행기에서 첫 번째로 나온 걸 흡족해하며 트랩을 향해 빠르게 걷다가 좁은 통로로 줄달음쳤다. 그는 숨을 헐떡이며 게이트들이 줄지은 입국 심사장에 도착했다. 심사원이 퉁명스러운 어조로 뉴욕에 온 이유를 물었다. 산지는 답사 여행을 왔으며 재정보증인인 고모의 초청장을 제출했다. 심사원은 읽어보려고도 않고 고개를 쳐들더니 산지를 훑어봤다. '피부색이 다른 죄'에 따라 심사실을 거친 뒤 본국으로 강제 출국 조치될 수도 있는 진땀 나는 순간이었다. 심사원이 마침내 여권에 스탬프를 찍고, 미국에서 체류할 수 있는 기간을 기입한 다음 산지를 통과시켰다.

산지는 수하물 컨베이어벨트에서 캐리어를 회수하고, 세

관 검색대를 통과한 다음, 공항 리무진 택시 기사들이 대기하는 랑데부 포인트 쪽으로 걸어갔다. 산지는 그중 한 기사가 들고 있는 피켓에서 자신의 이름을 발견했다. 기사는 산지의 캐리어를 받아 끌면서 차까지 안내했다.

검은색 크라운 리무진이 495번 고속도로를 내달리는 사이 어둠이 내리면서 교통이 원활해졌다. 긴 여행에 지친 산지는 푹신한 뒷좌석에 앉으니 졸음이 오기 시작했다. 저 멀리 맨해튼의 고층 건물들이 윤곽을 드러낼 때쯤 기사가 말을 시켜 잠을 방해했다.

"비즈니스로 오셨어요, 아니면 관광?" 기사가 물었다.

"그 두 가지가 양립될 수 없는 건 아니죠." 산지가 대답했다.

"터널로 갈까요, 다리를 건널까요?"

기사는 맨해튼은 섬이라 목적지에 따라 방향을 선택해야 한다면서도 퀸즈버러 다리에서 바라보는 경관이 좋으니 조금 우회하겠다고 단정적으로 말했다.

"인도에서 오셨어요?"

"뭄바이에서요." 산지가 대답했다.

"그럼 당신도 나처럼 택시 기사가 될지도 모르겠네요. 여기 온 인도인들은 대부분 그렇거든요. 똑똑한 사람들은 우선 옐로캡이나 우버를 몰고, 소수의 선택된 사람들은 이 차 같은 리무진으로 영업하죠."

산지는 글러브박스에 붙은 택시 면허증을 봤다. 기사의 사진 옆에 마리우스 조보냐라는 이름과 면허 번호 8451이 기재되어 있었다.

"폴란드인 의사나 교사 또는 기술자들은 뉴욕에 없습니까?"

마리우스는 턱을 문질렀다.

"내가 알기론 없어요. 아! 내 아내의 물리치료사가 슬로바키아 사람이네요." 머쓱해진 기사는 입을 다물었다.

"아주 희망적인 정보네요, 나는 운전을 싫어하거든요."

기사는 아무 말 없이 운전에 집중했다. 산지는 호주머니에서 휴대폰을 꺼내 메시지를 훑어봤다. 뉴욕에서 체류하는 내내 일정이 빡빡했다. 당장이라도 혈육으로서의 도리를 내려놓는 게 나을 것 같았다. 하지만 사려 깊게도 초청장까지 보내준 고모를 찾아가서 고맙다고 인사하는 것이 도리상 옳았다. 심지어 이제껏 한 번도 만나본 적 없는 조카에 대한 배려였는데.

"여기서 할렘이 멉니까?" 산지가 기사에게 물었다.

"이스트, 웨스트? 할렘은 아주 큰데요."

산지는 편지 봉투를 펴고 주소를 확인했다.

"이스트할렘 118번가 225번지요."

"15분이면 갑니다." 기사가 말했다.

"아, 그럼 거기 먼저 들렀다가 플라자 호텔로 갑시다."

리무진은 이스트강에 이어 할렘강 순환 고속도로를 타고 달리다 70년대풍 붉은 벽돌 건물 앞에서 멈췄다.

"여기가 확실해요?" 기사가 물었다.

"네, 왜요?"

"이스트할렘은 푸에르토리코 지구라서요."

"고모가 아마도 푸에르토리코 출신 인도인인가 보죠." 산지는 냉소적으로 응수했다.

"여기서 기다릴까요?"

"네, 부탁할게요. 오래 걸리지 않을 겁니다."

만약을 위해, 산지는 트렁크에서 캐리어를 꺼내고 건물로 향했다.

*

랄리는 식탁에 냄비를 올려놓고 뚜껑을 열었다. 주방에 맛 있는 냄새가 진동했다. 디팍은 퇴근하고 들어오면서 아내가 평소 입지 않던 사리 차림인 걸 보고 깜짝 놀랐다. 게다가 그 가 제일 좋아하는 요리까지 준비해놓은 것에 또 한 번 놀랐 다. 디너파티를 할 때나 내놓는 요리였다. 양심에 찔리는 게 있나, 가뭄에 콩 나듯 하는 요리를 왜 해주는 거지? 디팍은 얼 른 요리를 접시에 덜어놓고, 지하철에서 읽은 기사를 요약해 얘기하면서 오늘의 뉴스를 논평했다. 랄리는 건성으로 듣고 있었다.

"당신한테 말한다는 걸 깜빡했는데, 실은 뭄바이에서 전화 를 받았어요." 랄리는 남편의 접시에 요리를 좀 더 덜어주면 서 말했다.

"뭄바이에서?" 디팍이 되물었다.

"네, 우리 조카가 전화했어요."

"조카 누구? 우리가 얼굴도 모르는 조카가 족히 스무 명은 될 텐데."

"오빠의 아들."

"아." 디팍은 졸음이 밀려와 하품을 했다. "잘 지내나?"

"오빠는 20년 전에 사망했어요."

"오빠 말고 당신 조카!"

"금방 확인하게 될 거예요."

디팍은 포크를 내려놨다.

"'금방'이라는 게 정확히 무슨 뜻이지?"

"통신 상태가 안 좋긴 했지만……." 랄리는 간략하게 말했다. "조카애가 뉴욕에서 얼마간 머물고 싶다는데 호스트 가정이 필요한 것으로 이해했어요."

"그게 우리랑 무슨 상관인데?"

"여보, 우리가 뭄바이를 떠나온 뒤로 당신이 번창한 인도에 대해 해주는 말만 귀에 못이 박히도록 듣다 보니 이따금 인도가 동굴 벽화처럼 시간 속에 멈춰 있는 느낌이에요. 그런데 이렇게 인도인이 당신에게 온다고 하니 불만은 없겠죠?"

"나에게 오는 인도인이 아니라 당신의 조카지. 그리고 당신이 그 아이에 대해 뭘 아는데? 집에 들여도 되는 아이인지 어떻게 알고? 게다가 우리 집에서 묵을 필요가 있다는 건 무일푼이라는 거잖아."

"미국에 도착했을 때 우리도 그랬어요."

"하지만 우린 일해서 돈을 벌기로 결심했지, 모르는 사람의 집에 무단 입주하진 않았어."

"고작 몇 주일인데 세상 끝나는 거 아니잖아요."

"내 나이에 몇 주는 나에게 남은 전부일지도 몰라!"

"무슨 신파 찍는 것도 아닌데 괴상하게 굴기는……. 아무튼 당신은 온종일 집에 있는 것도 아니니까 상관 마요. 난 조카를 데리고 다니면서 관광시켜줄 생각이니까. 그 기쁨마저 빼앗진 않을 거죠?"

"어디서 재울 건데?"

랄리는 복도 끝을 향해 눈길을 던졌다.

"어림없는 소리!" 디팍이 버럭 소리를 질렀다.

디팍은 냅킨을 내려놓고 거실을 지나 파란 방의 문을 열었다. 30년 전 그가 이 방을 파랗게 칠했었다. 자신이 직접 만든 요람을 뜯어내는 것은 그의 인생에서 가장 고통스러운 일이었다. 그 뒤로는 1년에 딱 한 번만 이 방에 들어와 창가 의자에 앉아 침묵의 기도를 했다.

디팍은 아내가 바꿔놓은 방을 보면서 숨이 턱 막혔다.

랄리는 남편을 뒤에서 끌어안았다.

"젊은 기운이 우리에게 해가 되진 않아요."

"언제 오는데, 그 조카가?" 디팍이 묻는 순간 인터폰이 울렸다.

*

랄리는 조카가 올라오길 기다리면서 사리 매무새를 고치고, 밝은 뿔 빗으로 고정한 쪽 찐 머리를 가다듬었다.

엘리베이터 문을 밀고 나오는 산지는 청바지에 흰 셔츠, 재킷 차림에 세련된 스니커즈를 신고 있었다.

"이런 모습일 줄은 상상도 못 했구나." 랄리는 약간 어색한 어조로 말했다. "네 집이라 생각하고 편히 지내렴."

"설마." 랄리 뒤에서 디팍이 구시렁거렸다. "잠시 체류하는 손님에게 대접할 차는 내가 준비할 테니 당신은 가서 옷이나 갈아입지."

"까탈스러운 저 양반 말은 신경 쓰지 마." 랄리가 얼른 끼어들었다. "지금 내 옷차림 놀리는 거야, 어떤 사람이 우리 집 문을 두드릴지 몰라서 입은 건데. 우리 집안은 아주 보수적이었으니까."

"인도는 많이 변했습니다. 저 기다리셨어요?"

"당연히 기다렸지. 아버지를 많이 닮았구나." 랄리는 조카를 쳐다보면서 한숨 쉬었다. "내가 40년 동안 입 밖에도 내지 않았던 오빠를 다시 보는 것 같아."

"그딴 옛날 얘기로 부담주지 마요, 그렇지 않아도 먼 길 오느라 피곤할 텐데." 디팍이 말을 끊으면서 산지를 주방으로 안내했다.

랄리는 사리를 벗고 바지와 블라우스 차림으로 돌아왔다. 두 남자는 식탁 앞에 자리를 잡고 앉아서 마지못해 이런저런 얘기를 나누고 있었다. 그녀는 비스킷을 내놓으며 조카에게 비행은 괜찮았는지 묻고는 관광시켜줄 곳을 줄줄이 읊었다. 디팍은 말주변이 없는 사람이라서 랄리가 중간중간 두 사람을 위한 얘기로 화제를 돌리려고 애썼다. 산지는 무례해 보이지 않고 자리를 뜰 수 있는 기회를 엿보다 손으로 하품을 막는 시늉을 하는 것으로 디팍의 입에서 이젠 각자 쉬자는 말이 나오게 했다.

"네 방 준비해놨다." 랄리가 말했다.

"제 방이오?" 산지가 놀란 얼굴로 물었다.

그녀는 조카의 팔을 잡고 파란 방으로 데려갔다. 산지는 조심스럽게 방을 훑어봤다.

굵은 줄무늬 벨벳 소파침대에 씌워놓은 오렌지색 시트, 꽃무늬 베개 두 개, 패치워크 방석 하나, 작은 책상으로 사용하라는 듯 소담한 종이꽃 화병이 놓인 콘솔, 랄리의 정성이 엿보였다.

"방이 마음에 들면 좋겠는데, 너를 우리 집에서 지내게 할 수 있어서 행복하구나."

랄리는 커튼을 쳐주고 잘 자라고 말하면서 방을 나갔다.

산지는 시계를 봤다. 저녁 7시 45분. 센트럴파크가 내다보이는 플라자 호텔 주니어 스위트룸을 포기하고 이스트할렘의 6제곱미터 방에서 자야 한다고 생각하자 심란했다. 산지는 고모에게 모욕감을 주지 않고 이 집에서 벗어날 핑곗거리를 궁리했다. 하지만 도리에 발목이 잡힌 산지는 택시 기사에게 전화를 걸어 목멘 소리로 택시 탈 필요가 없어졌다고 알렸다. 소파침대의 엉덩이 밑이 삐걱거렸다. 그는 스위트룸의 킹사이즈 침대가 못내 아쉽기 시작했다.

*

5번가 12번지, 클로이는 250제곱미터의 아파트 문을 열고 들어가 현관 입구에 놓인 조그만 원탁 위에 열쇠를 놓고 복도로 진입했다. 벽면에 사진이 잔뜩 걸린 이 복도는 그녀의 삶을 보여주는 갤러리 그 자체였다. 한때 또래 여고생들을 미치게 만들던 인디애나존스풍의 헤어스타일로 아버지가 서른 살 때 찍은 사진은 언제 봐도 좋지만, 경기 전날 가방 쌀 때는 뿌루퉁해 있던 어머니가 샌프란시스코 마라톤 대회 후에는 활짝 웃는 얼굴로 메달을 걸고 찍은 사진은 쳐다보기도 싫었다. 부모와 그녀, 세 식구가 함께 살던 시절 가족의 일부였던 반려견의 사진 앞에서는 노스텔지어를 느꼈다.

한 줄기 불빛이 서재에서 새어 나오고 있었다. 그녀는 조용히 서재로 들어가 아버지를 유심히 바라봤다. 아버지의 적갈색 머리는 여전히 숱이 많지만 희끗희끗했다. 브론슈타인 교수는 책상 위로 몸을 숙이고 답안지를 채점하고 있었다.

"좋은 하루 보내셨어요?" 클로이가 물었다.

"여드름 난 학생들에게 케인스 경제학을 가르친다는 건 생각보다 보람이 있어. 네 캐스팅은?" 브론슈타인 교수는 눈길도 주지 않고 물었다.

"2차 면접에 오라고 할지는 며칠 지나봐야 알아요. 내가 왜 떨어졌는지 설명해주는 통지서는 아직 못 받았으니까."

"쇼펜하우어와 저녁 먹으러 안 나가니?"

클로이는 아버지를 쳐다보다 문 쪽으로 후진했다.

"딸과 단둘이 레스토랑에서 먹는 건 어때요? 30분이면 준비되는데." 클로이는 서재를 나가기 전에 덧붙였다.

"20분!" 아버지가 소리쳤다.

"욕조에 물 받는 데만 20분은 걸린다고요. 아빠가 그날 배관 수리를 맡겼다면 가능했을 텐데!" 클로이가 외쳤다.

브론슈타인 교수는 서랍을 열고 서류 속에서 찾은 견적서에 적힌 금액을 보고는 한숨을 내쉬었다. 그는 견적서를 제자리에 넣어두고 한참 후 클로이가 방문을 두드릴 때까지 채점에 몰두했다.

"리베라 씨에게 콜 했으니까 서둘러요, 아빠."

브론슈타인 씨는 재킷을 걸치고 딸이 기다리는 현관 앞으로 나갔다. 엘리베이터 철제 도어는 이미 열려 있었고, 클로이가 먼저 들어가고 아버지가 뒤따랐다.

"디팍한테 오늘 저녁은 외출하지 않으신다고 들었는데요." 야간 승무원 리베라가 말했다.

"계획이 바뀌었어요." 클로이는 경쾌한 어조로 대답했다.

리베라가 핸들을 작동했고, 엘리베이터는 내려갔다. 1층에 도착하자 리베라는 철제 도어를 열고 클로이가 나갈 수 있게 비켜섰다.

밖으로 나오자 하늘은 검푸르고, 날씨는 포근했다.

"맞은편 클로데트 레스토랑으로 가자." 브론슈타인 교수가 제안했다.

"그들이 인정을 베푼다고 무한정으로 남용할 순 없어요. 언젠가는 갚아야 할 빚인데."

"무한정이 아니라 한동안 그랬지. 너무 그러지 마라, 식료품점 외상값은 오늘 갚았으니까."

"그냥 미미 레스토랑에 가서 먹어요. 내가 살게요."

"엄마한테 돈 부탁하러 갔었니?" 브론슈타인 씨는 미심쩍은 얼굴로 물었다.

"정확히 말하면 그건 아니에요. 엄마 집에 가서 함께 시간을 보냈지만 가방 싸느라고 바쁘셨거든요. 그 기둥서방이 멕시코 여행에 데려간다면서요. 뭐, 실은 엄마가 데려가는 거겠지만. 아무튼 미안했는지 엄마가 옷이나 사 입으라며 지갑에서 지폐를 몇 장 꺼내줬어요."

"그럼 옷을 샀어야지."

"내가 뭘 입든 엄마 취향은 절대 아니죠. 그러니까 아빠와 내가 프랑스 요리 먹는 걸로 그 돈을 나눠 쓰자는 거예요." 클로이는 큰길을 따라 내려가면서 말했다.

"너무 빨리 가지 마, 나는 걸어가잖니!" 브론슈타인 씨가 소리쳤다. "그리고 로드리고를 그렇게 부르지 마라, 벌써 15년째 같이 사는 커플인데."

"그는 엄마보다 스무 살 연하고, 엄밀히 말해 엄마가 그를 부양하는 거예요."

브론슈타인 부녀는 워싱턴스퀘어 파크를 따라가다 설리반 가로 내려갔다. 브론슈타인 교수가 미미 레스토랑에 들어가자 여주인이 반기면서 큰 소리로 테이블은 준비돼 있다고 말했다. 바에서 대기하는 손님만 열 명 남짓한데…… 단골손님에게 주어지는 특혜였다. 브론슈타인 교수는 장의자에 앉았고, 웨이터가 휠체어 자리를 만들기 위해 맞은편 의자를 빼는 사이, 클로이는 자신을 계속 쳐다보는 한 커플에게 다가갔다.

"카맨 S115 모델인데 한정판이에요. 이 모델을 적극 추천

할게요. 아주 편안하고 쉽게 접히거든요." 이렇게 말하고 클로이는 아버지에게 돌아갔다.

"나는 파리식 뇨키를 먹을 건데, 너는?" 아버지가 얼굴을 찌푸리면서 물었다.

클로이는 양파 수프를 선택하고 포메롤 와인 두 잔을 주문했다.

"둘 중에 누가 바람맞힌 거니?" 아버지가 물었다.

"무슨 말이에요?"

"너 오늘 아침에 늦게 들어올 거라고 말했잖아. 그리고 한참 동안 옷장 뒤지는 소리도 들렸고."

"여자들끼리의 저녁 식사였어요. 하지만 오디션 끝나고 나오니까 너무 피곤해서……."

"클로이?"

"줄리어스가 정신없이 바쁜 것 같아서 내가 선수 친 거뿐이에요."

"일개 철학 교수가 쇼펜하우어라고 불릴 정도면 당연히 부득이한 경우가 있을 테지." 아버지가 꼬집어 말했다.

"화제 바꾸면 안 될까요? 아빠, 제발!"

"네가 상담해주는 그 여자는 어떻게 됐니? 나 똑똑히 기억하고 있다. 동거남에게서 액세서리 취급을 받고 있다던 그 여자 말이다. 불과 얼마 전에 네가 해준 얘기야. 그 남자의 행동은 그 여자가 불행한 원인이면서 역설적이게도 행복의 원천이었다고."

"나는 그렇게 설명하지 않았는데…… 아무튼 내 말은 그녀가 스톡홀름 증후군에 시달리고 있어서 자기 자신을 아주 하찮게 여기고, 그 남자가 주는 사랑을 고맙게 여긴다는 거예요."

"그래서 그 남자와 헤어지고 더 사랑해주는 다른 남자를 찾으라고 했니?"

"내담자의 얘기를 주의 깊게 들어주고, 처해 있는 상황을 자각하도록 도와주는 것, 거기까지가 내 역할이에요."

"그래서 그 여자의 문제를 해결할 방법은 찾았고?"

"네, 연구하고 있어요. 더 까다롭게 구는 사람이 되라고 일깨우면서. 그리고 많은 진전이 있었고요. 그런데 아빠, 나한테 할 말이 있으면 돌려서 말하지 말고 그냥 해요."

"너야말로 다른 여자보다 더 까다롭게 굴어야 해."

"이게 아빠가 화제를 바꾸는 방식이에요? 아빠는 질투하는 아버지 증후군이네요."

"어쩌면 네 말이 맞을지도. 네 엄마가 나를 떠나기 전에 네게 의견을 물어봤으면 좋았겠지만…… 너는 그때 겨우 열세 살이었어." 아버지는 한숨을 내쉬었다. "근데 번듯한 직업을 놔두고 왜 그렇게 열심히 캐스팅을 받으러 다니는 거니?"

"심리치료사 일을 시작한 지 얼마 안 돼서 내담자가 세 명밖에 없어요. 우리의 통장은 비었고."

"생활비는 네가 신경 쓸 일이 아니야. 일이 잘 풀려서 순회 콘퍼런스 계약을 하게 되면 경제적 문제는 해결돼."

"하지만 아빠는 먼 거리를 이동해야 하고, 결국 지치고 말 거예요. 그리고 나는 이제 다시 자립할 때가 됐어요."

"이사하면 돼. 지금 아파트는 우리가 감당하기 벅찬 곳이야. 관리비 자체가 너무 많이 나오잖니."

"두 번이나 수리한 집이잖아요. 코네티컷을 떠나 이사 들어올 때, 내 사고 이후에. 그래서 나는 그 집에서 늙어가는 아빠를 보고 싶어요."

"나는 이미 그 집에서 노년을 보내고 있는 걸까 봐 겁나는데."

"아빠는 이제 쉰일곱이에요. 우리를 관찰하고 있는 사람들이 우리를 커플로 볼 정도로."

"누가?"

"내 등 뒤에 있는 테이블."

"그들이 우리를 쳐다보는 걸 네가 어떻게 알아?"

"내가 느끼니까요."

클로이와 브론슈타인 교수의 저녁은 부녀만의 게임을 하면서 은밀한 즐거움을 나누는 것으로 끝나기 일쑤였다. 말없이 서로를 쳐다보면서 각자, 그들을 훔쳐보는 이들의 몸짓과 표정 또는 고갯짓을 보고 무슨 생각을 하는지 알아맞히는 게임이었다. 주변 테이블의 사람들은 부녀의 게임을 거의 알아채지 못했다. 아주 드문 경우지만 지금은 클로이가 관찰당하는 걸 즐기는 순간이었다. 뒤 테이블의 커플이 쳐다보는 것이 그녀의 휠체어가 아니라 그녀였기 때문에.

EL BARRIO*

3

오간자 꽃무늬 커튼 틈새로 햇살이 새어들기 시작한 이른 새
벽에 산지는 눈을 떴다. 여기가 어디지 하다가 분홍색과 파란
색으로 꾸민 방을 보자 바로 기억이 났다. 그는 베개 밑에 머
리를 파묻고 다시 잠들었다. 몇 시간 후, 머리맡 탁자에 둔 휴
대폰을 집어서 시간을 보고는 침대에서 내려와 후다닥 옷을
갈아입고 헝클어진 머리로 방을 나갔다.

랄리는 주방 식탁 앞에 앉아서 조카를 기다리고 있었다.

"그래서 어디를 가보고 싶니? 메트로폴리탄 미술관 아니
면 구겐하임 미술관? 산책이 나으려나, 차이나타운, 리틀이
탈리아, 놀리타, 소호, 어디가 좋겠니?"

"욕실이 어디예요?" 산지는 어리벙벙한 얼굴로 물었다.

랄리는 실망을 숨기지 않고 명령조로 말했다.

"아침부터 먹어라."

산지는 고모가 발로 밀어준 의자에 순순히 앉았다.

"그러죠. 근데 빨리 나가봐야 해요, 늦어서."

"무슨 일을 하는지 물어봐도 되니?" 고모는 시리얼 사발에 우유를 부어주면서 물었다.

"하이테크 일을 하고 있어요."

"그게 무슨 뜻이니, 하이테크 일을 한다는 게?"

"사람들의 생활을 더 편리하게 하는 신기술을 개발하고 있어요."

"나를 일상에서 벗어나게 해주는 조카가 되어줄 수는 없겠니? 함께 여기저기 거닐면서 내 조국에 대해 얘기해주거나 내가 오랜 세월 입 밖에도 내지 않던 우리 집안의 소식을 들려줄 수는 없겠니?"

산지는 일어나서 자신도 모르게 고모의 이마에 입을 맞췄다.

"약속할게요." 무의식적으로 애정 표현을 해놓고 머쓱해진 산지가 말했다. "가능한 한 빠른 시일 내에. 근데 지금은 진짜 일하러 나가봐야 해요."

"그래, 어서 나가렴. 난 이미 너라는 존재에 익숙해지고 있단다. 혹시 몰라서 말해두는데, 뉴욕에 머무는 동안 내 지붕 밑이 아닌 다른 데서 잘 생각 같은 건 꿈도 꾸지 마. 그러면 나는 정말 화가 날 거야. 감히 집안 어른을 모욕하는 일 따위는 없어야 할 거다!"

잠시 후, 산지는 캐리어를 그대로 두고 집을 나서는 수밖에 없었다.

그는 화창한 봄날의 이스트할렘을 둘러봤다. 알록달록한

진열창, 북적거리는 보도, 붐비는 거리에 울려 퍼지는 클랙슨 합주. 이 혼잡함 속에 릭샤만 빠져 있을 뿐, 마치 푸에르토리코판 뭄바이로 순간 이동을 한 것 같았다. 비행기에 실려 스무 시간을 날아오긴 했지만. 산지는 지하철역으로 내려가기 직전 플라자 호텔에 전화를 걸어 예약을 취소했다. 고모 집에 머물 생각은 전혀 없었는데, 정말이지 결코 예상 못 한 일격이었다.

고모가 떠난 뒤로 인도는 현대화되었지만, 몇 가지 관습, 그중에서도 웃어른에게 공경하는 문화는 여전했다.

*

산지는 약속 시간을 훌쩍 넘겨 4번가역에서 내렸다. 워싱턴스퀘어 파크 철책을 따라가는데 귀에 익은 멜로디가 들렸다. 그는 피리 부는 사나이에게 이끌리는 아이처럼 공원으로 들어갔다. 산책로 중앙에서 한 남자가 트럼펫을 불고 있었다. 미국 보리수, 노르웨이 단풍, 중국 느릅나무, 북방 개오동나무 가지 사이로 날아오르는 트럼펫 선율. 스무 명 남짓한 사람들이 트럼펫 연주자 주위에 모여 있었다. 트럼펫 연주에 홀린 산지는 가까이 가서 한 벤치에 앉았다.

"우리의 곡이 되겠네요, 잊어서는 안 될." 옆에 앉은 젊은 여성이 나직이 말했다.

산지는 흠칫 놀라 고개를 돌렸다.

"살다 보면 어떤 만남의 순간을 뇌리에 각인시켜주는 곡이 있거든요." 그녀는 경쾌한 어조로 말을 이었다.

그녀는 눈부시게 아름다웠다.

"농담이었어요. 당신이 트럼펫 연주에 감동한 나머지 완전히 몰입해 있는 것 같아서."

"아버지가 신들린 듯 클라리넷 연주를 했거든요. 「작은 꽃」은 아버지가 가장 즐기던 곡이었죠. 내 어릴 적의 자장가였고……."

"향수병?"

"아직은 괜찮아요. 여기 온 지 얼마 안 돼서."

"멀리서 왔어요?"

"이스트할렘, 여기서 30분 거리에 있는."

"예상을 넘어서는 답변. 그럼 우리 비긴 거예요." 그녀는 유쾌하게 받아쳤다.

"뭄바이에서 왔어요, 당신은?"

"이 거리 모퉁이에서."

"이 공원에 자주 와요?"

"거의 매일 아침."

"또 보게 되면 반가울 거예요. 나는 이만 가봐야겠어요."

"이름은 있죠?" 그녀가 물었다.

"네."

"반가웠어요, 미스터 '네', 나는 클로이예요."

산지는 미소를 지었고, 그녀에게 손짓으로 인사하며 멀어져갔다.

*

샘이 근무하는 빌딩은 웨스트 4번가와 공원 남쪽을 따라 뻗은 맥두걸가가 교차하는 모퉁이에 위치해 있었다. 산지는 로비 안내데스크에 가서 용건을 말했고, 직원은 잠시 기다리라고 말했다.

"하나도 안 변했네!" 산지는 친구를 보면서 외쳤다.

"너도 그대로야, 시간 안 지키는 것도 여전하고. 플라자 호텔은 모닝콜 서비스 없어?"

"다른 호텔에서 묵었어." 산지는 태연하게 대답했다. "일 시작할까?"

샘과 산지는 15년 전 런던 유학 시절, 옥스퍼드 대학의 벤치에서 만났다. 산지는 정보과학 강의를 듣고 있었고, 샘은 경제학을 공부하고 있었다. 영국이란 나라는 산지보다 샘에게 더 낯선 땅이었다.

인도로 돌아간 뒤, 산지는 회사를 설립했고 계속 번창 중이었다. 샘은 뉴욕에 있는 한 투자금융회사 고객 담당 부서에서 일하고 있었다.

두 유학생이 맺은 우정은 이메일을 통해 정기적으로 소식을 주고받으며 이어졌다. 산지는 새로운 도약을 위해 미국에서 투자받을 생각을 하다가 자연스럽게 샘에게 도움을 청했다. 돈 얘기하는 걸 싫어하는 산지의 성향은 회사 경영자에게 적합한 자질은 아니었다.

그들은 투자자들에게 보낼 서류를 작성하는 데 아침나절

을 보냈다. 사업 계획 자체는 솔깃하지만, 산지의 투자제안서가 미흡하다고 판단한 샘은 계속 살펴보고 있었다.

"네 제안서는 너무 막연해서 논점이 명쾌하질 않아. 우리 회사 임원들이 너를 장기 파트너로 낙점할 만한 확실한 뭔가가 있어야 하는데. 그러니까 너는 응용소프트웨어 개발자일 뿐만 아니라 천재적인 개발자로서 그들에게 인도라는 거대한 시장을 꿈꾸게 만들어야 해."

"나 인도인이에요, 라고 광고하듯 머리에 터번이라도 두르고 'r' 발음을 굴리길 바라는 거야?"

"그 청바지와 구겨진 셔츠 차림보다는 그게 더 어필할 거 같다. 미국에는 소프트웨어 개발자가 수두룩해. 뭄바이 한 지역에서만 소셜네트워크 이용자가 수십만 명이라는 점을 부각시켜서 투자자들을 환장하게 만들어야지."

"그럼 투자제안서를 네가 만들지 그랬어? 무슨 말을 해야 하고 하지 말아야 하는지는 나보다 네가 더 잘 아는 것 같은데."

샘은 친구를 빤히 쳐다봤다. 산지는 인도의 부호 출신이었다. 샘의 부모는 위스콘신주의 평범한 상인들이라 10년 분할 상환으로 학비 대출을 받아 아들을 공부시켰다.

샘으로서는 이 건을 성사시켜야 회사 대표에게 대형 프로젝트를 진행할 능력이 있다는 걸 각인시키고, 어쩌면 협력 파트너 자리를 꿰차 인생을 바꿀 기회를 얻을 수도 있었다.

현실적인 샘은 산지를 질투하기는커녕 그의 능력을 높이 평가하고 있었다. 하지만 투자 유치를 위해 산지 집안의 명성을 이용할 생각도 있었다. 비록 가상할 만한 몇 가지 이유로 산지가 어떤 경우에도 집안을 내세우지 않겠다고 했지만.

"그러니까." 샘이 대꾸했다. "대학에서 구술시험 성적은 내가 너보다 좋았는데."

"힌디어로 하는 시험이었다면 상황이 달랐을 텐데."

"그거야 증명될 때까지는 모르는 일이고. 이제 됐으니까 바람 쐬고 오든가. 네가 돌아오면 제안서 프레젠테이션을 할 테니까 내가 너보다 설득력이 떨어지면 말해!"

"네 활약에 감탄하려면 얼마나 있다가 오면 될까?"

"한 시간, 그 이상은 필요 없어!" 샘이 대꾸했다.

빌딩에서 나온 산지는 워싱턴스퀘어 파크 철책 앞에서 걸음을 멈췄다. 트럼펫 연주자는 사라지고 없었다. 「작은 꽃」의 멜로디도 함께. 그래서 산지는 고모에게 전화를 걸어 점심 식사를 제안했다.

*

랄리는 30분 늦게 워싱턴스퀘어 파크 분수대 앞에 나타났다.

"맛있는 거 먹고 싶은데, 고모가 이 구역 최고의 레스토랑을 추천해주세요. 제가 대접하는 거예요." 산지가 고모를 맞으면서 말했다.

"돈 쓸 필요 없다, 내가 맛있는 거 잔뜩 싸가지고 왔으니까."

고모가 잔디 위에 피크닉매트를 펼치고 라탄 바구니에서 종이 접시와 플라스틱 포크를 꺼내 늘어놓는 사이, 산지는 왜 이렇게 뜻대로 되는 일이 없는지 의문이 들었다.

"이 공원에 너랑 있으니까 기분이 묘하구나." 고모가 말했다.

"왜요? 제 파트너의 사무실이 이 근처에 있거든요."

"내 파트너도 이 근처에서 일하는데."

"고모가 어렸을 때 제 아버지는 어떤 분이셨어요?"

"신중했고, 늘 사람들을 관찰했지. 너랑 좀 비슷해. 아니라고 우기지 마라, 어제저녁 너는 디팍에게서 눈을 떼지 않았어. 하지만 특별한 걸 보진 못했을 거야. 놀라움으로 가득 찬 디팍이라는 사람은 찌푸린 얼굴 뒤에 꽁꽁 숨어 있으니까. 내 남편은 아직도 나를 늘 놀라게 한단다."

"무슨 일 하세요?"

"무슨 심문 같구나, 너에 대해서는 아무것도 얘기 안 해주면서! 운전해."

"택시요?"

"엘리베이터." 랄리는 즐거워했다. "자기보다 훨씬 더 늙은 엘리베이터 안에서 일생을 보내고 있지."

"두 분은 어떻게 만나셨어요?"

"시바지 공원에서. 크리켓 경기 보는 걸 좋아해서 일요일마다 공원에 갔거든. 내가 자유를 느끼는 순간이었지. 내가 사내아이들을 보러 놀이터에 가는 걸 아버지가 아셨다면 호되게 야단치셨을 거야. 디팍은 뛰어난 타자였어. 어느 날부턴가 디팍은 한 소녀가 계단석에 혼자 앉아서 구경하는 걸 알아챘지. 내가 어릴 적에는 예뻤어. 하루는 팽팽한 승부가 이어지고 있는데 디팍이 내 쪽을 쳐다보다 헛스윙을 하는 바람에 모두 깜짝 놀랐지. 디팍은 수비팀 투수들을 아웃시키는 데 탁월한 선수였으니까. 나만 빼고 모두 놀랄 수밖에. 경기가 끝나자 그가 오더니 내가 앉은 자리 바로 두 계단 밑에 앉더라고. 그 바람에 내가 얼마나 놀랐던지. 그러고는 대뜸 이렇게 말했어. 나 때문에 자기가 개망신을 당했으니 사과의 뜻으로 자기를 만나줘야 한다고. 그다음 일요일에 만났는데 이번에는 그 공원을 나와 마힘만을 따라 걷다가, 부두가 내려다보이는 한 사원 자락에 가서 앉았지. 우리는 얘기를 시작했고 시간 가는 줄을 몰랐다. 이제 곧 결혼 생활 40년인데 아직도 아침에 그가 출근하고 나면 금방 그리워. 이따금 공원에 나와 산책을 할 정도라니까. 바로 저기 5번가 12번지에서 일하고 있거든." 고모는 손가락으로 워싱턴스퀘어 파크의 아치 방향을 가리키면서 말했다. "하지만 그는 내가 가서 방해하는 걸 싫어하지. 저놈의 건물이 그의 왕국이란다."

랄리는 입을 다물고 조카를 뚫어져라 쳐다봤다.

"너는 나를 닮았구나, 내 오빠가 아니라. 눈빛에서는 오빠가 보이고."

"그게 어떤 건데요?" 산지가 빈정거리는 투로 물었다.

"자신감과 꿈."

"이제 일하러 가봐야 해요."

"하이테크 사무실로 가는 거니?" 고모가 물었다.

"하이테크는 어떤 장소가 아니라 나의 왕국이에요. 오늘 저녁에 약속이 있으니까 기다리지 마세요. 조용히 들어갈게요."

"그래도 너 들어오는 소리는 들릴 거다. 좋은 시간 보내고, 내일이든 언제든 내가 좋아하는 몇 군데를 함께 관광하자꾸나."

산지는 고모를 지하철역까지 배웅했다. 샘의 사무실로 향하던 산지의 눈길이 5번가 12번지 건물의 정문에서 멈췄다.

*

로비는 건물의 역사, 주민들의 역사, 얼굴만 겨우 아는 정도의 사람들이 이웃이 되는 기이한 역사를 증언한다. 출생, 결혼, 이혼, 사망 같은, 그들 인생의 중요한 순간들이 계단 곳을 따라 퍼지긴 해도 부르주아 건물의 두꺼운 벽은 사생활이 새어 나가게 두지 않는다.

산지가 방금 들어선 로비 벽면의 내장재는 온통 참나무였다. 대형 샹들리에 한 개와 크리스털 벽등 여러 개가 비추는 고급스러운 불빛을 받아 별 문양 대리석 바닥이 반짝이며 그 독창적인 문양이 도드라져 보였다. 안내데스크에는 과거에서 튀어나온 듯 베이클라이트 전화기 한 대가 놓여 있었다. 예전에는 관리인을 호출하는 데 쓰이던 것이지만 이제는 울리지 않는 전화기였다. 그리고 방문객의 이름이 적힌 검은색 노트 한 권이 펼쳐져 있었다. 디팍이 안내데스크 뒤에서 꾸벅꾸벅 졸고 있었다. 정문 닫히는 소리에도 디팍은 미동조차 하지 않았다.

산지가 헛기침을 하자 디팍이 소스라치게 놀랐다.

"어떻게 오셨습니까?" 디팍이 안경을 바로 쓰면서 공손하게 물었다.

정신이 번쩍 든 디팍은 얼굴을 찌푸렸다.

"여긴 무슨 일이니?"

"고모가 아주 멋진 곳이라고 해서 구경하러 왔어요."

"빌딩에 들어간 적 없어? 다라비 빈민가에서 살다 왔니?"

"굉장한 엘리베이터가 있다기에 한번 보고 싶어서……."

"고모가 말해준 모양이구나."

"대단한 엘리베이터인데 숙련된 전문가여야 운전할 수 있다고 들었어요."

"그건 사실이지." 아부에 가까운 발언에 넘어간 디팍이 대답했다.

디팍은 주위를 둘러보면서 아무도 없는지 확인했다. 그러고는 모자를 썼다. 산지는 근사한 제복에 모자까지 착용한 고모부의 모습에서 선장의 풍모를 느꼈다.

"좋아, 이 시간에는 나를 호출할 사람이 없으니까. 따라와, 한 번만 올라갔다 오자. 하지만 조심해야 해, 알겠니?"

산지는 고개를 끄덕였다. 폐점 시간 후에 박물관 관람을 허락받은 느낌이 들었다. 디팍이 접이식 철제 도어를 열고 조카를 엘리베이터 안으로 들어가게 했다. 그러고는 마치 짧은 여행을 시작하기 전 좀 더 엄숙한 분위기를 조성하려는 듯, 핸들을 잡고 잠시 뜸을 들였다.

"잘 들어봐, 소리 하나하나가 중요하니까."

산지는 귀를 기울였다. 뚝뚝 튀는 전기 소리에 이어 부르릉거리는 모터 소리가 나더니 승강로를 따라 엘리베이터가 천천히 올라갔다.

"악기 연주처럼 층간마다 소리가 달라. 나는 눈 감고도 소리를 구분할 수 있지. 소리들이 알려주는 위치와 엘리베이터를 부드럽게 정차하려면 이 핸들을 몇 초만에 내려야 하는지도 알려주마."

엘리베이터가 6층에서 멈췄다. 디팍은 꼼짝도 않고 감탄하는 말이 나오길 기다렸다.

"내려가는 것이 훨씬 까다로워. 우리보다 더 무게가 나가는 균형추 때문에 기술이 필요하거든. 이해하겠니?"

산지는 또다시 고개를 끄덕였다. 엘리베이터가 흔들리는 순간, 디팍의 휴대폰이 울렸다. 그는 핸들을 작동해 엘리베이터를 세웠다.

"고장이에요?" 산지가 물었다.

"말 시키지 마, 생각 좀 하게. 9층에서 호출이라." 디팍은 핸들을 작동하면서 말했다.

엘리베이터가 다시 올라가는데 좀 전보다 속도가 훨씬 빨랐다.

"속도를 조절할 수도 있어요?"

"브론슈타인 씨 집의 호출이 틀림없는데. 이상하네, 이 시간에는 나가지 않는데. 넌 내 뒤에서 아무 말도 하지 말고 가만히 있어. 혹시 너한테 인사하거든 너는 그냥 답례 인사만 하면 돼, 마치 어느 집을 찾아온 손님인 것처럼."

휠체어에 앉은 젊은 여자가 후진으로 들어오기 위해 등을 돌린 채 기다리고 있었다.

"안녕하세요, 미스 클로이." 디팍이 공손하게 인사했다.

"네, 안녕하세요, 디팍, 근데 우리 아침에도 두 번이나 인사했잖아요." 클로이가 후진으로 들어오면서 말했다.

산지는 휠체어 뒤쪽 엘리베이터 벽면에 바짝 붙었다.

"손님 내려드리려고 멈춘 거 아니었어요?" 엘리베이터가 2층을 지날 때 클로이가 물었다.

그 순간 엘리베이터가 1층에 도착했기 때문에 디팍은 굳이 대답할 필요가 없었다. 디팍은 접이식 철제 도어를 열었고 클로이가 나갈 수 있게 도와주려는 산지를 가로막았다. 그리고 로비를 가로질러 뛰어가서 정문을 열어주었다.

"택시 잡아드릴까요?"

"네, 부탁할게요." 클로이가 대답했다.

그러는 사이 일이 연달아 일어났다. 한 배달원이 소포물을 가지고 온 데다 데스크 뒤에서 호출 벨이 세 번 울렸다. 디팍이 배달원에게 잠시 기다리라고 하자 배달원이 짜증스러운 티를 냈다.

"벨이 세 번 울렸으니까 모리슨 씨 호출이네." 디팍이 중얼거렸다. "그래도 택시부터 잡아드릴게요."

"그럼 이 소포물은 어떡해요?" 배달원이 따라 나오면서 물었다.

클로이는 침착하게 무릎에 소포를 올려놓고 우편물 인수증에 사인했다.

"아, 클레르 부부에게 온 소포네요. 뭐가 들어 있을까요?" 클로이가 짓궂은 미소를 지었다.

디팍이 정문 앞에 서 있는 조카에게 간절한 시선을 보냈다. 산지가 클로이 앞으로 가서 소포를 집어 들었다.

"당신이 뜯어보기 전에 내가 데스크에 갖다놔야겠군요." 산지가 말했다.

산지는 소포를 갖다놓고 이내 돌아왔다. 디팍은 길에 서서 택시를 잡으려고 팔을 뻗으며 휘파람을 불었지만 빈 택시 불이 켜진 옐로캡 세 대가 그냥 지나가버렸다.

"나랑 상관없는 일에 끼어들고 싶지 않지만, 벨이 계속 울리는데요." 산지가 알렸다.

"디팍, 모리슨 씨에게 가보세요. 혼자 해결할 수 있어요." 클로이가 말했다.

"택시는 내가 잡아드리죠." 산지는 고모부에게 다가가면서 제안했다.

"아무 택시나 잡으면 안 되고." 디팍이 속삭였다. "슬라이딩 사이드 도어가 있는 택시여야 해."

"알았어요! 모리슨 씨가 누군지 모르지만 그리 인내심 있는 사람 같지 않은데요."

디팍은 머뭇거리다 산지에게 클로이를 맡기고 건물 안으로 뛰어 들어갔다.

"괜찮죠?" 산지가 물었다.

"괜찮지 않을 이유가 있나요?" 클로이가 냉랭하게 대꾸했다.

"그냥, 당신이 뭐라고 중얼거린 것 같아서요."

"더 일찍 나왔어야 했는데, 지각하겠네."

"중요한 약속이에요?"

"네, 아주……. 아니, 그러길 바라죠."

산지는 차도로 뛰어들어서 택시를 세웠는데…… 고모부가

말한 모델이 아니었다.

"애써준 건 고마운데 차에 치일 뻔했잖아요." 클로이가 산지 쪽으로 오면서 내뱉었다. "그리고 까다롭게 굴고 싶진 않지만 이 택시는 타기 힘들 거예요."

"늦은 거 아니에요?"

산지는 서슴없이 허리를 숙이고 클로이를 안아서 택시 뒷좌석에 앉혔다. 그러고는 휠체어를 접어서 트렁크에 넣고 돌아와서 택시 문을 닫았다.

"자, 됐잖아요." 산지는 아주 흡족한 얼굴로 말했다.

클로이가 산지를 빤히 쳐다봤다.

"뭐 하나 물어봐도 될까요?"

"물론이죠." 산지는 차창 쪽으로 몸을 숙이면서 대답했다.

"도착했을 때는 내가 어떻게 하면 될까요?"

산지는 당황했다.

"몇 시 약속이에요?"

"15분 후, 거기까지 가는 데 걸리는 시간이 15분이죠. 차가 많이 막히지만 않는다면."

산지는 손목시계를 보고 나서 택시 뒤를 돌아 반대쪽 문을 열고 클로이 옆에 앉았다.

"갑시다." 산지가 말했다.

"어디로 가요?" 클로이가 불안한 얼굴로 물었다.

"당신이 가는 곳이 어디냐에 달렸죠."

"파크가와 28번가가 만나는 교차로."

"나랑 같은 방향이네요." 산지가 대답하는 순간 택시는 출발했다.

침묵이 흘렀다. 클로이가 차창 쪽으로 고개를 돌렸다. 산지도 자기 쪽 차창으로 고개를 돌렸다.

"그렇게 어색해할 필요 없어요." 마침내 산지가 먼저 침묵을 깼다. "내가 내려드릴 거고······."

"사실은 아까 공원에서 내가 한 농담을 생각하고 있었어요. 나쁘게 받아들이지 않았으면 좋겠어요. 미안해요, 이 큰 도시에서, 그것도 같은 날 우리가 또 마주칠 거라고는 상상도 못 했으니까요. 우리 건물 엘리베이터에는 무슨 일로?"

"올라갔다가 내려왔어요."

"그게 당신이 즐기는 소일거리 중 하나예요?"

"중요한 약속이라는 건 뭔데요? 실례가 안 된다면."

"어떤 배역을 따기 위한 캐스팅. 그러는 당신은 28번가 쪽에 무슨 일로 가는데요?"

"나도 캐스팅이죠, 투자자들을 만나러 가는 거니까."

"금융계에서 일해요?"

"그 배역은 텔레비전, 아니면 영화?"

"인도인들과 우리에게 이런 공통점이 있는지 몰랐네요."

"우리?"

"나는 유대인이에요. 무신론자지만 유대인이죠."

"우리에게 어떤 공통점이 있는데요?"

"질문을 다른 질문으로 대답하는 것."

"인도인과 유대인이라서 그러는 건 아니잖아요?"

"그렇게 대꾸하는 것이 바로 내 말이 맞는다고 인정하는 거라고요!"

택시가 보도를 따라가다 멈췄다.

"제시간에 도착했네요! 우연이 우리에게 다시 만날 기회를 준다면 그때 내 직업을 말해줄게요." 산지는 택시에서 내리면서 말했다.

산지는 트렁크를 열었고, 휠체어를 폈고, 클로이를 앉혔다.

"우리가 왜 다시 만나는데요?"

"배역 꼭 따길 바랄게요." 산지는 택시에 다시 오르기 전에 말했다.

그녀는 교차로에서 유턴해 반대 방향으로 달려가는 택시를 바라봤다.

*

휴대폰이 계속 진동했지만 산지는 받지 않았다. 샘이 사무실에서 발을 동동 구르고 있을 게 틀림없었다.

산지는 지각에 대해 무슨 변명이라도 해야 했지만 얼굴에서 행복한 표정이 떠나지 않았다. 샘은 산지를 차갑게 맞았다. 산지는 친구가 능력을 발휘해 수정한 제안서를 다 듣고 나서 좀 저속한 면이 있다고 생각했지만 상황상 지적할 엄두는 나지 않았다.

결정이 내려졌다. 내일 아침 샘은 VIP 고객 중 한 명에게 투자제안서를 제출하고, 산지는 점잖게 존재감을 드러내는 것으로.

두 사람은 차이나타운에서 점심을 먹었다. 헤어지지 전, 샘은 산지에게 호텔 앞에 내려주겠다고 말했다.

"고맙지만 잠은 이스트할렘에서 잘 거야."

"뭐 때문에 이스트할렘에서 묵는데?" 샘이 물었다.

산지는 오해 때문에 고모 집에서 묵지 않을 수 없게 된 경위를 설명했다.

"초청장은 나한테 부탁하지 그랬어?"

"너한테는 이미 많은 걸 부탁했으니까."

"미쳤어! 플라자 호텔의 안락한 스위트룸, 룸서비스, 침대에서 먹는 아침을 마다하고 낯선 사람들 집에서 묵다니, 그건 용기의 문제가 아니라 희생이야."

"낯선 사람들 아니야." 산지는 택시에 오르면서 말했다.

*

소파침대의 울퉁불퉁한 용수철 때문에 등이 배겼다. 산지는 일어나서 커튼을 젖혔다. 이스트할렘 거리의 경쾌한 소음이 그를 또다시 뭄바이로 데려갔다. 산지는 삶의 작은 신호들을 믿었다. 어쩌다가 얼굴 한 번 본 적도 없는 고모의 집, 푸에르토리코 식료품점이 내다보이는 이 작은 방까지 오게 되었는지 일련의 상황들을 되짚어봤다. 과감한 결단을 내리고 가족들을 떠나버린 고모였다!

아버지가 가족 식사 자리에서 대화 도중 쓰러진 날, 파탄이 일어났다. 간신히 침대에 눕혀놓은 아버지가 임종을 맞는 사이 삼촌들은 벌써 뭄바이 팔레스 호텔의 미래를 두고 언쟁을 벌이고 있었다. 산지는 절대로 삼촌들처럼 살지 않겠다고 다짐했다. 그는 삼촌들이 상속과 호텔 경영에 대한 새로운 역할 분배를 놓고 싸우는 소리를 잠자코 듣고 있다 방을 나와 많은 가르침을 받았으나 함께 시간을 나누진 못했던 아버지의 시신 앞에서 묵념했다. 삼촌들은 어머니 혼자서는 아들을 키울 수 없다고 판단했다. 아들에게는 아버지의 권위가 필요하므로 삼촌들이 조카의 후견인이 되겠다고 결정했다. 이때부터 산지는 가급적 삼촌들을 피하기로 굳게 마음먹었다.

산지는 10대 시절, 기숙학교와 가정교사 수업 등 시간이 없다는 핑계로 삼촌들을 만나지 않았고, 방학을 기다렸다가 어머니를 만나곤 했다. 그러자 삼촌들은 더 멀리 옥스퍼드 대학으로 유학을 보내버렸고, 영국에서 돌아온 뒤로 산지는 삼촌들과 단절했다. 산지는 어느 날 우연히 옛 동창을 만났다. 대화는 자연스럽게 여자 얘기로 이어졌다. 사귀는 정도로 그치는 경우라면 암묵적으로 허용됐지만, 결혼할 사람은 집안에서 결정했다.

산지는 동창과 얘기하다 얻은 아이디어를 가지고 사업을 구상했다. 어느 정도의 가벼움이 용인되는 젊은 시절은 곧 지나갈 것이니 젊음을 최대한 누릴 수 있는 방법이 있어야 한다. 어떻게? 인연을 만날 기회를 기다리지 않고 데이트 기회를 열어주는 애플리케이션을 개발함으로써, 특히 가족 관계나 직업적 관계의 범위 밖으로 영역을 확장해보자는 것이었다. 산지가 구상한 소셜네트워크는 미국인들이 개발한 것보다 훨씬 정밀했다. 프로그램의 첫 버전은 대번에 수천 명을 매료시켰고, 이용자 수는 계속 증가했다. 애플리케이션의 인터페이스를 개선하고 직원을 고용하고 사무실을 임대하려면 투자를 받아야 했고, 더 많은 이용자를 끌어들이려면 널리 알릴 필요가 있었다. 산지가 아버지로부터 물려받은 재산 대부분은 주식이라서 팰레스 호텔의 지분 삼분의 일을 소유한 대주주지만 현금이 없는 상태였다. 산지가 프로그램을 내놓은 지 1년 후 앱 서비스 플랫폼 이용자 수가 10만에 이르렀고, 현재는 백만 명에 육박하고 있으니 기대 이상의 성공이었다.

이 성공은 『데일리 뉴스』에 실린 한 기사 덕분에 널리 알려졌다. 하지만 기자는 인도 사회에 일으킬 문제점도 제기했다. '산지가 개발한 소셜네트워크가 인도 풍속을 급진적으로 변화시키고 있는데 이대로 내버려둬도 되는 것인가?' 이 기사가 주목받으면서 산지와 삼촌들 간에 불화가 일어났다. 아들이 하는 일에 대해 자세히 알지 못하면서도 어머니만은 유일하게 아들의 편을 들어주었다. 산지는 행복했다. 그에게 중요한 것은 어머니의 응원밖에 없었으니까.

어머니가 오랫동안 몸져누워 있던 어느 날, 산지는 어머니 머리맡에 앉아서 앨범을 들춰보다 처음 보는 얼굴을 발견했다. 그는 어머니에게 물어 사진 속 젊은 여인이 아버지의 동생이라는 사실을 알았다. 신분이 낮은 남자와 결혼하기 위해 가족을 등지고 미국으로 떠났기 때문에 한 번도 만날 수 없었던 고모였다. 어머니가 자리를 털고 일어나자 산지는 일에 매진할 수 있었다. 사업 성장을 위해서는 자본이 더 필요했다. 보수 언론으로부터

지탄받는 사업의 성격과 관련된 윤리적 이유 때문에 인도 은행들은 소극적이었다. 따라서 산지는 비자 신청, 생면부지의 고모에게 보내는 편지, 그리고 오해로 인해 이 끔찍한 소파침대에서 잠을 자기에 이른 것이었다.

산지는 커튼을 닫으면서 다음 신호는 어떤 식으로 나타날지 궁금해했다.

"잠이 안 오니?" 고모가 방문을 열면서 물었다. "나도 불면증인데. 이게 병인지 축복인지 모르겠다만 잠을 덜 잘수록 시간적으로는 더 사는 거 아닌가?"

"의사들은 그 반대 의견을 제시하죠."

"배고프니? 뭐 따뜻한 거 먹을래? 나오렴, 고모부 깰까 봐 걱정 안 해도 된다." 랄리는 침실을 힐끔 쳐다보면서 말했다. "지진이 일어나도 모르고 잘 사람이니까."

산지는 주방 식탁 앞에 앉았고, 랄리는 아몬드 케이크 비벤카 한 접시를 들고 와서 반으로 잘랐다.

"너는 불면증이니, 시차 때문이니?"

"둘 다 아니에요. 생각 좀 하고 있었어요."

"무슨 걱정 있니? 돈이 필요해?" 고모가 물었다.

"아니에요, 왜 그런 생각을 하셨어요?"

"네 삼촌들을 잘 아니까. 아버지가 돌아가셨을 때 내 상속분을 강탈했지. 아버지 소유의 낡은 건물들이 큰돈이 되진 않았겠지만, 나한테도 권리가 있는데." 랄리는 핸드백에서 지갑을 꺼내면서 덧붙였다.

"넣어두세요. 혼자 잘 해결하고 있어요."

"아무 도움도 받지 않고 혼자서 다 해낼 수 있다고 생각하는 건 자만심에 젖어 있는 거야."

"고모부는 엘리베이터 안에서 혼자서 잘하시잖아요."

"디팍은 야간 근무를 서는 동료와 교대로 근무해. 그리고 그가 어떤 엉뚱한 생각을 하든지 나는 다 받아주고 있어. 아무 의미가 없는 것일지라도 모든 자유를 허락하지. 하지만 무슨 일이 있어도 잠은 반드시 내 옆에서 자라고 요구한단다."

"두 분이 함께 살기 위해서 인도를 떠난 게 사실이에요?"

"오늘날은 어떤지 모르겠지만, 내가 살던 시절 인도의 젊은이들은 결혼하고 싶은 상대가 있어도 마음대로 결정할 수 없었어. 그런데 나는 굴복하는 성격이 아니었지. 디팍은 나와 신분이 달랐지만 우리는 서로 사랑했고, 어떤 대가를 치르더라도 낡은 폐습이 우리의 미래를 결정하게 두지 않기로 결심했어. 우리가 그 어떤 대가를 과소평가했던 거야. 디팍이 네 할아버지나 삼촌들에게 살해되기 전에 뭄바이에서 도망쳐야 했으니까."

"아버지가 그런 짓에 동조했을 리 없어요."

"네 아빠도 별수 없는 남자였어. 나에게는 정말 엄청난 배신이었지. 그나마 세 오빠 중 유일하게 나와 잘 통하던 오빠였으니까. 네 아빠만은 내 편에 서서 위선에 가득찬 시대착오적인 가풍에 맞서 싸워줄 줄 알았는데 그러지 않았어. 그래도 네 앞에서 이런 말을 하지는 말았어야 했는데. 괜한 말을 했구나, 내가."

밤이 깊었고, 산지와 랄리는 각자 방으로 들어갔지만, 두 사람 다 잠을 이루지 못했다.

*

5번가 12번지, 주민들이 깊은 잠에 빠져 있는 시간, 콜린스 부인은 알람 소리에 잠을 깼다. 6층에 사는 매력적인 노부인은 나이트가운을 걸치고 거실로 나갔다. 그녀는 앵무새 새장에 검정 실크 스카프를 씌어놓고 주방으로 가 뒷문의 걸쇠를 풀고 조금 열어났다. 그러고는 욕실에 들어갔고, 거울 앞에서 살짝 붉게 볼 화장을 하고 목덜미에 향수를 조금 뿌린 뒤 침대로 돌아가서 누웠다. 그리고 잡지를 들춰보면서 기다렸다.

병원을 떠나는 날

처음에는 널빤지를 이용했다. 침대와 휠체어 사이에 널빤지를 걸쳐놓고 미끄러지듯 옮겨 앉았다. 이 방법을 가르쳐준 사람은 매기다. 그녀는 노련한 간호사였고, 자신의 환자가 두려워할 겨를이 없도록 찬찬히 설명해주는 노하우가 있었다. 그녀는 내 팔에 근육이 붙으면 널빤지가 필요 없는 날이 올 거라고 장담했다. 수년간 달리기로 단련시킨 튼튼한 다리가 없어졌으니 이제 어깨와 목덜미부터 근육 운동을 제로에서 다시 시작해야 했다.

어느 날 아침, 멀더 박사가 와서 이제 나를 붙잡아둘 이유가 없다고 말했다. 의사가 퇴원 소식을 전하며 슬픈 얼굴을 하기에, 내가 더 오래 입원해 있길 바라는 건가 생각했다. 나도 의사에게 약간 호감이 있던 데다 매기가 슬그머니 건네준 마지막 옥시코돈 한 알을 받아놨기 때문에 나는 같이 나가자고 제안했다. 멀더 박사는 웃으면서 내 어깨를 토닥이며 내가 자랑스럽다고 말했다. 그러면서 밖에 나를 기다리는 사람들이 있다며 나갈 준비를 하라고 덧붙였다. 어떤 사람들요? 나가 보면 알아요. 멀더 박사가 대답하면서 미소 짓는데 당장 그와 결혼하고 싶을 정도로 멋졌다.

나도 모르게 그 순간, 한 가지 생각밖에 없었다. 할 수 있는 한 멀더 박사의 얼굴과 냄새를 내 안에 각인시키겠다는. 사고 이전과 이후가 명확해지고 있었다. 멀더 박사가 있고 없고는 별개의 문제였다.

나는 아빠가 밀어주는 휠체어에 앉아 복도를 지났다. 간호보조사들, 간호사들, 전화교환수들, 숙직 의사들이 엄지를 치켜세워주었고 내가 지나갈 때는 박수를 치며 퇴원을 축하해주었다. 이런 미친 사람들이 있나. 박수를 쳐주고, 포옹해주고, 생각지도 못한 인간애를 봤다고, 고통을 견뎌낼 힘을 얻었다고 고마움을 표시할 사람은 바로 난데. 놀랄 일은 그뿐만이 아니었다. 병원 로비로 나갔을 때는 정말로 깜짝 놀랐다.

기자들과 카메라맨들, 사방에서 터지는 플래시, 나를 보호해주는 경찰관들 그리고 도시 곳곳에서 온 익명의 사람들 백여 명이 나를 축하해주었다. 이 모든 관심에 감격해서 나는 엉엉 울었다. 차에 오른 뒤, 결승선에 거의 이르렀던 걸 축하하는 것이 아니라 살아남은 걸 축하해주는 것임을 알아차리는 순간 다시 눈물이 흐르기 시작했다.

4

클로이는 캐스팅 오디션을 끝내고 나오면서 매디슨가를 산책하고 싶었다. 근데 왜 드레스나 끈 없는 브래지어 같은 걸 한번도 살 생각을 하지 않았을까, 어머니를 기쁘게 하기 위해서라도, 아니 그보다는 자신을 위해서라도. 클로이는 부티크들이 늘어선 거리를 따라가다 두 곳에 들어갔지만 아무것도 사지 않았다. 봄 향기를 가득 품은 공기가 위안을 주고, 보도는 탁 트여 있었다. 캐스팅이 잘됐으니 굳이 불필요한 지출을 하지 않아도 행복했다. 그녀는 매디슨 파크를 우회했다. 5번가는 북남 방향으로 완만한 경사를 이루고 있어 도움을 받지 않고도 수월하게 집으로 갈 수 있었다.

클로이가 정문 앞에 나타나자 디팍이 뛰어와서 문을 열어주고 엘리베이터까지 데려갔다.

"사무실이오, 집이오?" 디팍이 핸들을 잡으면서 물었다.

"집으로 갈게요."

엘리베이터가 올라갔다.

"캐스팅됐어요, 디팍. 다음 주에 녹음이 시작돼요." 엘리베이터가 2층에 이를 즈음 클로이가 말했다.

"축하합니다. 좋은 역할이에요?" 디팍이 2층에서 물었다.

"무엇보다 내가 좋아하는 책이에요."

"그럼 빨리 그 책을 읽어야겠습니다. 아니 그보다는 방송으로 듣게 되길 기다리겠습니다." 디팍이 4층에 이르렀을 때 말했다.

"아까 엘리베이터에 있던 남자." 클로이가 5층에서 물었다. "그룸랫 씨의 손님이에요?"

"모든 방문객을 기억하지는 못합니다."

침묵 속에서 6층을 지나쳤다.

"클레르 부부에게 온 소포를 받아서 데스크에 갖다놨고, 나를 위해 택시를 잡아준 남잔데요."

디팍은 8층에 이를 때까지 곰곰이 기억을 더듬는 시늉을 했다.

"글쎄요, 특별히 관심을 기울이지 않아서요. 예의 바르게 기꺼이 나를 도와준 남자였다는 것밖에는 기억에 없습니다."

"인도인인 것 같았는데."

9층. 디팍은 엘리베이터를 멈추고 철제 도어를 열었다.

"내 엘리베이터에 오르는 사람들에게 절대로 질문하지 않는 것이 나의 철칙입니다. 출신에 대해서는 더더욱, 그건 예의에 어긋나는 일이니까요."

디팍은 클로이를 내려주고 곧바로 다시 내려갔다.

*

샘은 찜찜한 표정으로 수화기를 내려놨다. 대표는 그가 바쁜지 어떤지 묻지도 않고 호출했다. 이런 호출은 대개 아주 좋지 않은 조짐이다. 샘은 질책받을 일이 뭘까 생각했다. 대표의 비서 제럴드가 유리 칸막이를 톡톡 두드리며 손목시계를 가리키는 바람에 무슨 일인지 감을 잡을 겨를도 없이 샘은 메모장과 연필을 챙겨들고 무거운 걸음으로 복도를 따라갔다.

워드 대표는 통화 중이었다. 대표는 샘에게 앉으라는 손짓을 주기는커녕 아예 의자를 회전시켜 워싱턴스퀘어 파크가 내다보이는 창문 쪽으로 돌아앉았다. 대표는 수화기 너머의 상대에게 거듭 사과하면서 따끔한 주의를 주겠다고 약속했다. 마침내 대표가 수화기를 내려놓고 샘과 마주했다.

"드디어 나타나셨군!" 대표는 감정을 폭발시켰다.

좋지 않은 예감은 왜 틀린 적이 없는지, 샘은 생각했다.

"찾으셨습니까?" 샘이 물었다.

"자네, 정신 나갔나?"

"아닌데요." 샘은 정수리를 만지면서 대답했다.

"유머는 스톱. 자네가 코믹한 사람이라는 거 알지만 오늘은 아니야."

"오늘 무슨 일이 있었습니까?" 샘이 꺼져드는 목소리로 물었다.

"오늘 아침 자네가 우리 VIP 고객에게 소개한 부랑자가 대체 누군가?"

흐트러진 차림새로 미팅 장소에 늦게 나타난 산지의 얼빠진 얼굴이 떠오르면서 퍼즐 조각이 맞춰졌다.

"가치 상승이 기대되는 아주 유망한 투자제안서입니다."

"인도의 데이트사이트? 왜, 방글라데시에 스트립쇼 클럽을 차린다고 하지!"

"대표님이 상상하시는 그런 게 아닙니다." 샘이 우물우물 말했다.

"나는 아무 상상도 하지 않아. 나한테 중요한 건 우리 고객을 이해시키는 것뿐이니까. '친애하는 워드 씨, 내가 당신의 컨설팅회사에 투자하는 것은 지금까진 몇몇 가치관을 공유하고 있다는 확신이 있었기 때문이고, 그중 도덕성은 내가 투자금액 못지않게 중히 여기는 가치관 중 하나인데 어쩌고저쩌고…….' 자네에게 그 설교조의 통화 내용을 일일이 다 말할 필요는 없고, 자네와 관련된 결론만 말하면 '당신의 그 어릿광대를 내가 다시 볼 일은 없다는 거요! 그놈의 서류 보는 데 15분이나 낭비한 걸 생각하면!'이라고 말한 내 고객의 관점을 자네가 제대로 이해했길 바라네."

"더할 나위 없이 명확히 이해했습니다." 샘이 의연하게 대답했다.

"그럼 나가서 일보게!" 대표는 손가락으로 문을 가리키면서 나가라는 표시를 했다.

대표실을 나오다 마주친 제럴드는 대놓고 고소해 죽겠다

는 얼굴을 하고 있었다.

"잘 보이려고 알랑거리다 방금 된통 당한 사람을 내가 한 명 아는데." 제럴드가 깐죽거렸다.

"아주 쫙 빼입었군. 세련돼 보이겠다고 명품 치장이라, 진짜 돈지랄이 뭔지 보여주네."

"나는 세련이 몸에 밴 사람이야." 제럴드가 발끈했다.

"그럼 지금까지는 세련이 꼭꼭 숨어 있었나 보네."

제럴드는 넥타이를 씹어 먹기 일보 직전이었지만, 샘은 비서의 기분 따위에 전혀 아랑곳하지 않았다. 샘은 너무 오랫동안 말 한마디 시원하게 못 하고 참기만 했다. 아침이면 화를 가슴에 품고 출근했다 저녁에는 화를 삼키면서 퇴근했다. 근데 이번에는 아주 진저리가 났다.

샘은 옥스퍼드 대학에서 공부하던 시절 산지가 입버릇처럼 말하던 인도 속담이 떠올랐다. '잔에 물이 넘치지 않을 때를 알아야 한다.'

"그게 진짜 속담이었나, 아니면 어느 책에서 읽은 건가?" 샘이 중얼거리자 제럴드는 뭐라는 거야, 하는 얼굴로 쳐다봤다.

그런데 잔에 담긴 물이 찰랑찰랑 넘치게 생겼으니, 샘은 도박이 아니라 오기 때문에라도 이판사판 부딪쳐보기로 했다. 샘은 길을 막아선 제럴드를 밀치고 다시 대표실로 들어갔다.

"하나만 묻겠습니다. 대표님의 친구가 한 무기 회사에 투자할 때, 또는 선거 다음 날, 세계에서 가장 환경오염을 일으키는 기업 중 하나로 평판이 나 있는 화학제품 컨소시엄에 엄청난 돈을 쏟아부었을 때 그 행동의 도덕적 가치는 문제가 없는 겁니까? 앉으라고 하지 않으셨지만 앉겠습니다."

샘은 황당한 얼굴로 쳐다보는 대표와 마주 보는 의자에 앉았다.

"음양의 이치, 즉 드러나야 할 것과 그 뒤에 감춰야 할 것이 따로 있다, 동전을 던져 앞뒷면에 따라 행동을 결정한다, 이런 말 들어보셨지요? 이제 곧 저의 진의를 이해하시게 될 겁니다. 대표님이 들고 있는 휴대폰은 두 어릿광대가 록히드사의 쓰레기통에 버려진 부품을 수거해 차고에서 시작한 연구로 탄생했다는 건 알고 계시죠? 그렇다면 그 두 사람은 넝마주이입니까, 천재입니까? 대표님이 좀 전에 '부랑자'로 취급해버린 남자에 대해 두세 가지 말씀드리겠습니다. 잘 들어보세요, 호감이 갈 수밖에 없는 이야기를 알고 있거든요. 사실, 산지는 이 회사보다 훨씬 돈이 많은 집안 출신이며 궁전 규모의 대저택에 사는 갑부입니다. 그 친구의 나이 열두 살 때 아버지가 돌아가시자 삼촌들이 후견인이 되었고, 열여덟 살이 되는 날, 삼촌들이 그를 옥스퍼드 대학으로 유학을 보냈는데 거기서 우리가 만났습니다. 공부를 마치고 인도로 돌아간 산지는 두 가지 사실을 알았어요. 하나는 아버지의 유언장 내용이었는데, 복잡한 집안 문제로 산지는 서른 살 이전에는 상속재산을 쓸 수 없다는 것이었죠. 산지가 상속받은 재산이란 뭄바이 도시 한복판에 있는 호텔 단지를 말하는 겁니다. 또 하나는 삼촌들이 청소년 시절의 산지를 그토록 가혹하게 대했던 이유가 자기들이 차지한 팔레스 호텔의 경영에서 산지를 배제하려는 목적 때문이었다는 거죠. 삼촌들은 산지가 성년이 지나서도 후견인을 연장할 작정이었던 건데, 정확히 말해 자기들 뜻대로 산지의 삶을 좌지우지하려는 속셈이었던 거죠. 옥스퍼드 유학을 마치고 인도로 돌아간 산지는 몇 년 더 순종하면서 재산을 쓰게 될 때를 기다릴 수도 있었지만 삼촌들의 뜻을 따르지 않았어요. 산지의 행동은 무모하게 보일 수도 있을 겁니다. 더군다나 무일푼으로 거리에 나앉게 됐는데 그곳이 뭄바이의 거리라면 결코 쉽지 않은 일이지요. 대표님이 산지를 부랑자로 취급한 것은 아주 잘못된 건 아닙니다. 산지는 실제로 노숙자 생활을 한 적이 있으니까요. 하지만 내 친구는 굴하지도 주저앉지도 않았어요. 호전적이며 의연하고 자존심이 강한 산지는 작은 일도 마다 않고 부지런히 일자리를 찾아다녔고, 어엿이 기거할 곳도 마련했죠. 그러면서도 지식에 대한 욕구를 잃은 적이 없는 대단한 친구입니다. 모든 것에 호기심을 가졌고, 어떤 경험도 두려워하지 않았어요. 내가 친구에게서 가장 감탄하는 점이 바로 두려워하지 않는다는 겁니다. 산지는 웨이터로 일하던 바에서 우연히 동창을 만났는데 이 동창이 기발한 이야기를 한 거예요. 산지는 이때 얻은 아이디어를 발전시켜 사업을 시작했는데, 아주 성공적이었죠. 이제 아주 간단한 질문을 드리겠습니다. 히피 스타일의 두 젊은이가 불량 부품들을 만지작거리던 그 차고 앞을 지나쳐버린 이들이 몇이나 될까요? 들어가보기로 결정을 내린 이들은 또 몇이나 될까요? 산지는 뭄바이 팰레스 호텔의 자기 지분을 회수했기 때문에 우리 도움 없이도 자본이 충분하지만, 삼촌들과 대립하지 않으려는 겁니다. 산지는 삼촌들에게 엄청 시달렸는데 만약 내가 그 사분의 일이라도 당했다면 나는 아마 그들에게 손해를 입힐 궁리만 했을 겁니다. 하지만 산지는 그러지 않았어요. 인도에서는 집안 어른들을 존중하는 것이 우선이기 때문이죠. 나는 그 도리 라는 것이 마조히즘을 더욱 악화시키는 것이라고 생각하지 않 을 수가 없습니다. 최근 몇 년 동안 대표님과 저의 관계, 그것과 약간 비슷하다고 볼 수 있을 겁니다. 그럼 이제 솔직하게 말씀 해보세요. 그 차고에 들어가시겠습니까, 지나치시겠습니까? 그 래도 아니라고 생각하신다면 오늘 저녁부터 저는 책상을 비우 겠습니다."

대표는 호기심이 가득한 얼굴로 주의 깊게 샘을 뜯어봤다. 그러고는 다시 창문 쪽으로 의자를 회전시키고 돌아앉았다.

"그 서류를 나한테 보내게. 다시 살펴볼 테니."

"대표님이 그럴 필요는 없습니다. 이건 제 일이고 그래서 저한테 월급을 주시는 건데요."

"직장을 걸고 도박하겠다는 건가? 일이 잘 안 되면 자네는 쫄딱 망하는 건데. 이 회사에서 나가는 건 물론이고."

"그 반대로 일이 잘되면 제가 대표님께 인도 시장의 문을 열어드리는 것이고요. 제가 한 계단 승진 정도로 만족하지 않 으리란 건 아시죠?"

워드 대표는 의자를 반쯤 돌리고 샘의 눈을 뚫어져라 쳐다 봤다.

"내 생각 바뀌기 전에 빨리 나가게."

*

샘은 산지에게 대표와 희망적인 얘기를 나눴다고 전하면서 대화 내용에 대해서는 세세히 말하지 않았다. 워드처럼 영향력 있는 사람이 투자제안서를 채택했다는 건 진일보했다는 거니 산지는 축하를 즐길 자격이 있었다.

"그런데 제발 한 번이라도 제시간에 그리고 제대로 갖춰 입은 차림으로 올 순 없겠어?" 샘이 간청하듯 말했다.

"10분인데, 그렇게 많이 늦은 것도 아니잖아."

"어제는 두 시간 늦었잖아!"

"아, 그랬지. 하지만 어제는 그럴 만한 이유가 있었어. 아주 중요한 약속이 있는 여자를 데려다주느라고 길을 좀 돌아서 와야 했거든."

"아, 우리 약속은 중요하지 않은 거였구나! 그 여자가 누군데, 내가 아는 여자야?"

"아니, 나도 모르는 여자야."

샘은 어이없다는 얼굴로 산지를 쳐다봤다.

"너 많이 아픈 거 확실하네!"

"네가 그 여자를 봤다면 그런 말 못 할 거야." 산지가 대꾸했다.

"그 여자가 어떤데?" 샘이 소리쳤다.

산지는 대답 없이 멀어져갔다.

고모부가 일하는 건물 앞을 지나가던 산지는 9층 창문을 올려다보면서 그녀가 배역을 받았는지 궁금해했다. 산지는 그녀가 캐스팅되었기를 바라면서 계속 걷다가 유니언스퀘어를 지날 때 귀를 먹먹하게 하는 클랙슨 소리에 질려서 택시 타기를 포기하고 지하철역으로 내려갔다.

산지는 이스트할렘역에서 내렸다. 이 지역은 대형 석조 건물도, 인도를 따라 포치가 있는 건물도, 제복 차림의 도어맨은 더더욱 없었다. 붉은색과 흰색의 소박한 벽돌 건물들과 서민주택 단지가 어우러져 있었다. 냄새며 색깔, 흠집이 난 벽면, 갈라진 아스팔트, 길에 널린 쓰레기, 귓가에 들려오는 여러 국가의 언어들, 이 잡다한 풍경은 그가 어릴 적 뛰놀던 거리와 비슷해 훨씬 친숙하게 느껴졌다.

집에 들어가니 고모가 거실 소파에 앉아서 수를 놓고 있었다. 고모는 안경이 콧등으로 미끄러지지 않도록 한번씩 얼굴을 찡긋거렸고, 고모부는 식탁에 식기를 놓고 있었다.

"같이 저녁 먹을래?" 디팍이 인사를 대신해 물었다.

"제가 두 분을 레스토랑으로 모시면 안 될까요?"

"오늘 목요일 아닌데." 디팍이 대답했다.

"아주 좋은 생각이구나." 랄리가 끼어들었다. "어디로 갈까, 옷 갈아입어야 하나?" 그녀는 남편에게 시선을 보내면서 덧붙였다.

"미국 음식을 먹어보고 싶은데요." 산지가 의견을 제시했다.

디팍은 길게 한숨을 내쉬고는 식기를 수납장에 도로 넣었다. 그는 현관 입구 옷걸이에서 벗긴 코트를 팔에 걸치고 기다렸다. 랄리는 수예품을 치우고 조카에게 윙크를 날렸다.

"여기서 세 블록만 가면 된다." 디팍이 현관문을 열면서 말했다.

사거리에서, 랄리는 신호등이 초록불로 바뀌자 길을 건넜다. 디팍은 뒤따라 건너면서 조카의 옷깃을 잡았다.

"미스 클로이와는 별일 없었지?"

"택시 잡아줬는데, 왜요?"

"그냥, 그녀가 너에 대해 몇 가지 묻길래."

"뭘 물어봤는데요?"

"신경 쓸 필요 없다."

"어떻게 그래요, 나에 대해 물었다는데?"

"내 엘리베이터는 고해실이고, 나는 직업상 비밀 유지의 의무를 지키고 있으니까."

신호등이 빨간불로 바뀌는 순간 보도에 다다른 디팍은 아무 일도 없었다는 듯 계속 걸었다. 얼마 후, 카마라다스 레스토랑의 알록달록한 진열창 앞에서 걸음을 멈췄다.

"이 동네에서 진짜 푸에르토리코 음식을 먹을 수 있는 곳이지." 디팍은 레스토랑 문을 밀고 들어가면서 말했다.

*

5번가 12번지, 리베라 씨는 데스크 밑에 라디오를 내려놓고 전원 플러그를 꽂았다. 그러고는 하키 경기를 중계하는 방송국에 주파수를 맞추고 탐정소설을 읽는 데 열중했다. 밤은 그의 시간이었다.

브론슈타인 부녀는 오래전에 귀가했다.

8층 주민 윌리엄스 부부는 두 요리사에게 저녁 식사를 배달시켰다. 하나는 서재에서 칼럼을 쓰는 윌리엄스 씨를 위한 중국 요리고, 또 하나는 자신의 서재에서 삽화를 그리는 윌리엄스 부인을 위한 이탈리아 요리였다. 리베라 씨는 외국인을 혐오하는 부부가 외국 음식까지 거부하지는 않는 모양이라고 생각했다.

클레르 부부는 거실에서 텔레비전을 보고 있었다. 엘리베이터가 7층을 지나는 순간 텔레비전 볼륨이 크게 들리면 영락없이 부부가 사랑을 나누고 있는 것이었다.

3층 주민 하야카와 부부는 봄이 되면서 카멜에 있는 별장으로 떠났으니 가을에나 돌아올 것이다.

4층 주민 모리슨 씨는 매일 저녁 오페라하우스나 극장에서 시간을 보내다 르 빌모케 레스토랑에서 저녁을 먹기 때문에 늘 그렇듯 밤 11시경 술에 떡이 되어서 돌아올 거다.

젤도프 부부는 저녁 예배를 보러 교회에 갈 때를 제외하고는 외출하는 일이 없었다. 부인이 모르몬교도의 생활에 관한 책을 큰 소리로 읽으면 남편은 따분해하면서도 경건하게 들었다.

회계사 그룸랫 씨는 사무실을 나간 지 한참 되었다. 2층의 두 사무실을 쓰는 사람들은 근무 시간이 달라서 서로 마주치는 일이 거의 없었다. 회계사가 저녁 늦게까지 일하는 4월의 첫째, 둘째 주를 제외하고는. 그룸랫 씨는 걸핏하면 과시하듯 말했다. 한창 잘나갈 때는 고객들이 15일 전에 세무신고서를 보내왔으며, 연말연시 선물을 하는 12월에도 눈코 뜰 새 없이 바빴다고.

밤 11시, 탐정소설의 줄거리를 파악한 리베라 씨는 책을 덮었고, 술에 취한 모리슨 씨를 부축해서 엘리베이터에 태웠다. 주정뱅이를 집 안까지 데려가는 건 보통 일이 아니었다. 리베라 씨는 모리슨 씨를 침대에 눕히고 구두를 벗겨준 다음 로비로 내려갔다.

자정, 리베라 씨는 정문을 잠갔고, 주민의 호출이 있으면 언제든 움직이기 위해 직원용 휴대폰을 호주머니에 집어넣은 다음, 계단을 이용해 올라갔다. 그는 숨을 헐떡이며 6층에 도착했고, 이마의 땀을 닦은 다음 살짝 열려 있는 뒷문을 조심스럽게 밀고 들어갔다.

콜린스 부인은 보르도산 와인 한 잔을 손에 든 채로 주방에서 그를 기다리고 있었다.

"배고파요?" 그녀가 물었다. "저녁 먹을 시간이 없었을 거 같은데."

"집을 나서기 전에 샌드위치 하나 먹었으니까 물 한 잔만 주면 고맙겠어요."

콜린스 부인은 큰 컵에 물을 따라주고 리베라의 무릎에 앉아서 어깨에 머리를 기댔다.

"침대로 가요." 그녀가 속삭였다. "당신을 기다리는 하루는 왜 이렇게 긴지."

리베라 씨는 옷을 벗으러 욕실에 들어갔다. 세면대의 대리석 선반 위에 세탁해서 다려놓은 새 잠옷이 놓여 있었다. 그는 잠옷으로 갈아입고 콜린스 부인의 침대로 들어갔다.

"이거 근사한데, 당신 잠옷은 아닌 것 같고."

"바니스 백화점에 갔다가, 당신에게 잘 어울릴 거 같아서."

"내 몸에 딱 맞춘 것 같네요." 리베라 씨는 바지가 잘 맞는 것에 감탄하면서 대답했다.

그는 이불 속으로 들어갔고, 알람이 새벽 5시에 맞춰져 있는지 확인하고서 머리맡 램프를 껐다.

"그녀는 좀 어때요?" 콜린스 부인이 속삭였다.

"평온하고 기분도 괜찮은 편이고, 의료진이 또다시 약의 복용량을 조정했어요. 복도를 시원하게 칠해놓은 페인트공과 나를 착각하고는 나한테 잘했다고 칭찬도 했고요. 파란색을 좋아하던 건 아직 기억하는 모양이에요."

"읽고 있던 탐정소설, 범인 찾았어요?"

"간호사 아니면 침실 하녀, 어쩌면 두 여자가 공범일지도 모르고요. 내일은 알게 되겠죠."

리베라 씨는 콜린스 부인에게 몸을 바짝 붙이고 잠들었다.

*

클로이는 두 다리의 유령 때문에 이따금 한밤중에 잠을 깼다. 이날 밤은 통증 때문에 깨어 있는 것이 아니었다. 그녀는 침대에 앉아 작품을 해석하다가 대화 부분에서 작중인물들의 생각과 어울리는 몸짓과 표정을 연기해보고 있었다.

그녀는 챕터의 첫 부분으로 돌아가서 앤턴의 목소리를 흉내 내기 위해 한껏 저음을 내보았다. 작품 속의 젊은 마부는 이제 좋아하는 젊은 여자의 마음을 사려고 애를 쓸 거다. 클로이는 구애하는 수탉처럼 가슴을 내밀어봤다. 젊은 여자가 말에 오르고 내달리려는 순간, 클로이는 책을 덮었다. 그러고는 이불을 밀어내고 휠체어로 옮겨 앉은 다음, 창가로 갔다. 그녀는 밝아오는 여명에 붉게 물드는 거리를 지켜봤다. 개를 데리고 산책하는 남자, 바쁜 걸음으로 그 옆을 지나쳐가는 여자, 파티 복장으로 택시에서 내리는 커플.

클로이는 한숨을 내쉬면서 커튼을 닫았다. 그녀의 시선이 책에 머물렀다. 그녀는 다른 방식으로라도 배우라는 직업을 애써 지속하려는 얼굴 없는 배우였다.

차를 준비하기 위해 주방으로 갔다.

주전자에서 물 끓는 소리가 날 때 계단에서 쿵 하는 소리에 이어 외마디 비명이 울렸다. 클로이의 손이 닿기에는 뒷문 걸쇠가 너무 높이 있었다. 힘껏 팔을 뻗어봤지만 닿지 않자 뺨을 문에 바짝 대고 귀를 기울였다. 신음 소리가 들리다 잠잠해졌다.

그녀는 휠체어를 후진시키다 민첩하게 반회전하여 가스레인지를 껐고, 복도로 나가서 아버지의 방문을 두드렸다. 벌떡 일어난 브론슈타인 씨가 헝클어진 머리로 클로이 앞에 나타났다.

"무슨 일이니?" 아버지가 물었다.

"따라오세요, 빨리요!"

클로이는 아버지를 주방으로 이끌면서 방금 계단 곬로 누군가가 떨어지는 소리가 들렸다고 말했다.

브론슈타인 씨는 계단을 뛰어 내려갔다. 네 층을 내려간 뒤, 그가 딸에게 911에 신고하라고 소리쳤다.

"무슨 일인데요?" 클로이는 외치면서 직접 가보지 못하는 자신의 신세에 화가 났다.

"시간 없으니까 나는 내려가서 문을 열어놓으마!"

클로이는 방으로 돌아가서 휴대폰을 집어 들고 911을 눌렀다. 그러고는 창문 앞으로 가서 커튼을 활짝 젖혔다.

아버지는 정문 앞 보도에서 기다리고 있었다. 그때 사이렌을 울리면서 앰뷸런스가 나타나 건물 앞에서 멈췄다. 구급대원 두 명이 직원용 출입문으로 들어갔고, 브론슈타인 씨가 뒤따라갔다.

클로이는 창가와 침실, 주방을 계속 왔다 갔다 했다.

구급대원들이 다시 나왔고, 앰뷸런스 뒤칸에 들것을 실었다. 들것에는 얼굴에 산소마스크를 씌운 남자가 누워 있었다.

클로이는 현관 앞에서 아버지를 기다렸다. 아버지가 복도 끝에 나타났다.

"엘리베이터를 이용할 수가 없어서." 그는 숨을 헐떡이며 말했다. "리베라 씨가 많이 다쳤어."

그들이 붕대를 갈아준 날

　멀더 박사가 나에게 절단 부위를 보겠냐고 물으면서 불구가 된 경우 다친 부위를 보겠다는 환자와 안 보겠다는 환자가 있다고 설명했는데, 나는 어쩐지 나만 유일하게 보겠다고 하는 것일지도 모른다는 생각이 들었다.

　내가 무엇을 잃었는진 알았지만 부상의 정도는 모르고 있었다. 종아리가 붙어 있던 자리의 피부가 흉측해 보였다. 나는 그대로 얼어붙었다. 줄리어스는 복도로 나가버렸다. 매기가 내 이마 위의 습포를 갈아주었고, 아빠도 줄리어스를 따라 병실을 나갔다. 아마도 여자들끼리 있게 하려는 것이거나 나에게 눈물을 보이고 싶지 않아서였을 것이다.

　매기가 말했다. 당분간은 옥시코돈, 딜라우디드, 펜타닐 같은 진통제가 나의 절친이 되겠지만, 며칠만 복용하면 될 거라고, 어떤 경우에도 약에 너무 의존하지 말아야 한다고. 나는 나를 보살펴주는 이들의 착한 마음씨에 매료되었다. 매기는 나를 '꼬마 꿀벌'이라고 불렀는데 내 무릎 피부 상태가 벌집을 연상시켰기 때문은 아닐까. 의사는 붕대를 풀 때마다 나에게 아프냐고 물었다. 솔직히 그들의 인간미에 나는 큰 위안을 받았다. 두 사람과 함께 집에 갈 수 있다면…… 하지만 집으로 갈 날은 아직 멀었다.

　나는 매기의 손을 잡고 있었다. 실은 아주 으스러져라 꽉 잡고 있었다. 매기는 나에게 힘든 시간을 썩썩하게 이겨냈다면서 대단하다고 거듭 말했다. 이윽고 멀더 박사가 마지막 붕대를 풀었을 때 통증이 심해서 나는 아침 먹은 걸 토했다. 매기는 토사물을 받아낸 통을 병실에 다시 들어와 있던 줄리어스에게 건넸다. 로맨틱과는 거리가 멀어도 한참 먼 굴욕적인 순간이었다. 그다음은 아무것도 기억나지 않는다. 매기는 내게 잘 견뎌냈다면서 멀더 박사의 처방을 기다리지 않고 내게 약을 먹였다. 그녀는 내 팔에 꽂아놓은 링거 줄에 주사약을 추가했고 나는 깊은 잠에 빠졌다.

내가 다시 눈을 떴을 때 줄리어스는 여전히 곁에 있었다. 내가 얼마나 잤는지 물었다. 마치 그게 중요하다는 듯. 사실 내게 중요한 것은 줄리어스가 내 곁에 얼마나 있었는지였는데. 줄리어스가 나를 가만히 쳐다보다가 그답지 않게 조심스러운 말투로 머리를 감는 게 좋겠다고 말했다. 그러고는 그가 울먹거려서 나는 달래주었다. 그는 계속해서 너무 미안하다고 했다. 뭐가 미안해? 나는 그에게 미안해하지 말라고, 그의 잘못이 아니라고 말했다. 하지만 그는 말했다. 일을 핑계 삼지 말고 함께 가기로 했던 이탈리아 여행을 떠났더라면 아무 일도 일어나지 않았을 거라고. 나는 대꾸했다. 이탈리아인들은 운전이 거칠다는데 내가 차에 치이는 사고를 당했을 수도 있다, 그때도 자책했을 거냐고. 자책한다고 뭐가 달라지느냐고, 나를 대신해 달렸을 거냐고…….

가까운 사람에게 무슨 큰일이 일어나면 왜 죄책감을 느껴야 한다고 생각하는 걸까? 결코 똑같지 않은 삶을 각자 살다가 맞이하는 죽음도 각자 다 다른 것인데. 사고 전과 사고 후. 사고 후를 생각하면서 나는 줄리어스를 뚫어져라 쳐다보다 자책할 필요 없다고 말했다. 그는 머리 감는 것에 동의하는 것이냐, 매기의 감독 하에 자기가 내 머리 감겨주는 걸 허락하는 거냐고 물었다. 내 머리에 '14시 50분'의 냄새가 배어 있는 모양이다. 내게 일어난 일을 뭐라고 불

러야 할지 모르겠다. 그래서 나는 내 시계가 멈춘 14시 50분……,
그 순간을 '14시 50분'이라고 명명했다.

5

6시 15분, 디팍은 직원용 출입문으로 들어갔고, 지하실로 내려가 제복으로 갈아입고 1층으로 올라갔다. 여느 때와 똑같은 일상을 시작하려는데 오늘 아침은 뭔가 달랐다. 이른 아침인데도 로비가 열기로 가득 차 있고 클레르 부부, 윌리엄스 부부, 젤도프 부부가 브론슈타인 씨와 얘기를 나누고 있었다. 모리슨 씨는 벽에 기댄 채 졸고 있었고, 콜린스 부인은 몹시 불안한 모습으로 서성거리고 있었다. 미스 클로이만 보이지 않았다. 디팍은 뭔가 심상치 않은 분위기에 선뜻 무슨 일인지 묻지 못하다가 현실적인 의문이 들기 시작했다. 주민들이 왜 로비에 모여 있는 거지? 리베라가 자리를 비우고 호출에 응답하지 않았나?

디팍을 제일 먼저 발견한 브론슈타인 씨가 초췌한 얼굴로 다가왔다.

"디팍 씨, 유감스럽게도 사고가 있었어요. 리베라 씨가 계단에서 떨어졌어요."

"대체 계단에서 뭘 한 거야, 새벽 5시에?" 윌리엄스 씨가 외쳤다.

"지금은 그게 중요한 게 아니죠, 우리가 걱정해야 하는 건 그의 상태예요." 얇은 옷차림으로 나온 클레르 부인이 응수했다.

"구급대원들은 뭐래요?" 윌리엄스 부인이 남편을 도와주려고 끼어들었다.

"오른쪽 다리가 골절됐지만 피를 흘리지 않아서 다행이라고, 쓰러져 있었지만 의식은 있다고. 나도 말을 걸었는데 정신을 잃지는 않았어요." 브론슈타인 교수가 말했다.

"신께서 지켜주시길 기도합시다." 젤도프 씨는 클레르 부인의 아슬아슬한 차림새를 힐끔거리면서 말했다.

"병원에 도착하는 대로 엑스레이 찍어보겠죠." 젤도프 씨의 아내가 남편의 정강이를 발로 차면서 덧붙였다.

"어느 병원입니까?" 디팍이 덤덤하게 물었다.

"내 친구가 의사로 근무하는 베스 병원으로 데려가달라고 부탁했어요." 브론슈타인 교수가 대답했다.

"알겠습니다, 여러분 모두 빨리 집으로 들어가고 싶겠지만, 엘리베이터를 두 번 왕복해야 하니까 순서를 정합시다." 디팍은 폭풍우를 만난 배의 선장처럼 말했다.

디팍은 젤도프 부부와 서서 졸고 있는 모리슨 씨, 마지막으로 콜린스 부인을 호명하면서 둘러봤다. 콜린스 부인은 안내 데스크 뒤에서 뭔가를 찾고 있었다. 그녀는 서랍을 열었다가 이내 도로 닫고 몸을 숙였다.

"뭘 찾으시는지, 도와드릴까요?" 디팍이 속삭였다.

콜린스 부인은 마침내 찾던 것을 발견했다. 그녀가 일어나서 문고판 책 한 권을 건네주자 디팍은 슬그머니 호주머니에 집어넣었다.

"절 믿으셔도 됩니다." 디팍은 짤막하게 말했다. "지금 엘리베이터 타러 가실 거면 모리슨 씨 깨워서 가주시면 정말 고맙겠습니다."

100미터를 수직으로 왕복 운행한 지 몇 분 뒤, 디팍은 마침내 엘리베이터 안에서 혼자가 되었다. 그는 보조의자의 키를 낮추고 앉아서 두 손으로 머리를 감쌌다. 오늘 저녁은 늦을 거라고 아내에게 알려야 한다. 퇴근하고 온 주민들이 집에 들어가려면 연장 근무를 해야 할 것이고, 그다음에는 병원으로 달려갈 거다. 그럼 야간 근무는 누가 하지? 그가 퇴근한 뒤 주민들이 계단을 이용하면서 얼마 동안이나 버틸 수 있을까? 지금으로서는 답이 없었다. 불길한 예감이 엄습했다.

*

일상이 거의 정상적인 흐름으로 재개되었다. 디팍은 여느 때와 다름없는 일과를 시작했다. 클레르 부부의 가사도우미를 태우고 올라갔다가 골든리트리버를 데리고 내려와 도그워커에게 인계했다. 9시, 그룸랫 씨가 로비에 도착했다.

"오늘 아침은 표정이 별로네요." 회계사가 사무실로 향하면서 말했다.

다행히 그의 사무실이 2층에 있어서 디팍은 대답할 필요가 없었다.

10시, 윌리엄스 씨가 호출 벨을 울렸다. 디팍이 8층으로 올라가고 있을 때 이번에는 젤도프 씨가 벨을 울렸다. 내려가려는 주민들은 올라가는 중인 엘리베이터에 타는 걸 싫어하기 때문에 디팍은 윌리엄스 씨를 태우고 내려가는 길에 젤도프 씨를 태웠다. 젤도프 씨와 윌리엄스 씨가 또다시 인사했다.

"대체 새벽 5시에 계단에서 뭘 한 걸까요?" 뭔가 미심쩍은 일이 있다 싶으면 절대 그냥 넘어가는 법이 없는 폭스뉴스의 칼럼니스트가 구시렁거렸다.

"나야 전혀 모르죠." 7층의 프랑스인 부부를 제외하고는 좀처럼 주민들과 말을 섞지 않는 젤도프 씨가 한숨을 내쉬었다.

디팍은 두 남자의 시선이 자신의 어깨, 아니 모자에 쏠리는 걸 느꼈다. 그는 입을 꾹 다물고 있다가 철제 도어를 열어주면서 좋은 하루 보내라는 인사만 건넸다. 두 남자는 건물을 나서서 헤어졌다.

잠시 후, 늘 함께 외출하는 클레르 부부가 호출 벨을 울렸다.

윌리엄스 부인은 재택근무를 하고, 젤도프 부인은 전업주부고, 콜린스 부인은 오전에 외출하는 일이 없고, 모리슨 씨는 술이 깰 때까지 자다가 오후 3시가 넘어야 나가고, 클레르 부부의 도우미는 정오가 되기 전에 청소를 끝내고 점심시간에 장을 보러 나간다. 이때부터 디팍은 짬이 났다.

디팍은 데스크 뒤에 앉아 서랍에서 오래된 전화번호부를

꺼내 들춰보고서 병원에 전화를 걸었다.

　이날 아침은 진짜 여느 날과 달랐다. 디팍이 언제였는지 기억하지 못할 정도로 아주 오랫동안 없었던 일이 일어났다. 베이클라이트 전화기가 따르릉거렸다. 디팍은 의아한 얼굴로 전화기를 쳐다보다 마침내 수화기를 들었다.

　"그에 대한 소식 있어요?" 콜린스 부인이 떨리는 목소리로 물었다.

　"병원에 전화해봤는데 리베라는 아직 수술실에 있고 위험한 상태는 아니랍니다."

　전화기 너머에서 안도의 숨을 내쉬는 소리가 들렸다.

　"나도 부인과 같은 생각이에요." 디팍이 말했다. "나중에 이 전화로 다시 연락주세요, 2시 반에서 3시 사이가 좀 한가합니다." 디팍은 수화기를 내려놓기 전에 속삭였다.

　휴대폰이 진동해서 보니 미스 클로이의 호출이었다. 엘리베이터를 설치할 당시엔 아무도 휠체어 사용자를 고려하지 않았다. 그녀의 손이 닿기에는 호출 버튼이 너무 높이 달려 있었다.

　디팍이 9층으로 올라가자 클로이가 기다리고 있었다.

　"리베라 씨가 깨어났을 때 누군가가 곁에 있는 게 좋을 것 같아서요." 클로이는 엘리베이터가 내려가는 동안 말했다.

　"세심하게 신경 써줘서 고맙습니다, 미스 클로이."

　"떨어지는 소리를 처음 들은 사람이 나예요. 그때 주방에 있었거든요."

　이날 아침은 진짜 여느 날과 다른 날이기 때문에 디팍은 자신에게는 종교적 신념에 가까운 과묵함을 버리고 말문을 열었다.

"보일러 때문이에요." 디팍이 말했다. "5시에 가동되기 시작하면 연기가 연통을 타고 올라가는데 5층은 연통이 벽에 너무 가까이 있어서 덜덜거리다 꿍음을 내죠. 마치 누군가가 망치로 치는 것처럼. 그 소리를 멈추게 하려면 연통을 두드려야 하죠. 그러다가 떨어져서 사고를 당한 게 틀림없어요."

"그랬을 수도, 근데 왜 나한테 그런 얘기를 해요?"

"윌리엄스 씨가 의문을 품는 것 같아서요."

디팍은 클로이를 따라 나가서 택시를 잡은 다음 탑승을 도와주었다.

"너무 걱정 마세요, 다리 하나 부러진 건 그리 심각한 거 아니니까요." 클로이가 택시 문을 잡으면서 말했다.

"미스 클로이에게 감히 그 반대라고 말하기는 좀 그렇지만 그 사람 나이를 생각하면 걱정이 되네요." 디팍은 한숨을 쉬었다.

"새로운 소식 있으면 바로 연락할게요."

디팍은 수고스럽게도 리베라를 위해 병원으로 가는 클로이에게 고맙다고 말했고, 표현은 안 했지만 가슴이 뭉클해져서 건물로 돌아갔다.

*

클로이는 창문 쪽으로 돌아누워서 자는 리베라 씨를 바라보고 있었다. 자신도 같은 신세로 병실에 누워 있었을 때가 있었다. 생명의 힘으로 혈색이 돌아오자 그녀의 시선은 창밖의 한 단풍나무 꼭대기로 날아갔고, 지나가는 계절을 봤다. 나뭇가지들이 시커메진 겨울, 파릇파릇 싹이 움튼 봄, 나뭇잎 무성한 여름, 붉게 물든 가을.

간호사가 들어와서 링거 줄을 살핀 다음, 리베라 씨의 맥박을 재는 동안 클로이는 상태를 물었다. 간호사는 머뭇거리다 다리를 못 쓰게 되지는 않을 거라고 대답했다. 간호사가 병실을 나갔을 때 클로이는 공포에 사로잡혔다.

"괜찮을 거야." 그녀는 자신에게 하는 말인지, 리베라 씨에게 하는 말인지 모르게 중얼거렸다.

리베라 씨는 눈을 떴다가 얼굴을 찌푸리면서 도로 감았다. 클로이는 당장 나가고 싶었지만 아무것도 하지 못한 채 멍하니 있었다. 아버지에게 데리러 와달라고 전화를 걸려고 할 때, 한 부인이 들어왔다.

부인은 트위드 스커트에 흰색 블라우스, 니트 재킷 차림이었다. 그녀는 잠시 서 있다가 침대로 다가와서 시트를 잡아 주름을 폈다.

"20년 동안 내 삶의 일부인 분인데 별로 아는 게 없네요. 이상하죠?"

"저도 아는 게 전혀 없어요." 클로이가 어물어물 말했다.

"내 남편은 당신이 아침, 저녁에만 마주치는 이분을 형제처럼 여기죠."

"저는 리베라 씨의 가족이 아니에요." 클로이가 말했다.

"당신이 누군지 알아요." 랄리가 대꾸하면서 한 의자에 앉았다. "그는 당신에게 아주 고마워하고 있어요. 아, 내 남편을 말하는 거예요. 리베라 씨도 그럴 거예요. 사람은 하룻밤 사이에 변하지 않으니까요, 그죠?"

"디팍 부인이세요?"

"산자리 부인. '디팍'은 내 남편의 성이니까요. '디팍 부인'은 좀 별나게 들리기도 하고. 내 남편도 당신을 '미스 클로이'라고 부르잖아요. 여긴 내가 교대할 테니 그만 집으로 가요. 얼굴이 창백하네요."

클로이는 대답하지 않았다. 랄리는 휠체어 뒤로 가서 복도로 밀고 나갔다.

"나도 병원을 싫어해요." 랄리는 휠체어를 엘리베이터 쪽으로 밀면서 말했다. "차 한 잔 마시러 갈까요?"

"네, 그러면 좋겠어요."

병원을 나왔을 때 클로이는 직접 휠체어를 운전하고 싶었다.

"죄송한데 누가 밀어주는 걸 좋아하지 않아요. 끌려 다니는 느낌이 들어서요."

"불평은 이따가 하고, 실례가 안 된다면 내가 계속 밀고 갈게요. 좀 가야 되는 거리라서."

"어디로 데려가는 거예요?" 클로이가 물었다.

"케이크 맛이 아주 기막힌 카페를 알아요. 여기서 몇 블록 떨어진 거리에 있어서 소모한 칼로리만큼 보충되니까 걱정 말고요."

"이런 속도로는 칼로리를 별로 소모할 것 같지 않은데……."

랄리에게서 동화 속 마술사 보모 메리 포핀스를 연상시키는 상냥한 카리스마를 느낀 클로이는 카페 이름이 치카리셔스라는 희한한 이름인 것도 흥미로웠다.

　　"왜 나를 그렇게 쳐다봐요?" 랄리가 럼 케이크를 먹으면서 물었다.

　　"제가 어떻게 쳐다보는데요?"

　　"내 식욕 때문에 거북한 게 아니면 좋겠네요. 점심을 안 먹었고, 걸신들린 듯 먹는 것이 나는 전혀 부끄럽지 않으니까."

　　"그런 건 아니었어요."

　　"나를 다르게 상상했나요?"

　　"부인을 상상해본 적 없어요. 디팍은 워낙 과묵한 분이잖아요."

　　"내 남편은 당신이 10대였을 때부터 알았고, 아침저녁으로 엘리베이터에 태웠고, 비가 오나 바람이 부나 당신이 필요할 때마다 택시를 잡아주었고, 짐을 들어주고, 날마다 당신의 안부를 묻는데 당신은 내 남편에 대해 전혀 모르는 것은 그가 과묵하기 때문이라는 구실을 대는군요. 우리와 같은 층에 사는 이웃이 쿠바 사람들인데 자식 셋과 손자 둘이 있죠. 위층에 사는 이웃은 푸에르토리코 출신 부부인데 여자는 교사이고 남자는 전기기술자예요. 우리 아파트에는 스물네 가구가 살고, 나는 다 잘 알고 지내죠."

　　"저도 나름대로 우리 건물 주민들에 대해 알고 있는 게 있죠. 집에 칩거하는 시간이 많다 보니 이웃 주민보다는 거리를 오가는 사람들을 살피는 일이 더 많긴 하지만. 그럼에도 말할 수 있어요. 젤도프 부부는 진짜 편협한 신앙심을 가진 사람들이라고. 가령 전구가 나가면 누군가에게 갈아달라고 부탁하고, 현관문이 삐걱거리면 디팍 씨에게 경첩에 기름칠을 해달라고 부탁하죠. 그 부부는 자기들이 할 일은 전혀 없다는 듯 손가락 하나 까딱 안 하고 다른 사람들을 부려먹어요. 모리슨 씨는 고상한 알코올 중독자라고 할까, 모든 것에 호기심이 많은데 아무것도 이해 못 하는 진짜 술꾼이죠. 오래전에 뉴욕에 정착한 프랑스인 클레르 부부는 거품 속에서 살아요. 내가 좋아하는 부부죠. 첼시에 아트 갤러리를 소유하고 있는 잉꼬부부지만 그리 점잖은 사람들이라고 할 수는 없어요. 클레르 부인은 옷을 좀 야하게 입는 편이고 젤도프 씨는 늘 힐끔거리죠. 솔직히 말해 우리 아버지도 그러지만 나는 아무 말도 하지 않아요. 남편을 먼저 보내고 혼자 사는 콜린스 부인은 적어도 겉보기에는 명랑하고, 늘 다정한 말을 건네죠. 콜린스 부인이 키우던 비숑은 온종일 짖어대곤 했어요. 그런데 그 개가 죽자, 젤도프 부인이 마침내 조용히 살게 됐다고 좋아했지만, 이번에는 콜린스 부인의 앵무새가 개 소리를 흉내 내며 짖어대기 시작했어요. 그리고 윌리엄스 부부는 잘난 척이 심한 사람들이에요. 물론 윌리엄스 씨가 폭스뉴스의 칼럼니스트니까 아는 게 많은 건 맞아요. 내 아버지는 인생이 돈의 논리에 좌우된다고 확신하는 건 명청한 생각이라고 말씀하시죠. 아버지는 뉴욕 대학 경제학과 교수니까 경제에 대해서는 전문가라 할 수 있죠. 그리고 윌리엄스 부인, 이 부인보다 더 교활하기도 힘들 거예요. 최악으로 위선적이거든요. 나는 윌리엄스 부인을 엘리베이터에서 마주칠 때마다 슬그머니 휠체어를 그녀의 발 쪽으로 굴려요. 그러면 그녀는 불편해하면서도 아무 말 못 하고 가만히 있죠."

"당신 진짜 괴짜군요." 랄리가 웃음을 터뜨렸다. "케이크에 손도 대지 않으니 내가 먹을게요. 당신은 직업이 뭐예요? 나는 남편처럼 과묵하지 않고 오히려 그 반대예요."

"배우였어요. 스텔라 애들러 스튜디오에서 연기 수업을 받고 몇 작품에서 단역 배우로 활동하다 마침내 시리즈물에서 연기를 하게 됐는데…… 못 하게 됐죠."

"그럼 지금은?"

"오디오북 성우예요."

"무보수로 일하나요?"

"아뇨, 그렇지만 보수가 중요한 게 아니라……."

"성우로 일하면서 대가를 받고 있는데 왜 과거형으로 말하죠? 내 생각에 당신은 여전히 배우인데요."

"그렇죠, 하지만 팬에게 사인해주는 배우가 아니니까요."

"나는 의상 디자이너였는데 자필 사인한 적 있을까요? 그런 게 뭐가 중요하다고."

랄리는 입가를 닦았다. 두 여자는 서로를 관찰하고 있었다.

"내 남편은 오늘 밤 늦게 녹초가 돼서 들어올 거예요. 하지만 앞으로는 새벽에, 어쩌면 평소보다 더 일찍 출근하겠죠. 내가 아무 말도 안 하고 내버려두면 남편은 아마 지하실에 야전침대를 놓고 지내려 할 거예요. 리베라 씨가 없는 동안 저녁 시간에 주민들이 불편하지 않도록. 남편은 책임감이 아주 강한 사람이니까요. 그래서 앞으로 우리 생활이 어떻게 될지 걱정이에요."

"주민 대표가 대체할 사람을 곧 찾겠죠. 그룹랫 씨가 이미 알아보고 있을 거예요. 곧 정상으로 돌아올 거고 저도 신경 쓸 테니 걱정 마세요."

"그룹랫 씨가 주민들에게 다른 선택을 하도록 유도하는지 살펴봐주세요. 세월이 변했으니 당연하겠지만 이번 일로 건물에 변화가 생겨서…… 남편이 숙원을 이루지 못하면 망연자실할 거예요."

"무슨 숙원이오?"

"말하면 디팍을 비웃을지도 모르겠어요. 아무튼 그 얘긴 다음에 해요. 나는 병원으로 가봐야겠어요. 우리가 만난 건 남편에게 말하지 말아줘요. 디팍은 로비와 엘리베이터를 오가는 하루를 보내면서 누구든 자신의 세계에 침범하는 걸 좋아하지 않는 사람이에요."

랄리는 클로이가 계산하게 두고 카페를 나갔고 주춤거리는 기색 없이 휠체어 탑승이 가능한 택시를 잡아주었다.

6

"그게 무슨 말이야?" 산지가 물었다.

"네 나라, 인도에 연락해서 알아봤어."

"뭄바이의 내 거래 은행에 연락했다고?"

"그 방법밖에는……."

산지가 상황을 이해하지 못하는 것 같아서 샘이 털어놨다.

"선택의 여지가 없었어. 네가 야심찬 프로젝트를 들고 멀리서 왔는데 추천서도 없이 내가 너를 어떻게 밀어주겠어? 네가 미국인이나 유럽인이라면 몰라도……."

"내가 제3 세계, 강도가 우글거리는 빈민촌의 나라에서 온 거라서? 그게 네 생각이야? 현대성에 있어서는 인도가 여러 모로 미국을 능가해, 자만하다는 걸 제외하고는." 산지는 격분했다.

"하지만 부는 아주 극소수 선택된 사람들의 수중에 있잖아."

"미국은 안 그런가? 좋은 혈통이 아니면 성공이 불가능한 건 미국도 마찬가지면서! 이러면 아메리칸 드림이란 말이 무색한 거 아닌가?"

"나는 불가능하다고 말하지 않았어. 아무튼 산지, 네가 원하는 자금을 확보하려면 몇 주는 걸려."

"나는 너에게 딱 한 가지 조건만 요구했어. 내 사업에서 집안을 제외시키는 것. 다시는 이런 일이 일어나지 않길 바란다. 이 문제는 더 이상 거론하지 않는 걸로."

"아직 얘기 안 끝났는데." 샘이 구시렁거렸다. "네 삼촌들이 너에 대해 인신공격을 했어. '부랑자, 호텔 도둑놈, 상속권을 박탈당한 제멋대로인 놈…….' 더는 말 안 할게."

"삼촌들이 나에 대해 그렇게 말했다고? 그럼 여전히 전쟁을 원하는 거네."

"그러니까 삼촌들에게 똑같이 갚아줄 때가 된 거야. 그들의 비방이 금융계에 퍼지면 우리의 다음 미팅은 기약할 수 없어. 그래서 나는 확인하는 것 말고는 달리 방법이 없었어. 이제 나를 해고해도 돼, 너한테는 그럴 권리가 있으니까."

"그러니까 삼촌들의 말이 사실인지 확인하고 싶은 거였네!"

샘은 회의 테이블에 놓인 서류 가방을 들었다.

"오케이, 사직할게. 내 입으로 말하길 원하는 거니까 이러는 게 낫겠어. 너는 너만 이 일에 미래를 걸었다고 생각하지! 내가 우리 회사의 VIP 고객에게 소개한 사람이 그저 영국에서 정말 재미있게 지냈고, 머리가 좋기 때문에, 내가 신뢰하는 친구였기 때문이라고 하면 내 보스가 나를 어떻게 할 거 같아?"

"잘생긴 인도인이란 말이 빠졌는데." 산지는 냉소적인 미소를 지으며 농을 던졌다.

"아무튼 괴짜야." 샘이 응수했다. "샘, 자네의 친구는 뉴욕 어디에 묵고 있나? 예, 할렘에 있는, 생면부지의 고모 집에 머물고 있습니다. 그럼 운전기사는 차를 거리에 세워놓나? 아니오, 지하철로 이동합니다. 그런데 왜 우리 VIP 고객 사무실에 지각한 건가?"

"코끼리를 타고 나타났어야 했나…… 편견은 깨지지 않는군."

산지는 창가로 갔다.

"삼촌들은 호텔의 삼분의 일 지분이 내 소유라는 걸 인정하지 않아. 그런데도 내가 삼촌들에게 순종하지 않고 내 사업을 하고 있으니까 가문의 수치라는 거지. 삼촌들은 내가 망하는 꼴을 보고 싶은 거야. 그래서 내가 순종하면서 삼촌들 곁에서 다시 시작하게 해달라고 애원하길 바라는데…… 나는 더 부자가 되려는 게 아니라 삼촌들을 궁지에 몰아넣기 위해서 성공하려는 거야. 나를 도와주든 말든 결정은 네가 해."

샘은 생각에 잠겨서 연필 뒤꽁무니를 우물우물 씹었다.

"팔레스 호텔의 규모는?" 샘이 물었다.

"보통, 스위트룸 포함 객실이 400개, 콘퍼런스 센터 하나, 수영장 하나, 스파 하나, 레스토랑 셋, 내 취향에는 사치스러운 실내장식."

"보통이네…… 위치는 좋고?"

"더 좋을 수 없는 요지."

"소유한 지 오래됐어?"

"그리 오래되진 않았어. 할아버지가 뭄바이의 옛 이름인 봄베이 시내 한복판에 있는 건물들을 모조리 사들였거든. 할아버지가 돌아가시자, 아버지와 두 삼촌이 세입자들을 내보내고 대규모 공사를 시작했어. 그렇게 해서 뭄바이 팔레스 호텔이 탄생한 거야."

"가치가 얼마나 되는데? "

"부동산 가치와 호텔 경영의 가치, 그걸 어느 정도라고 구체적으로 평가하긴 어렵지……. 자금력도 크고."

"네 지분은 그중 삼분의 일이고……."

"그렇다니까."

"더 마크 호텔과 칼라힐 호텔에 버금가는 호텔을 물려받은 상속자네. 2천만 달러 정도면 인도의 어떤 은행이라도 빌려줄 텐데 왜 외국 투자자들에게서 모금하겠다고 17시간이나 비행기를 타고 날아온 거야?"

"부채를 지고 싶지 않기 때문에. 그리고 내가 부채 보증으로 내 주식의 일부를 담보로 잡으려 했다면 나는 집안사람들에게 타당성을 증명해야 했겠지."

"오케이, 너를 믿을게. 나는 일단 급한 불을 끄고 대표를 안심시킬 테니까 너는 나한테 전권을 줘. 내가 너한테 필요한 자금을 모금하는 데 성공하면 그 대가로 나를 데려가."

"어디로 데려가?"

"인도, 너의 신기술과 바이오 유제품의 천국으로! 내 덕분에 네 회사가 시장의 주역이 된다면 일개 중개자로는 만족하지 않을 거야. 나는 재무책임자 자리를 원해. 나에게 사택은 물론이고 주식 매입 선택권도 줘야 하고!"

산지는 시큰둥한 얼굴로 샘을 쳐다봤다. 산지는 천재적인 기획자이자 주도면밀한 협상가이기도 했다.

"오케이, 하지만 사택은 없어." 산지는 샘과 악수하면서 대꾸했다.

*

산지는 샘의 사무실을 나서면서 아버지가 살아 계셨다면 누구 편을 들어줬을지 궁금해했다. 아버지는 아들의 편을 들어줬을까, 아니면 형제 간의 전쟁을 포기했을까? 산지는 워싱턴스퀘어 파크의 산책로를 걸었다.

뉴욕 대학 학생들이 잔디밭을 점령하고 있었다. 좀 떨어진 놀이터에서 뛰노는 아이들, 편을 가르는 응원 속에 체스 게임에 열중해 있는 사람들, 분수 근처에서 한 여자가 우아한 춤사위를 선보이고 있었다. 하지만 이 유쾌한 그림 속에 산지가 만나고 싶은 사람은 없었다.

*

클로이는 옷장에 걸린 단 한 벌의 긴 드레스를 응시하고 있었다. 작년에 어머니가 자선 파티에 함께 가자면서 사준 옷이었다. 클로이의 어머니는 이혼 후 동거 중인 조각가의 재능을 자랑할 겸 작품을 홍보하기 위해 사교 행사를 개최했다. 오늘 저녁, 클로이는 줄리어스를 위해 이 드레스를 입을 것이다. 뮤지컬 배우 베트 미들러를 좋아하는 줄리어스는 그 배우의 「헬로 돌리」를 브로드웨이에서 볼 수 있길 고대해왔다.

클로이는 극장에 거의 가지 않았다. 어쩌다 가더라도 불이 꺼지는 마지막 순간에 조용히 들어갔다. 휠체어가 통로를 막을까 두려워서였다. 오늘 저녁, 그녀는 불이 켜져 있을 때 들어갈 거다. 줄리어스는 미남이고, 우연히 아는 사람을 만날지도 모른다.

클로이는 막대를 이용해 능숙하게 옷장 높이 걸린 드레스를 내려서 침대 위에 올려놨다.

"우리는 어디까지 와 있을까?" 그녀는 욕실에 들어가면서 중얼거렸다.

파운데이션을 바르고, 마스카라로 눈썹을 올리고, 창백한 볼에 블러셔를 칠한 다음 립스틱을 들고 머뭇거렸다.

그제야 생각이 났다. 화가 치민 클로이는 휠체어를 거실로 운전해 줄리어스에게 전화를 걸었다.

"준비됐어?" 줄리어스가 물었다. "지금 택시 타고 데리러 갈게."

클로이는 대답하지 않았다.

"공연 끝난 뒤에 네가 좋아하는 중국 레스토랑으로 저녁 먹으러 가자. 슈베르트 극장에서 그리 멀지 않으니까 걸어가도 돼."

클로이가 여전히 아무 말도 하지 않자 줄리어스는 덜컥 불안해졌다.

"무슨 일 있어?"

안 좋은 일이 일어나긴 일어났었다.

줄리어스는 리베라 씨에게 일어난 사고 소식을 듣고 유감 스러워했다.

"어두운 뉴스네. 특히 리베라 씨에게는. 중상은 아니지?"

"방금 말했잖아, 다리 골절이라고."

"깁스 잘 하고 있으면 곧 낫겠지. 네 마음은 이해하지만 세 상의 불행을 다 짊어질 수는 없어, 너 혼자."

"다리 골절이 세상의 불행이라는 카테고리에 들어가진 않 지." 그녀는 퉁명스럽게 대꾸했다. "나를 생각해서 하는 말이 야. 리베라 씨는 우리의 야간 승무원이니까."

"그래서?" 줄리어스가 물었다.

"그래서 리베라 씨가 없으면 엘리베이터 운행이 안 된다는 거지. 디팍 씨가 퇴근하기 전에 내려가서 로비에서 널 기다릴 수도 있겠지만 집에 들어갈 때 문제가 생기겠지. 아무튼…… 나한테는. 네가 나를 안고 올라가야 하니까."

이번에는 줄리어스가 침묵했다.

"난 집에 있을게. 매력적인 왕자님을 고생시킬 순 없지."

"나 아무 말도 안 했는데."

"내가 알아차렸어. 내 티켓 값은 갚을게. 어쨌든 네 잘못이 아니니까."

"무슨 그런 말을 해? 갚을 필요 없어."

"아무튼 바브라 스트라이샌드 주연의 영화 보니까 베트 미들러는 좀 별로였어. 내 말은, 놓치지 말고 너는 꼭 보라고."

줄리어스는 잠시 생각하다 말했다.

"티켓을 다른 날로 바꿔볼게."

"구한 것도 기적이었다면서. 그러니까 네가 보고 나한테 얘기해줘."

"엘리베이터 문제가 오래 갈까? 무작정 집에 갇혀 있을 순 없잖아."

"공연에 늦겠다. 내 문제는 다음에 얘기해."

"다른 건 내가 해줄 거 없어?"

"무슨 옷 입었는지, 그거나 말해줘."

"놀릴 텐데. 오래된 그 턱시도 꺼내 입었어. 뮤지컬 보고 나서 집에 들를까?"

"멋진 저녁 보내, 줄리어스." 클로이는 그렇게 말하고 전화를 끊었다.

클로이는 방으로 돌아가서 드레스를 옷장에 다시 걸었다.

브론슈타인 교수는 복도에서 기다리고 있다가 문을 의도적으로 쾅 닫았다.

"뭐하니, 안 나오고?" 브론슈타인 교수가 외쳤다.

그는 한동안 서 있다가 들어왔고, 클로이의 방으로 가려다 창가에 있는 딸을 발견했다.

"거리 내다보는 거 지겹지 않니?"

"오늘 저녁은 텔레비전 프로그램에 볼 게 없어요."

브론슈타인 교수는 딸에게 다가갔다.

"아무 말도 보태지 마세요, 아빠."

"내일은 그룸랫 씨를 만나야겠어. 계속 이렇게 지낼 수는 없지."

"특별한 이벤트 없이도 집에서 지낼 수 있어요, 며칠 정도는."

"그래, 그렇긴 하지. 그리고 보텔 말도 없어. 나 역시 그러니까. 저녁 준비하마."

클로이는 아버지를 돌아봤다.

"딱히 무슨 방법이 있겠어요?"

*

그룸랫은 짜증나는 아침을 보내고 있었다. 주민 대표직을 맡은 걸 후회할 정도였다. 그룸랫은 2층에 임차한 사무실을 매수하고 싶었지만, 소유주인 콜린스 부인이 거부했기 때문에 건물 관리를 책임지는 주민 대표직을 맡은 것이었다. 이날까지는 불만이 없었다. 그는 크게 하는 일 없이 수고비치고는 상당한 보수를 받고 있었다. 하지만 지금은 상황이 역전되었다. 주민들이 미리 연락도 하지 않고 하나둘 불쑥 찾아와서 사무실 문을 두드렸다. 그러고는 하나같이 똑같은 말을 내뱉었다. '리베라 씨를 대체할 사람은 언제 찾을 겁니까?'

제일 먼저 찾아왔던 클레르 부인은 개가 관절염이 있어서 계단으로 다닐 수 없다면서 걱정했고, 브론슈타인 교수는 딸이 저녁마다 집에 갇혀 지낸다고 불평했고, 윌리엄스 부부는 다음 주에 파티를 열어야 하는데 귀빈들을 어떻게 집으로 초대할지 모르겠다며…… 신경질을 부렸다. 젤도프 부인은 저녁 때 교회에 나가 촛불 봉헌을 하며 마음의 평화를 얻고 싶다면서 가능한 한 빨리 해결책을 찾아달라고 당부했다.

승강기 노동조합의 직원과 통화하는 것은 건강보험공단 직원과 통화하는 것보다 더 어려운 것 같았다. 그룸랫은 이미 세 번이나 메시지를 남겼다. 요즘 같은 시대에 아직도 자동응답기를 쓰는 곳이 있다니……. 그런 데다 조합 사무실은 그룸랫이 발을 들여놓지 않는 동네에 있었다. 마치 브루클린 같은 구석진 동네까지 가는 것은 시간 낭비라는 듯. 주민들이 질책하러 오는 걸 막으려면 오후에는 승강기 노동조합에 등기우편이라도 보내야 하나 생각하던 그룸랫은 급히 사무실을 나갔다. 그는 엘리베이터 호출 벨을 눌렀고, 디팍이 이내 나타났다.

"안녕하세요." 디팍이 철제 도어를 열면서 인사했다.

"아침에 이미 인사했잖소."

"내려가는 거 아닙니까?"

"그게 아니라, 당신에게 물어볼 게 있소만. 아는 사람 중에 리베라 씨를 대체할 만한 사람이 있소?"

"글쎄요, 숙련된 전문 기술이 필요한 일이라서요."

"그럼 조합은 왜 있는 거요?"

"조합원들의 이익을 지켜주기 위해 있지요."

"은퇴한 동료 중에 다시 일하고 싶어 할 사람은 없겠소?"

"가능성은 있지만 알아봐야죠."

"몇 시간 동안 수없이 걸었는데 도대체 통화를 할 수가 없군."

"이해합니다." 디팍은 한숨을 내쉬었다. "나한테 알아서 찾아보라는 뜻입니까?"

"그래주면 정말 고맙지요……. 당신을 위한 것이기도 하고."

"최선을 다해보죠." 디팍이 약속했다.

"즉시 알아봐주시오. 나는 이런 우발적인 사태를 해결하려고 봉급 받는 사람이 아니니까."

그룸랫은 사무실로 들어갔고, 디팍은 기분이 상해서 로비로 다시 내려갔다. 디팍은 회계사의 지시가 떨어지길 기다리고만 있지 않았다. 조합의 동료들이 이미 그의 불안을 확인시켜줬었다. 현대식 건축물이 점차 늘어나면서 수위나 경비원이란 직업조차 갈수록 없어지는 마당에 수동식 엘리베이터를 운전하는 승무원을 찾기란 조가비 속에서 진주를 찾는 거나 다름없었다. 승강기 노동조합과 연락이 닿지 않는 것은 디팍이 미리 부탁해놓았기 때문이다. 그런 술수는 길어봐야 며칠 늦출 수 있을 뿐이라는 걸 알면서도. 기네스북에 등재되려면 더 올라야 할 862킬로미터, 이게 그렇게 무리한 욕심인가. 이제까지 늘 주어진 것에 만족하면서 욕심 부리지 않고 살아왔는데.

디팍은 예의상 한 시간쯤 뜸을 들이다 회계사를 만나러 올라갔다. 디팍은 그룸랫에게 조합에서 상황을 알고 있으며 문제를 해결할 수 있도록 최선을 다해 찾아보겠다고 했다고 전했다. 그리고 그사이 주민들의 편의를 위해 저녁마다 연장 근무를 하겠다고 말했다.

"그로 인한 당신의 추가 수당은 리베라 씨의 월급에서 삭감하는 것으로 그와 합의해주시오. 이 건물의 관리비 부담을 고려해서 내린 결정이니 이해해주기 바랍니다."

"내게 추가 수당을 지불할 필요는 없을 겁니다." 디팍은 이렇게 대답하고 사무실을 나갔다.

*

산지는 멀리서 그녀를 알아봤다. 그녀가 허리에서부터 덮은 빨간 담요 때문이었다.

산지는 그녀 바로 옆의 벤치에 앉아서 트럼펫 연주자의 「세인트루이스 블루스」를 들었다.

"만날 때마다 매번 내가 먼저 말을 시작하는 건 좀 아닌 것 같은데." 클로이가 마침내 입을 열었다.

"그러면서도 방금 먼저 말을 시작했네요." 산지가 응수했다.

"마음이 편치 않은가 봐요."

"왜 그런 말을 해요?"

"저 심리치료사거든요."

"배우 아니었어요?"

"뉴욕에서 한 가지 직업만으로 사는 건 사치죠."

"두 가지 다 좋은 직업이네요. 심리치료사라는 건 좀 슬프지만. 도시가 클수록 얘기를 들어줄 사람을 찾기가 더 힘들죠."

"우연히 지나가는 길이에요?" 클로이가 물었다.

"아뇨, 당신을 만나게 되길 바라면서 왔어요."

클로이는 트럼펫 연주자를 향해 고개를 돌렸다.

"무슨 그런 거짓말을, 트럼펫 연주 때문에 온 거면서."

"내 아버지였다면 어떻게 했을까 생각하느라고. 그래서 어떤 신호를 엿보고 있어요." 산지는 아름드리 참느릅나무 가지 너머를 바라보면서 말했다.

"아버지 영혼이 나무 주위를 떠돌고 있다고 생각하나요?"

"저 위나 다른 세상에 있겠죠."

"아버지에게 물어보고 싶은 게 뭔데요?"

"복잡해요."

"복잡하다는 건 문제를 명확히 인식하고 있다는 건데."

"심리치료사처럼 말하지 말고요!"

"당신은 삶이 보내는 신호들을 믿는군요." 클로이가 놀렸다.

"당신은 여기서 뭐해요?"

"내 주위의 삶을 둘러보는 걸 좋아해요. 오늘 마침 시간이 났고, 저녁마다 들르는 마켓에서 그리 멀지도 않고요. 웃지 말고 잘 들어봐요. 여기 오면 온갖 부류의 사람들과 마주치죠. 학생들, 야간 근로자들, 고독을 피해 나와 있는 노인들."

"당신은 이제 학생도 아니고 노인도 아닌데……."

"28번가 근처에서의 약속은 어땠어요? 다시 만나게 되면…… 말해주겠다고 했잖아요."

"네, 그랬죠. 금융계 사람들을 만났어요. 회사를 운영 중인데 지금보다 더 번창하려면 도움을 받아야 하니까요."

"그러니까 당신은 사업가군요."

"기획자죠. 내 사업에 진짜 관심이 있는 거예요, 아니면 예의상 묻는 거예요?"

"예의상. 사무실이 뉴욕에 있어요?"

"뭄바이에 인도판 페이스북 회사를 설립했는데 더 번창시키고 싶어서요." 산지는 자랑스럽게 대꾸했다. "당신은 배역을 받았어요?"

"네."

"큰 역이에요?"

"아주 크죠! 열 명의 인물을 연기하거든요."

"분장하는 데 시간이 많이 걸리겠어요."

"나는 분장 없이 연기해요. 관객이 볼 수 없는 얼굴 없는 연기자니까요."

"어떻게 그래요?"

"책을 녹음해요. 얼굴 없이 목소리로만. 무성영화와 정반대지만 나는 비슷하다고 생각해요. 어떻게 생각해요?"

"책 읽어주는 거 들어본 적 없어요."

하늘이 회색빛이 되더니 머리 위 참느릅나무 잎에 가랑비가 떨어지기 시작했다. 트럼펫 연주자는 악기를 가방에 집어넣고 서둘러 자리를 떴다. 사람들도 공원 출구를 향해 걸음을 재촉했다. 산지는 하늘을 올려다봤다.

"이게 어떤 신호일까요?"

"아버지에게 이건 다른 신호냐고 물어봤어요?"

"아뇨."

"그럼 이건 그냥 봄비예요."

산지가 바래다주겠다고 제안했지만, 클로이는 어떤 도움

도 필요 없으며, 더 할 얘기도 없다고 잘라 말했다. 산지가 뭐라고 하기도 전에 그녀는 이미 공원 철책 문에 이르러 있었다. 그리고 손을 흔들어 보이면서 5번가 쪽으로 사라졌다.

7

그룹랫 씨는 예전에 받아둔 영수증을 찾느라 문서 보관함을 뒤지고 있었다. 2년 전, 그는 주민들에게 엘리베이터를 자동화하자고 제안한 다음, 제조업자에게서 합리적인 가격으로 자동화 설비 세트를 구입했다. 승무원 인건비가 만만찮았는데 그걸 줄이면 비용이 절감될 테니 쉽게 채택될 거란 확신이 있었기 때문이다. 하지만 예상은 빗나갔다. 5번가 12번지 건물의 주민들은 삶의 일부가 된 오래된 수동식 엘리베이터에 애착이 있었다. 브론슈타인 씨는 오랜 세월 성실하게 근무한 디팍과 리베라 씨를 해고하는 것에 반대하면서 두 사람이 은퇴할 때가 되면 그때 다시 얘기하자고 했다. 윌리엄스 부인은 건물의 품격이 떨어질까 걱정했고, 클레르 부부는 건물의 매력이 사라질 게 뻔하다며 우려를 표했다. 콜린스 부인은 버럭 화를 내면서 엘리베이터 교체 얘기는 두 번 다시 듣고 싶지 않다며 회의실을 박차고 나가버렸다. 모리슨 씨는 승무원이 없으면 누가 버튼을 누르는 거냐고 물었지만 아무도 대답하지 않았기 때문에 기권했다. 젤도프 부부가 표를 셌지만 다수결 원칙에 따라 자동화 엘리베이터 안건은 부결되었다.

결국 회계사는 주민 동의 없이 멋대로 자동화 엘리베이터 설비를 구입해놨다는 걸 숨겨야 했다. 처음엔 반품하려 했지만 거절당해 대금은 운영비에서 편법으로 지불했다. 그런데 그 설비 세트를 수령한 사람이 디곽이었다. 그룸랫은 모터가 고장 날 경우를 대비해 부품을 싼 값에 구입했다면서 디곽에게 부품 상자들을 지하실에 보관하라고 지시했었다.

리베라 씨의 사고는 그룸랫에게 뜻밖의 기회를 주었다. 그는 주민들이 계단을 이용하는 데 지치게 될 때를 기다렸다. 며칠 후면 불만이 터져나올 터였다. 그렇게 되면 그룸랫은 마침내 자신의 주장을 관철시킬 수 있을 것이고, 문제가 생길 때를 대비해놓은 자신을 주민들이 칭찬해 마지않으리라고 예상했다.

주도면밀한 그룸랫은 자동화 설비 세트가 잘 보관되어 있는지 확인하고 싶었다. 그는 계단을 이용해 지하실로 내려가 승무원들이 보수 장비를 보관해두는 창고로 몰래 들어갔다.

그룸랫은 철제 선반에 정리되어 있는 많은 물품을 둘러봤다. 이어서 창고 바닥을 살펴보다 난방 파이프 밑에서 상자를 발견했다. 그는 큼직한 상자 두 개를 끌어내고 내용물을 확인했다. 설비 세트는 온전한 상태였다. 그는 만족한 얼굴로 상자들을 발로 밀어 넣고는 재빨리 창고를 빠져나갔다.

*

　며칠째 추적추적 내리는 비, 흠뻑 젖은 거리, 로비의 대리
석 바닥은 축축한 발자국으로 지저분했다. 늦은 오후 디팍은
양동이와 빗자루, 대걸레를 찾으러 지하실에 내려갔다. 그는
창고 문턱에 서서 이상이 없는지 훑어봤다. 그의 시선이 마침
내 두 상자에 꽂혔고, 누가 열어봤을지 짐작이 갔다.

　디팍은 서글픈 마음으로 돌아가서 로비를 청소했다.

　그는 안내데스크를 지키면서 인내심을 갖고 모든 주민이
귀가하기를 기다렸다.

　저녁 8시 반, 디팍은 코트를 걸쳤다. 밤이 되면서 비에 젖은
보도가 반짝이고 있었다. 그는 도중에 초콜릿 한 통을 사들고
베스 병원으로 갔다. 엘리베이터 버튼을 누르면서 경멸하듯
입술을 실룩거렸고, 복도를 성큼성큼 걸어가다 지나가는 간
호사에게 확인한 뒤 리베라의 병실 문을 두드렸다.

　"많이 아픈가?" 디팍은 도르래를 이용한 기구에 매달아 펴
놓은 리베라의 다리를 보면서 걱정했다.

　"웃을 때만." 리베라가 대답했다.

　디팍은 침대 머리맡 탁자에 놓인 진통제 두 병과 오래된 잡
지 사이에 초콜릿 통을 내려놨다.

　"내가 우리를 곤경에 빠뜨렸어." 리베라가 한숨지었다.

　"수습하고 있어. 내가 몇 시에 왔는지 보면 알잖아."

　"의사가 두 달은 걸릴 거라는데."

"계단에서 구르고 죽지 않은 게 기적인데 두 달이면 고마워해야지."

리베라는 또 한숨을 쉬었다.

"주민들이 알면 나를 해고하려고 할 거야."

"자네를 대체할 사람을 찾느라 정신이 없어서 사고가 난 상황은 안중에도 없어." 디팍이 대꾸했다.

"보험회사가 끼어들면 탄로가 날 텐데."

"걱정 말라니까! 내가 지금 그럴듯하게 일을 꾸며놨거든."

"얼굴색이 형편없는데, 뭐."

"허리까지 깁스를 하고서도 유머는 죽지 않았네."

다시 침묵. 리베라 씨는 묻고 싶은 말이 있지만 차마 꺼내지 못하고 있었다.

"콜린스 부인이 걱정될 테지." 디팍이 선수 쳤다. "당연히 많이 당황하고 있지. 하지만 곧 괜찮아질 거야."

리베라는 일어나 앉으려다 얼굴을 찌푸리곤 단념했다.

"기다리게, 베개 받쳐줄게."

"내 아내도 걱정하고 있을 텐데."

"자네 아내는 내가 가서 만나볼게." 디팍이 약속했다.

"그렇지 않아도 나 때문에 힘든데. 그리고 아내는 자네를 알아보지도 못할 거야."

"그럼 자네가 안 오는 것도 모르고 있겠네."

"아무리 생각해도 대체할 사람을 구하는 게 나을 것 같은데……."

"그렇게 자책하는 이유가 뭔가? 자네 아내는 10년 동안이

나 다른 세상에서 헤매고 있는데 자네는 평생을 일하면서 시간만 나면 아내를 위해 모든 걸 희생해왔잖아. 이제 나이도 있는데 아직도 강제 노역자 같은 삶을 살고 있으면서. 그깟 애정 표현 좀 한 걸로 자학하는 건가?"

"그게……." 리베라가 어물어물 말했다. "애정 표현 이상이었어."

"콜린스 부인 쪽에서? 아니면 자네 쪽에서?"

"양쪽 다."

디팍은 코트 주머니에서 문고판 탐정소설을 꺼내 침대에 내려놨다.

책을 집어 드는 리베라의 얼굴에 화색이 돌면서 미소가 번지는 것 같았다.

간호보조사가 들어오더니 건조한 말투로 면회 시간이 끝났다고 알렸다.

디팍이 일어나서 코트를 걸쳤다.

"내일 다시 들르지."

"자네 아직 말하지 않았어, 왜 그렇게 얼굴색이 어두운지."

"회계사가 창고에 있는 그 상자를 살펴보고 갔어. 하지만 아까 말한 대로 내가 수습할 거야. 그들은 절대 내 꿈을 빼앗지 못해."

디팍이 침대에 다가갔다.

"힘내게, 내가 다 알아서 할게." 디팍은 동료의 손을 토닥이면서 자신 있게 말했다.

그는 통에서 초콜릿 한 개를 꺼내 들고 병실을 나갔다.

디팍은 털어놓기로 결정했다. 너무 늦으면 랄리에게 비난을 받을 터였다. 하지만 아내를 놀라게 하지 않고 걱정을 공유하기는 쉽지 않을 것이다. 엘리베이터와 자신의 꿈보다 아내의 행복이 먼저였다. 저녁 식사가 끝날 즈음 디팍은 아내에게 오늘 하루는 어떻게 보냈냐고 묻고 나서 가볍게 말을 던졌다. 뭄바이에 아직 수동식 엘리베이터가 있을까?

랄리로서는 가볍게 듣고 넘길 수 없는 질문이었다.

내가 뉴욕으로 돌아온 날

나는 병원에서 제공해주겠다는 앰뷸런스를 거절했다. 무엇보다 자동차로 길 나서는 걸 좋아하지 않기 때문이었다. 아주 어릴 적, 장을 보러 가거나 뉴욕에서 주말 오후를 보내기 위해 집을 나서는 날이면 내가 차에 오르는 순간부터 특히 엄마 아빠에게는 고난의 길이 시작되었다. 가죽 냄새 때문이었는지, 차의 흔들림 때문이었는지, 등 뒤에서 무슨 일이 일어나는지 보기 위해 백미러에 눈을 고정하는 습관 때문이었는지 모르지만, 나는 출발하기 전 엄마가 준비해준 비닐봉지를 수북이 무릎에 올려놓고 가야 했고, 아빠는 내가 사용한 비닐봉지를 버리기 위해 자주 차를 세워야 했다. 다섯 살 때는 아무것도 먹지 않고 여행했고, 내가 목말라 죽겠다고 아무리 소리쳐도 부모님은 못 들은 체했다.

부모님은 내가 열세 살 때까지 집에서 50킬로미터 이상 떨어진 곳에는 나를 데려간 적이 없었다. 어쨌든 두 분의 이혼으로 득을 본 사람은 있었다. 코네티컷의 집을 차지한 사람은 엄마였다. 엄마가 산 집이었으니까. 아빠와 나는 뉴욕으로 이사했다. 자동차여, 안녕! 지하철과 버스, 뉴욕은 대중교통의 천국이었다. 하지만 집으로 가는 데 앰뷸런스를 거절한 진짜 이유는 멀미 때문이 아니었다. 여기까지 기차를 타고 왔으니까 떠날 때도 기차를 타기로 결심했기 때문이다.

역에서도, 기차 안에서도 나는 그런 용기를 낸 것을 후회했다. 그곳에는 병원 직원들도 나의 퇴원을 축하해주는 사람들도 없었고, 내 휠체어를 피해 돌아가면서 잃어버린 나의 40센티미터, 없어진 내 다리와 두 발에 관심을 갖는 사람들밖에 없었다. 별것 아닌 것에 대한 지나친 관심이다. 40센티미터는 내 키의 25퍼센트에 해당했다. 40센티미터보다 긴 머리털이 홀랑 다 빠졌을 때는 어느 정도로 심란할까? 충격을 받는 사람이 있기는 할까? 솔직히 신체의 사분의 일이 뭐라고?

8

5시 15분에 알람이 울렸다. 디팍은 보통 알람이 울리기 몇 분 전에 눈을 떴고 아내가 깨지 않도록 알람을 껐다. 평소의 습관이 무척이나 그리워지는 아침이었다. 그런 데다 평소와 달리 랄리가 옆에 없었다.

"일찍 일어났네." 디팍은 주방에서 아내를 발견하고 말했다.

"간밤에 한숨도 못 잤어요."

"의사 만나서 불면증 진찰 받아봐야 되는 거 아닌가." 디팍이 차를 마시면서 말했다.

"우리에게 필요한 건 의사가 아니라 대체 승무원이에요."

"내 말 잘 들어봐요, 여보. 우리는 최악의 상황에서도 살아남았고, 그런대로 괜찮은 삶을 살아왔잖아. 당신에게 더 편안하고 안락한 삶을 만들어주고 싶어서 나는 최선을 다했어. 은퇴 시기가 예상보다 앞당겨지더라도 우리는 또 살아남을 거야. 지금보다 좀 더 알뜰하게 살면 돼요."

"당신도 내 말 잘 들어요. 나는 더 나은 삶 같은 건 바라지 않아요. 나는 삶을 변화시킬 생각이 전혀 없고 당신이 변하는 것도 싫어요. 그러니까 해결책을 찾아보자고요. 내가 리베라 씨 대신 일하는 한이 있더라도."

"무슨 말도 안 되는 소리를."

"당신이 마하라자 익스프레스*마냥 애지중지하는 엘리베이터를 나보다 더 잘 아는 사람 있으면 나와보라고 해요. 당신은 39년 동안 나를 어린애 취급하는데, 나는 모터 소리, 균형추 소리, 벨 소리, 당신이 기름칠을 잊었을 때 철제 도어 삐걱거리는 소리도 다 흉내 낼 수 있어요. 핸들 작동하는 방법을 익히는 데 그리 많은 시간이 필요할 것 같지도 않고."

"그렇게 간단한 게 아니야." 기분이 상한 디팍이 퉁명스럽게 대꾸했다.

디팍은 의자를 뒤로 빼고 랄리의 이마에 입을 맞춘 다음 코트를 집어 들었다.

"당신이 생각하는 것보다 훨씬 복잡한 메커니즘이라고." 디팍은 현관문을 열기 전에 덧붙였다.

하지만 디팍은 계단을 내려가면서 랄리가 자신을 돕겠다고 밤에 야간 근무를 설 생각까지 한 것에 감동했다.

디팍이 나가고 얼마 후, 랄리는 평소보다 옷차림에 신경을 썼고 거울에 비쳐본 뒤 아파트를 나섰다.

---

* 달리는 특급호텔이라 불리는 인도의 초호화 열차.

그녀는 지하철을 타고 유니온스퀘어역에서 내렸다. 허드슨 강 유역의 농부들이 광장을 점령하고 있었다. 장이 열려서 색색 가지 진열대가 늘어서 있고, 사람들로 북적거렸다. 장을 보러 나온 건 아니었다. 이 동네의 물가는 서민에게는 벅찼다.

5번가 보도, 배나무 가로수가 하얀 꽃비를 흩날리고 있었다. 랄리는 걸으면서 생각을 정리하고 싶었다. 목적지에 이르기 전에 적당한 말투와 적절한 말을 궁리하기 위해서였다.

그녀는 12번지 앞에서 걸음을 멈추고 용기를 내기 위해 심호흡을 한 다음 당당히 건물로 들어갔다.

디팍은 윌리엄스 부인을 위해 잡아놓은 택시 문을 닫아주고 곧바로 로비로 달려갔다.

"당신이 여기 웬일이야? 기어코 그 엉뚱한 생각대로 하겠다는 거면 그만두고……."

"그 엉뚱한 생각에 대해 훈계는 안 하는 게 좋을 거예요. 나는 그저 너무 늦기 전에 당신의 멋진 엘리베이터를 한번 타보려고 들른 것뿐이니까 친절하게 대해줘요."

디팍은 머뭇거렸지만, 아내보다 더 고집 센 사람은 본 적이 없었다.

"딱 한 번이야, 더는 안 돼요!" 디팍이 우물우물 말했다.

디팍이 철제 도어를 닫을 때 랄리는 삐걱거리는 소리를 흉내 냈고, 엘리베이터가 올라갈 때는 모터 소리를 흉내 냈다.

"놀리고 싶은 거라면 그럴 필요까지는 없는데……."

"여기 주민 중 한 명이었다면 절대로 감히 그런 식으로 말하진 않았겠죠. 아무튼 9층에서 세워줘요. 그리고 부탁인데 아무 말 하지 말고 다른 승객과 똑같이 대우해주면 좋겠어요."

"좋아, 9층을 왕복하고 나면 그만 가요!" 디팍은 위압적인 어조로 대꾸했다.

그러나 9층에 도착하자 랄리는 도어를 열어달라고 하고 엘리베이터에서 내렸다.

"뭐하는 거야, 당신?" 디팍이 짜증을 냈다.

"퍼스트클래스 서비스를 한번 받아보고 싶은 거니까 당신은 1층으로 내려갔다가 내가 벨 누르면 나 데리러 다시 올라와요. 이 근사한 건물에 아파트를 소유한 주민을 대하듯 정중하게."

디팍은 아내가 뭐에 삐쳐서 삐딱하게 나오는 걸까 생각하면서 철제 도어를 닫았고, 엘리베이터는 다시 내려갔다.

그는 로비에서 몇 분간 기다리다 벨이 울리지 않는 것에 놀라 다시 9층으로 올라갔다. 복도에 아내가 없는 걸 확인한 디팍은 불안해지기 시작했다.

*

클로이는 랄리를 소파에 앉게 했다.

"차 준비해서 금방 올게요." 클로이가 말했다.

부유층 아파트에서 대접받는 것은 아주 특별한 경험이라서 랄리는 사양하지 않았다. 그녀는 혼자 있는 틈에 전망을 감상했다.

"내가 좋아하는 곳이죠." 클로이는 무릎에 쟁반을 올려놓고 돌아오면서 말했다. "창문 모서리 쪽에 자리를 잡으면 워싱턴스퀘어 파크의 아치가 내다보여요. 아, 부인은 조금만 몸을 숙이면 보실 수 있겠네요."

"멋진 삶이군요."

"휠체어에 앉아서 사는 게요?"

"그런 뜻은 아니었는데."

"갑자기 무슨 일이세요? 리베라 씨의 상태가 나빠졌나요?"

"아뇨, 다른 사람 일로 왔어요."

"디팍 씨?"

"2층 회계사."

랄리는 남편의 일자리를 잃게 할 자동화 엘리베이터 설비 세트에 대해 폭로하면서 덧붙였다. 왜 클로이를 찾아왔는지 모르겠다, 무슨 문제가 생기면 늘 잘 해결해왔는데 처음으로 삶이 무너지는 느낌이 들었다. 그래서 해결책을 찾는 동안 주민들 중에서 그룸랫 씨가 추진하려는 계획에 제동을 걸어줄 아군이 필요했다고. 회계사의 계획을 알게 된 클로이는 분개했다.

"아직은 어떻게 해야 할지 모르지만 그 계획을 막아볼게요, 저를 믿으세요. 그룸랫 씨를 흔드는 것만으로는 아무 소용없을 거예요. 그는 정당화할 방법을 찾을 테니까요. 신임을 잃게 만들 증거를 확보해야 해요. 악의적 행동이 처음은 아닐 테니 사무실에 몰래 들어가서 서류를 찾아봐야겠어요."

"몰래 들어갈 방법이 있을까요?"

"부인의 남편이 스페어 키를 갖고 있어요."

"디팍은 몰라야 해요. 강직한 사람이라서……."

클로이는 소파에서 창가로, 창가에서 소파로 휠체어를 이동하면서 가만히 있질 못했다.

"나도 생각이 많을 때 왔다 갔다 하는데." 랄리가 말하면서 미안해했다.

"괜찮아요. 내가 며칠 시간을 벌어볼게요. 아버지와 상의하면 무슨 방법이 있을 거예요, 아버지는 늘 현명한 조언을 해주시니까."

"아버님께 어떻게 말하든 이 일에서 디팍은 빼주세요. 내가 뒤에서 일을 꾸몄다는 걸 알면 나를 용서하지 않을 거예요."

"계단으로 내려가실 거예요?"

"사고는 한 번으로 충분하죠."

클로이는 랄리를 현관문까지 배웅했다.

엘리베이터가 9층에 도착했고, 디팍은 랄리의 기대에 부합하는 예의를 보여주었다. 그는 랄리가 엘리베이터 안으로 들어올 때 말을 걸지도, 눈길조차 주지 않았고, 아내를 먼저 내리게 하고 로비를 지나 정문 앞 보도까지 배웅했다. 그러고는 모자를 들고 인사했고 안내데스크로 돌아갔다. 데스크에 앉자마자 호주머니에서 휴대폰이 진동했다.

"88미터 플러스." 그는 중얼거리면서 9층으로 올라갔다.

*

산지와 샘은 타임스스퀘어를 가로지르고 있었다.

"이번 미팅에서는 하품 안 하더라……. 훌륭한 브리핑이었어. 나도 당장 투자하고 싶을 정도로." 샘이 감탄했다.

"칭찬이 좀 약한데." 산지가 응수했다.

"조급할 거 없어, 우리에게는 아직 만나야 할 투자자가 스무 명이나 더 있으니까."

"샘, 나는 지금 시간에 쫓기고 있어. 실패하면 다 잃는 거야."

샘은 산지의 팔을 잡았다.

"나한테 한 가지 생각이 있긴 해. 우리 투자자들이 꺼리는 건 자기들 돈이 인도로 들어간다는 거야. 미국에 자회사를 열면 안 될 이유가 있나?"

"시간이 많이 걸리니까 그렇지."

"미국은 자본주의의 성지야. 창업하는 데 며칠 밖에 걸리지 않아. 그건 내가 책임질게."

"비용이 얼마나 드는데?"

"회사 정관을 작성하는 데 필요한 변호사 수임료. 우리가 얻을 수 있는 것에 비하면 아무것도 아니지. 하지만 믿음을 주려면 어느 정도는 출자해야 해. 최소 50만 달러는 필요할 텐데 그 정도는 문제없겠지?"

산지는 클로이를 생각하면서 불현듯 뉴욕에 사무실을 차리는 것도 나쁘지 않겠다는 생각이 들었다. 엄청난 재산이 있는 건 맞는데, 현금이 아니라는 것이 문제였다. 필요한 금액을 만드는 방법은 뭄바이 팔레스 호텔의 주식 일부를 담보로

잡히고 대출을 받는 것밖에 없었다. 이상하게도 이제는 삼촌들에게 적대 행위를 하는 것이 꺼려지지 않았다.

"오케이. 뭄바이에 당장 연락해서 돈을 만들어볼게. 미국 시장을 위한 인터페이스를 만들 팀은 내가 꾸릴 테니까 몇 시간 후 어떻게 되는지 보자고."

"무슨 말이야? 지금 인도는 밤인데."

산지는 먹이 냄새를 맡은 설치류 동물처럼 갑자기 킁킁거리기 시작했다.

"네가 토끼야? 뭐하는 거야?" 샘이 물었다.

산지는 고개를 돌리다 한 노점상을 발견했다.

"뭄바이는 절대 잠들지 않아. 따라와, 알려줄 게 있으니까."

"이게 뭔데?" 샘이 불안한 얼굴로 묻는 순간 장사꾼이 이상하게 생긴 햄버거를 내밀었다.

빵 조각 사이에 있는 것은 소고기 패티가 아니라 오렌지색 반죽을 입힌 이상한 튀김이었다.

"언젠가 인도에서 살고 싶으면 우리 음식에 익숙해지는 것부터 시작해."

샘은 조심스럽게 빵을 한입 베어 물다 '바다파브'의 맛에 깜짝 놀라면서 꿀꺽 삼켰다. 몇 초 후, 그의 눈에 눈물이 글썽였고, 얼굴은 새빨개졌다. 그는 물 한 병을 달라고 해서 단숨에 마셨다.

"복수할 거야." 샘은 헉헉대면서 말했다.

*

클로데트 레스토랑의 주인이 브론슈타인 부녀를 반갑게 맞아주었다.

클로드는 몸을 숙여 클로이를 안아주고는 휠체어 뒤에 가서 섰다. 브론슈타인 교수는 왜 클로드만 유일하게 휠체어를 밀어주는 게 허용되는지 이해되지 않았다.

"식사 준비해놨어요." 클로드는 설레발 치면서 부야베스를 추천했다. "오늘은 부야베스가 정말 일품이거든요."

"그럼 부야베스 둘 주시오." 브론슈타인 교수가 말했다.

클로이는 랄리의 방문을 얘기하면서 그룸랫의 계획을 막기 위한 방법을 모색하고 있다고 털어놨다.

"우리와 상의도 없이 설비 세트를 사들였다는 건 용서할 수 없는 일이지." 아버지는 동조하면서도 한마디 했다. "하지만 그걸 설치하면 네가 자유롭게 나다닐 수 있는데."

"다른 사람은 몰라도 아빠는 그런 생각하면 안 되죠!" 클로이는 버럭 화를 냈다. "그럼 디팍과 리베라 씨는 어떡해요?"

"내가 아니라 우리 이웃들은 그럴 가치가 있다고 생각할 거란 말이지. 물론, 나는 반대할 거지만, 우리는 여덟 표 중 한 표밖에 안 돼."

"아뇨, 콜린스 부인은 우리 편일 거예요. 그리고 2층 두 사무실의 소유주니까 총 세 표가 되는 거죠. 주민 중 한 명만 더 설득하면 부결될 거예요."

"그럼 모리슨 씨를 우리 뜻에 따르게 해봐야지. 회의할 때 그가 술을 얼마나 마셨느냐에 달려 있지만."

"무슨 회의요?" 클로이가 물었다.

"너를 더 화나게 하고 싶지 않지만, 그룸랫 씨가 긴급회의를 소집했어. 엘리베이터 문제를 해결할 방법을 찾았다는 단체 메일을 받았거든. 무슨 일인가 했더니 이제야 이해가 되네⋯⋯."

"언젠데요?"

"내일 오후 5시."

식사가 끝났을 때 클로이가 계산서를 요청했지만, 클로드는 늘 그렇듯 거절하면서 부녀를 문까지 배웅했다.

"왜 이렇게 잘해주세요?" 클로이가 물었다.

"잘해주는 것이 아니라 고마움의 표시예요. 아버님께서 말씀 안 하시던가요? 이 레스토랑을 열었을 때 이 상류층 동네의 사람들은 석 달도 안 돼 내가 야반도주할 거라고 비웃었죠. 맞는 말이었어요. 개업하고 처음 며칠간 호기심에 몰려들었던 손님들이 다시 찾아오지 않았거든요. 저녁 식사를 하러 오신 손님의 수를 손가락으로 셀 정도였죠. 하지만 교수님은 달랐어요. 계속 찾아주시면서 나를 칭찬해주고, 잘 이겨내라고 용기를 주셨죠. 기막힌 아이디어도 주셨고요."

"내가 수요와 공급의 법칙을 적용하라고 제안했지." 브론 슈타인 교수가 말을 이었다. "일주일 동안 예약을 무조건 거절하라고 했어. 다음 주 월요일까지는 만석이라 더는 예약을 받을 수 없다고 설명하면서."

"그리고 다음 주 월요일이 되자 손님들이 홀의 사분의 삼을 채웠는데 월요일 저녁치고는 꽤 많은 거였죠. 그러면서 클로데트 레스토랑은 예약하기 힘들다는 입소문이 났고, 딱 필요한 만큼의 손님이 찾아오게 되었죠. 그렇게 10년이 흘렀고, 지금도 우리 레스토랑은 매일 만석이에요. 월요일을 제외하고는. 그러니까 두 분은 나의 영원한 초대 손님인 겁니다."

*

그날 밤, 클로이는 좀처럼 잠이 오지 않았다. 어쩌면 보름 달이 원인일지도 몰랐다.

그녀는 새벽까지 낭독 연습을 했고, 이따금 창가에서 거리를 관찰했다. 밤늦게 줄리어스가 전화해 안부를 물었다.

윌리엄스 씨는 밤중에 칼럼을 썼고, 윌리엄스 부인은 주말이 가기 전에 삽화를 넘겨야 했기 때문에 서재에서 그림을 그렸다.

클레르 부부는 사랑을 나눈 뒤, 텔레비전을 보면서 기력을 회복하고 있었다.

콜린스 부인은 앵무새를 주방에 데려다놓고 탐정소설을 읽어주다 도둑을 추격하던 경찰이 발목을 삐었을 때 울음을 터뜨렸다.

모리슨 씨는 새벽 5시까지 모차르트의 오페라를 보면서 맥켈란 한 병을 다 마시고는 카펫 위에서 곯아떨어졌다.

젤도프 부부는 싸움을 했다. 젤도프 씨는 거실 소파에 누웠지만 거리의 소음 때문에 잠을 이루지 못했고, 젤도프 부인은 교양 없는 말을 내뱉은 죄를 용서받기 위해 침대에서 성경의 시편 구절을 암송하고 있었다.

리베라 씨는 밤새 소설을 읽었다. 머리맡 탁자에 놓인 안정제 약병이 손에 닿지 않았다. 하지만 그는 간호사 호출 벨을 누르지 않았다. 소설 속 간호사가 환자를 독살하는 대목을 읽었기 때문이다.

이스트할렘 118번가 225번지, 산지는 고모가 파란 방에 마련해놓은 책상 앞에 앉아 스카이프를 이용해 뭄바이에 있는 정보처리 기술자들과 대화하면서 이메일로 받은 자료를 노트북 컴퓨터에 저장하고 있었다.

디팍만 보름달에 아랑곳없이 아내에게 달라붙어서 깊이 잠들어 있었지만, 그리 오래 자지는 못했다.

9

"몇 신데?" 디팍이 눈을 비비면서 물었다.

"당신 아내에게 대단한 여자라고 말할 시간."

디팍은 안경을 찾아서 쓴 뒤 몸을 일으켰다.

"알람이 울릴 때까지 기다려주면 안 되나?"

"나 계속 뒤척이면서 충분히 기다렸으니까 일어나서 얘기 좀 해요. 차 준비할게요."

디팍은 아내가 미친 건 아닐까 생각했다.

"새벽 4시에 무슨 차를 마신다고." 디팍이 툴툴거렸다. "당신이 특별한 여자라는 건 진작부터 알고 있지. 나를 남편으로 받아준 당신인데, 영원히 고마워할 거야. 이제 말했으니까 마저 자도 될까? 더 자봐야 한 시간도 못 자는데."

"어림없는 소리. 내 말 들어봐요. 내가 해결책을 찾았으니까."

"당신이 야간 근무를 서겠다는 그 얼토당토않은 애길 또 하려는 건 아니겠지?"

"리베라 씨를 대체할 수 있는 사람이 있어요, 나 말고."

디팍은 몸을 숙여 침대 밑을 살피고 베개를 들춰본 뒤 창문 앞으로 가서 커튼을 열어젖혔다가 도로 닫았다.

"뭐하는 거예요?" 랄리가 물었다.

"당신이 침대에서 뒤척이면서 우리의 구세주를 찾았다니까 어디 가까이 있을 게 틀림없잖아. 그래서 지금 찾는 거지."

"바보 같은 장난이나 칠 때가 아니라고요!"

"당신이 수없이 말했잖아, 내 유머에 반한 거라고. 방금 그게 적시타라고 생각했는데…….."

"타이밍하고는, 이 와중에 허세 부리고 싶다? 그럼 어디 더 홀딱 반할 말을 찾아보시든가. 그리고 당신 말이 맞아요, 그 사람은 가까이 있어요."

"내가 걱정한 게 바로 이건데." 디팍이 한숨을 내쉬었다. "당신이 분별력을 잃을까 봐."

"보험회사의 요구 사항에 충족되는 자격을 갖춘 조합 소속의 승무원을 찾아야 한다, 당신 나한테 그렇게 설명했죠?"

"그렇긴 한데, 당신에게 설명한 적은 없는데." 디팍이 놀란 얼굴을 했다.

"그게 바로 당신이 알고 있는 것보다 내가 훨씬 똑똑하다는 걸 입증하는 거죠."

"나는 바보라서 당신이 무슨 말을 하는지 전혀 모르겠어."

"산지!"

"절대 안 돼!"

"조합의 동료들에게 뭄바이에서 온 조카가 엘리베이터 운전 경험이 있다고 얘기해서 인턴십 계약을 맺으면 돼요. 그 오랜 세월 회비를 꼬박꼬박 냈는데 한 번쯤 조합을 이용해도 되잖아요. 그러면 그 악랄한 회계사도 절대 반대하지 못할 거예요."

"이제야 당신이 9층에 올라간 이유를 알겠네. 노력은 고맙지만 당신 계획에는 결함이 있어."

"절대적으로 완벽한 계획이라니까!" 랄리가 발끈했다.

"당신 조카는 엘리베이터 운전 자격증이 없잖아!"

"하이테크 일을 하는 애가 엘리베이터도 운전하지 못할 거라고 생각해요? 산지를 가르치는 게 힘든 거라면 몰라도! 당신의 기술을 누군가에게 가르치는 것은 오래전부터 생각했어야 하는 의무예요. 아니면 우리는 이 난관에서 벗어나지 못한다고요."

랄리는 의무에 대해 말하는 것으로 정곡을 찔렀다. 디팍이 버럭 화를 냈지만, 그녀는 개의치 않았다. 그게 바로 그녀가 기대한 효과였기 때문이다.

"내가 가르치는 거야 문제없지만." 디팍은 우쭐해져서 말했다. "조합의 동료들이 그런 술수를 받아들인다고 해도 산지가 수락할지 어떻게 알아? 당신이 이미 뒤에서 모든 걸 꾸며 놨다면 모를까."

"그 아이를 설득하는 건 나한테 맡겨요."

"장담하는데 산지는 거절할 거야. 아무튼 성사되면 다시 얘기합시다." 디팍이 말했다.

디팍은 안경을 벗고 램프를 끄고는 베개 밑으로 머리를 파묻었다.

＊

산지는 눈을 뜨고 휴대폰을 집어서 시간을 봤다. 밤늦게까지 일했고, 한참 밝아져서야 잠을 깼다. 그는 벌떡 일어나 욕실로 달려갔고, 얼마 후 세련된 양복 차림으로 나왔다. 샘의 기분을 맞춰주려고 넥타이까지 맸다.

"이 나라에서는 신용의 가치가 뭔지 모르겠어. 진짜 돌겠다!" 산지는 거울 앞에서 구시렁거렸다.

그는 스마트폰으로 택시를 부르고 현관으로 향했다.

"근사하구나." 랄리가 외쳤다. "꼭 은행원 같아!"

"이렇게 차려입고 만나야 할 사람이 있어서요."

"나랑 점심 먹지 않겠니?"

"오늘은 아주 바쁜데 다른 날은 안 될까요?"

"급한 일이야, 너한테 꼭 할 얘기가 있어서 그래." 고모가 간청했다.

산지는 고모를 관찰했다. 고모에게 시간을 내주지 않으면 버르장머리 없는 조카로 간주될 터였다.

"시간 내볼게요. 지금은 빨리 가봐야 하니까 오후 5시쯤 워싱턴스퀘어 파크, 트럼펫 연주자 부근의 벤치에서 만나요."

"어떻게 생겼는데?"

"금방 알아보실 거예요!" 산지는 계단을 뛰어 내려가면서 외쳤다.

*

샘은 초조해서 발을 동동 구르고 있었고, 산지는 사무실에 들어서면서 미안하다고 말했다.

"항상 지각하는 게 인도의 전통이야?"

"뭄바이에서는 그래. 교통 체증 때문에 일단 도착하면 제시간에 온 거나 다름없다고 보거든." 산지가 대꾸했다.

"여긴 뉴욕이잖아!"

"인도는 잠들지 않기 때문에 네가 말한 금액을 만드느라 밤을 꼬박 샜어."

"그럼 서두르자, 고객이 기다리고 있어. 그 사람은 반드시 설득해야 해."

산지는 제안서를 브리핑하는 데 한나절을 보냈다. 해가 이스트강에서 5번가 하늘로 와 머물다 허드슨강 쪽으로 기울었다.

오후 4시 45분, 브론슈타인 교수는 장 보는 걸 생략하고 워싱턴스퀘어 파크를 가로질러서 집으로 향했다.

바로 그 시간, 랄리는 공원의 반대쪽 입구로 들어가 트럼펫 소리가 나는 쪽으로 걸음을 옮겼다.

5시, 산지는 기진맥진해 있으면서도 처음으로 낙관적인 얼굴이 된 샘과 헤어졌다. 이렇다 할 성과를 얻지 못했는데도 샘은 이미 산지의 삼촌들이 배 아파 죽으려고 할, 인도-미국

합자회사를 운영하는 자신의 모습을 상상하고 있었다.

5시 5분, 디팍은 브론슈타인 교수를 2층에 내려줬다. 긴급 회의를 열기 위해 그룸랫 씨의 사무실에서 콜린스 부인을 제외한 전 주민이 기다리고 있었다. 콜린스 부인은 회계사의 제안에 반대하는 권한을 브론슈타인 교수에게 위임했다.

5시 17분, 산지는 워싱턴스퀘어 파크의 산책로를 걷고 있었다. 그는 가장 먼저 눈에 띈 쓰레기통에 넥타이를 버렸다.

랄리는 벤치에 앉아서 기다리고 있었다.

"늦어서 죄송해요." 산지는 고모 옆에 앉으면서 말했다.

랄리의 눈길이 트럼펫 연주자가 땅바닥에 내려놓은 모자에 머물러 있었다.

"오빠가 계속 클라리넷 연주를 했니?"

"네, 살아 계신 동안 내내."

"어렸을 때 오빠의 재즈 연주를 귀에 못이 박히도록 들었지. 지금도 이따금 클라리넷 선율이 들리면 그때의 추억이 생생해."

"좋은 추억이에요?"

"거울 속 내 모습에는 뭄바이 거리를 쏘다니는 소녀가 남아 있지. 나는 금지된 것에 맞서면서 자유롭게 살고 싶었어."

"그렇게 힘드셨어요?"

"힘들었지. 다르다고 느껴질 때는 항상."

"돌아갈 생각은 한 번도 안 하셨어요?"

"날마다 돌아가는 꿈을 꿨고, 지금도 돌아가는 꿈을 꿔. 하지만 디팍에게 너무 위험했어."

"그 정도였어요? 그래도 휴가를 보내러 올 수는 있었잖아요."

"뭘 보겠다고? 굳게 잠긴 문을 확인하러? 나를 보는 것도, 내가 사랑하는 남자를 알려고도 하지 않는 집안이라는 걸 재차 확인하러? 부모를 잃는 건 혹독한 시련이지만 불가피한 일이고, 집안에서 거부당하는 건 가혹함을 훨씬 넘어서는 거야. 어떻게 자식보다 전통을 우선할 수가 있어? 내 젊음은 성역 안에 갇혀 있었어. 몽매주의는 반감을 일으킬 뿐이고, 종교는 그 죄를 사해주기 위한 구실에 지나지 않아."

"무슨 말씀인지 알 것 같아요."

"아니, 너는 전혀 몰라. 너는 남자고 계급도 높고 구속받지 않으니까. 내 아버지는 나를 내쫓았어, 딸이 부끄럽다는 이유로. 오빠들은 구경만 했고. 그래도 우리는 공통점이 있구나. 혈연으로 이어져 있잖니."

"며칠 전만 해도 우리는 서로를 모르고 살았어요."

"그렇게 말하지만 너는 나를 아주 잘 알고 있었다고 생각해. 우리가 만난 건 우연이 아니야. 혈육의 지원이 필요했을 때 너는 나를 찾았어. 그건 너를 도와줄 사람은 나뿐이라는 걸 알았기 때문이지. 안 그러니?"

"아마 그랬겠죠……."

"그렇게 대답해주니 기쁘구나. 이번에는 내가 네 도움이 필요해."

"뭐든 말씀하세요."

"고맙구나! 디꼴의 동료가 다리가 골절되는 사고를 당했어. 근데 그 사고가 우리에게도 영향을 미치고 있단다. 고용 주들이 이 기회에 자동화 엘리베이터로 교체하려고 해."

산지는 아무리 생각해도 그 일이 자신과 무슨 상관이 있는 지 알 수가 없었다.

"오랜 세월 근무했으니까 고모부에게 그만한 보상을 하겠 죠." 산지가 말했다.

"사람들은 부자일수록 더 인색하게 굴지. 어쩌면 그래서 부자인지도 모르지만. 하지만 디팍에게는 돈이 아니라 자존 심과 인생이 걸려 있는 문제야."

"그게 고모부의 명예에 무슨 문제가 되죠? 고모부의 잘못 이 아닌데."

"디팍은 특출한 크리켓 선수였어. 국가대표팀에서 눈독을 들일 정도로. 승승장구해서 국민의 찬사를 받으며 사회적 장 벽을 뛰어넘을 날을 눈앞에 두고 있었지만 나와 도망쳐야 했 지. 전도유망한 운동선수가 타국의 낯선 도시에서 엘리베이 터 운전을 하게 된 거야. 그가 어떻게 지냈을지 상상이 되니? 네 고모부는 자존감을 위해 위업을 달성하기로 결심했단다."

"크리켓 선수로요?"

"산악인이 기록을 재듯 엘리베이터를 운전하면서 난다데 비산 높이의 3천 배 거리를 수직 이동하기로. 39년째 그 꿈을 이루기 위해 노력하고 있어. 그 목표에 거의 다다르고 있는 때에 고용주들이 그걸 빼앗으려 하니, 나는 그렇게 되도록 내 버려둘 수가 없구나."

"왜 3천 배예요?"

"왜 안 되는데?"

산지는 농담이겠거니 하면서 고모를 쳐다보다 그렇게 진지할 수 없는 얼굴을 보고 놀랐다.

"고모부가 난다데비산 높이의 3천 배를 오를 수 있도록 제가 어떻게 도우면 될까요? 솔직히 저는 현기증 때문에 사다리도 못 올라가거든요."

"얼마간 리베라 씨 대신 근무해주면 돼."

트럼펫 연주가 끝났다. 연주자는 악기를 챙기고 행인들이 자발적으로 모자에 넣어준 동전을 챙겼다.

"고모에게 아직 말씀 안 드렸는데요. 저는 뭄바이에서 회사를 경영하고 있어요. 백 명이 넘는 직원들을 책임져야 하는 대표예요. 제가 뉴욕에 온 것은 사업을 확장하기 위해서고요."

"그러니까 얼마간이라도 엘리베이터 운전을 하기에는 네가 너무 중요한 사람이다, 그 말이니?"

"그런 뜻이 아니고요."

"아니, 너는 방금 그렇게 말했어."

"너무 중요한 사람이라는 게 아니라 너무 바쁘다는 뜻이에요."

"그러니까 그 바쁜 일들이 가족을 돕는 것보다 더 중요하다는 거잖아."

"말꼬리 잡지 마시고 제 입장에서 생각해보세요. 내 사업을 하면서 어떻게 야간에 엘리베이터 운전까지 할 수 있겠어요?"

"그럼 하나만 묻자. 너는 네 직원들에 대해 얼마나 알고 있니? 직원들의 아내, 자식들의 이름, 생일, 습관은 뭔지, 뭘 기뻐하는지, 뭘 고통스러워하는지, 그런 것들에 대해 알고 있니?"

"그걸 제가 어떻게 알겠어요? 직원이 백 명도 넘는다고 말씀드렸잖아요."

"높은 데 있는데도 보는 건 별로 없구나. 디곽은 건물 주민들의 삶에 대해 모든 걸 알고 있지. 주민 대부분이 그를 온갖 일을 다해주는 일개 잡부라고 생각하지만, 그는 주민들의 일상이 불편하지 않도록 정성을 기울이지. 어쩌면 주민들이 자기 자신에 대해 아는 것보다 그가 더 잘 알고 있기에 그들을 지켜주고 있는 거야. 뱃사공 같다고나 할까. 넌 어떤 사람이니?"

"고모부의 인간성이야 이론의 여지가 없죠. 제가 그런 느낌을 줬다면 사과할게요."

"잠깐." 랄리는 핸드백에 손을 넣으면서 말했다.

그녀는 지갑에서 25센트 동전 한 개를 꺼내서 산지의 손에 쥐여주고 손가락을 오므려주었다.

"주먹을 뒤집은 다음 손을 펴보렴."

산지는 고모가 하라는 대로 했고, 동전이 발에 떨어졌다.

"네가 죽는 날 그게 네 전 재산일 거다."

그렇게 말하고 랄리는 자리를 떴다.

산지는 당황한 얼굴로 동전을 주웠다. 그러고는 아름드리 느릅나무의 잎을 올려다보다 황당한 얼굴로 고모를 쫓아갔다.

"며칠 밤이면 되는데요?" 산지가 물었다.

"몇 주."

"뉴욕에 그렇게 오래 머물 예정이 아닌데요."

"네가 원하면 가능한 일이겠지. 너처럼 중요한 사람이 그 정도의 자유조차 누릴 수 없는 거라면 모를까."

"버릇없게 들리겠지만 고모는 사람을 쥐락펴락하시네요, 진짜 대단하세요."

"칭찬으로 들으마. 네가 어느 나무에서 떨어졌다고 생각하니? 그래서 찬성이야, 아니야?"

"열흘 밤만 할게요. 그때까지는 반드시 다른 사람을 찾으셔야 해요."

"최선을 다하마."

"그냥 고맙다는 말 한 마디면 되는데."

"고마워할 사람은 너야. 이 경험은 반드시 너한테 득이 될 거다."

"어떻게 득이 될지는 모르겠네요."

"사람들을 끌어 모으는 시스템을 개발한 거 아니었니?"

"고모가 그걸 어떻게 알아요?"

"너에 대해 구알리했지."

"뭘 했다고요?"

"컴퓨터를 켜고 너에 대해 찾아봤다고. 하이테크 쪽에 종사한다는 사람 중에서. 그런데 네가 구알리가 뭔지 모른다면 걱정이구나!"

"아, 구글!"

"내가 그렇게 말했잖아! 사람들을 맺어주는 야망을 가진 너에게 사람에 대해 아는 방법을 터득할 기회가 될 테니 두고 보렴. 고모부에게 가봐, 고모부에게 며칠 훈련받을 시간은 있어. 우리가 너와 인턴십 계약을 하는 즉시 모든 일이 순조롭게 풀리면서 너는 야간 근무를 시작할 수 있을 거다."

"무슨 인턴십 계약이오?" 산지가 불안한 얼굴로 물었다.

랄리는 조카의 이마에 입을 맞춘 다음 핸드백을 꼭 끌어안고 떠났다.

집으로 돌아간 날

나는 펜 기차역에서 내리면서 지하철을 포기했다. 코네티컷에서 이사 와서 내가 그토록 좋아하던 뉴욕 지하철이 이제는 극심한 공포를 주었다. 열차는 늘 붐벼서 나는 사람들 속에서 질식할까 봐 두려웠다.

다른 높이에서 사는 법을 터득해야 한다. 이제부터 내 시야는 주위를 오가는 사람들의 상체에 고정되어 있어야 한다. 나를 밀치는 사람들을 어떻게 원망할 수 있겠는가? 뜻밖에도, 휴대폰에 시선이 쏠린 사람들이 오히려 덜 위험하다. 고개를 숙이고 걷는 그들의 시야 안으로 내가 들어가기 때문이다.

디팍이 보도에서 나를 기다리고 있었다. 성실한 디팍이 택시 문을 열어주면서 "어서 오세요, 미스 클로이" 하는 인사조차 평소와 조금도 다름이 없었다. 아빠는 택시에 장착된 리프트를 내려놓고 트렁크에서 꺼내온 휠체어를 펼친 다음 최대한 내게 가까이 섰다. 마치 모든 게 정상이라는 듯, 덤덤히 쳐다보는 디팍의 눈길을 받으면서 나는 미끄러지듯 휠체어에 앉았다.

"집으로 돌아온다는 걸 알고 다들 기뻐하고 있어요." 디팍이 속삭였다. 나는 바로 이해하지 못하고 디팍이 고개를 들었을 때 그의 눈길을 좇았다. 주민들이 창문으로 내다보고 있었다. 윌리엄스 부부, 클레르 부부, 젤도프 부부, 그룸랫 씨, 심지어 모리슨 씨까지.

콜린스 부인은 로비에서 기다리고 있다가 나를 반갑게 맞아주었다. 부인은 나를 안아주고 입맞춤을 했다. 아빠는 먼저 올라가서 집에 불을 켜놓겠다고 했다. 디팍이 아버지를 엘리베이터로 인도했고, 콜린스 부인은 내 곁에 있겠다고 했다. 부인은 아무 말도 안 했지만, 엘리베이터 내려오는 소리가 들리자 내 귀에 대고 너무나 아름답다고 속삭였다. 마치 우리 둘만의 비밀이어야 된다는 듯 부인의 표정은 사뭇 진지해 보였다.

디팍이 내 휠체어 핸들을 덥석 잡았다. 나는 익숙해질 필요가 있었다. 이제 나에게는 발이 없고 휠체어가 있는 것이다. 이건 아주 중요한 개념이다. 나중에 디팍에게도 설명하고 이해시켜야 한다. 6층에서 콜린스 부인이 내렸다. 7층, 디팍이 눈물을 흘렸다. 나는 자연스럽게 어린 시절로 돌아가 디팍의 손을 잡았다. 내가 아직 어린아이였을 때처럼 디팍이 커 보여서 그랬나 보다. 나는 디팍에게 눈물이 많은 날인가 보다고 말했다. 디팍은 눈을 닦으면서 다시는 이런 일이 없을 거라고 약속했다. 그리고 9층에 도착했을 때, 디팍은 내 휠체어를 밀어주지 않았다. 그는 엘리베이터 핸들을 잡은 채로 말했다. "아까 로비에서 휠체어를 밀어준 것은 처음이자 마지막이었습니다. 미스 클로이는 내 도움도, 누구의 도움도 필요하지 않아요. 어서 들어가요, 내가 해줄 게 없습니다."

나는 엘리베이터에서 나갔고, 디팍은 목례했다. 전과 다름없이 기품 있는 인사에 나 자신도 예전과 달라진 게 없음을 느꼈다. 누구도 내 휠체어를 밀지 못하게 하리라. 14시 50분의 그 일이 있기 전, 나는 아무나 내 손을 잡게 두지 않았다. 오직 줄리어스와 아버지만 내 손을 잡을 수 있었다.

10

디꽉은 그룸랫의 사무실에서 열린 회의가 끝난 후, 주민들을
각 층에서 내려주었다. 그는 오래전부터 주민들의 표정을 읽
을 수 있었다. 7층에 올라갔을 때 클레르 부부의 시선에서는
공감하고 있음을 느꼈고, 젤도프 부인의 언짢은 표정과 모리
슨 씨의 침묵은 브론슈타인 교수의 당황한 얼굴 못지않게 의
미심장했다.

건물 정문의 벨이 울렸다. 디꽉은 브론슈타인 교수에게 인
사하고 1층으로 내려갔다.

*

클로이는 거실에서 아버지를 기다리고 있었다.

"모리슨이 판을 엎어버렸어. 젤도프 부인이 대단한 수완을

부려서 모리슨을 설득했거든. 곤드레만드레 취해도 엘리베이터 버튼을 누를 수 있다고."

"결국 판을 엎은 사람이 그 맹신자란 말이네요?"

"클레르 부부도 설득됐어. 그 기계를 이미 구입해놓은 게 아니었다면 내가 어떻게든 관철시켰겠지만 수동식 엘리베이터로부터 자유로워지겠다는 욕구를 반대할 수가 없었다."

"자유요?" 클로이는 버럭했다. "뭐, 공기가 부족하대요?"

"계단을 올라 다니다 보면 그렇게 느낄 수도 있겠지."

"그러니까 아무도 그룹랫을 질책하지 않았다는 거예요?"

"그게 그리 쉽지가 않았어. 하지만 디팍과 리베라 씨에게 보상금으로 1년치 월급을 지급하자는 건 관철시켰다. 우리 살림은 곤란해지겠지. 그룹랫이 추가 비용을 충당하려면 가구마다 분담해야 한다고 요구했거든. 그 돈을 어디서 마련할지 모르겠다. 그렇다고 네 엄마에게 부탁할 생각은 절대 하지 마."

"요컨대, 우리의 회계사께서 디팍과 리베라 씨의 삶뿐 아니라 우리의 삶도 엉망으로 만들고 있는 거네요. 대박!"

"나는 최선을 다했어. 돈을 마련하려면 또 순회 콘퍼런스를 시작해야 하는데 너를 혼자 두고 가는 게 나라고 좋겠니. 하지만 선택의 여지가 없었구나."

클로이는 아버지에게 물었다.

"건물이 이전 같지는 않을 텐데, 디팍 씨와 함께할 수 있는 시간이 얼마나 남았을까요?"

"아마 그렇게 많이 달라지진 않을 거야." 아버지는 서글픈 미소를 지었다.

"그렇지만 엘리베이터에 들어설 때마다 사람들은 분명히 이렇게 말하겠죠. '디팍 씨나 리베라 씨가 있던 때 같지는 않네.'"

"그렇겠지." 아버지가 동의했다. "그래도 그걸 누릴 날은 아직 며칠 남아 있어."

거실에 비쳐 들던 햇빛이 약해지면서 하늘이 어두워졌다. 열린 창문을 통해 나무를 흔들며 지나가는 바람 소리가 들렸다.

"이제 나는 학교로 돌아가야 하는데 비에 흠뻑 젖게 생겼구나." 브론슈타인 교수가 툴툴거렸다.

클로이는 창문을 닫았다. 장대 같은 비가 쏟아지기 시작했다. 고급식료품점 시타렐라에 배달을 마치고 자루가 가득 실린 수레를 밀면서 뛰어가는 남자, 우산 속으로 사라진 검은색 양복 차림의 남자, 건물 차양 밑으로 피하는 제복 차림의 경비원, 멋진 유아차를 밀면서 전력 질주하는 아기 엄마. 돌풍에 플라타너스 나뭇가지들이 휘어지면서 미친 듯이 휘날리는 나뭇잎. 한 여자가 머리 위에 덮은 신문지가 획 날아갔다. 비에 얼룩진 창문 너머 5번가는 흡사 윌리엄 터너의 캔버스를 찢고 나온 듯했다.

"이렇게 몰아치는데 아빠의 레인코트가 너무 낡아서 큰일이네. 학생들이 놀리겠어요."

"학생들은 늘 내 차림을 갖고 놀려." 브론슈타인 교수는 현관에 놓인 원탁에서 열쇠를 집어 들면서 대꾸했다.

클로이는 아버지가 나가자마자 화가 치밀었다. 아버지는 이 더운 여름에 각지를 돌면서 콘퍼런스를 하느라 고생하게 생겼는데, 에어컨이 빵빵하게 나오는 사무실에서 거드름 피우고 있을 그룸랫을 생각하니 도저히 참을 수가 없었다. 그 순간 묘안이 떠오른 클로이는 컴퓨터 앞으로 가서 검색을 시작했다.

*

머리끝에서 발끝까지 흠뻑 젖은 산지가 정문 앞에서 기다리고 있었다.

"아니, 이게 무슨 꼴이야." 고모부는 문을 열면서 한숨을 쉬었다. "로비에 들어와서 비를 피하라고 하고 싶지만…… 거기 깔판에서 빗물이나 좀 털고 가렴."

"비 피하러 온 게 아니에요. 고모가 아무 말도 안 하셨어요?"

"했지. 하지만…… 네가 받아들이지 않을 거라고 생각했다."

"네, 그럴 생각 전혀 없었어요." 산지가 구시렁거렸다.

"보나마나 선택의 여지가 없게 만들었겠지, 랄리가! 그럼 따라와."

디팍은 조카를 창고로 데려갔고 리베라 씨의 옷장을 열었다. 리베라의 외출복만 달랑 걸려 있었다.

"아! 다른 거부터 줘야지."

"다른 거 뭐요?"

디팍은 수건을 찾아서 산지에게 건네주었다.

"물기 닦고 투어를 시작하자."

"고모부처럼 입어야 해요?"

"너 학교 다닐 때 교복 안 입었니?"

143

"입었죠. 하지만 졸업한 지가 언젠데요."

"지금보다 행동이 빠릿빠릿해야 할 거다. 보다시피 세제류는 이 창고에 있으니까 오늘처럼 비가 오면 청소 도구를 갖고 올라가서 로비 대리석 바닥을 닦아야 해."

"점점!"

"뭐라고?"

"아무것도 아니에요. 계속하세요."

디팍은 1층으로 올라온 뒤, 로비가 비어 있을 때만 안내데스크 뒤에 앉아 있고 방문객이 있거나 주민이 있을 때는 절대 앉아 있으면 안 되며, 자리를 비울 때마다 건물 정문을 잠가 놓고 움직여야 한다고 설명했다.

"예전에는 경비원이 따로 있었지만 인건비를 절감한다고 주민들이 두지 않기로 했지. 따라서 정문 벨 소리와 엘리베이터 호출 벨 소리, 이 두 종류의 벨 소리 구분하는 걸 빨리 익혀야 해."

"만약 내가 엘리베이터 운전 중일 때는요?"

"그래서 행동이 빨라야 한다는 거야. 올라가면 곧바로 다시 내려와야지. 저녁에는 두 집이 동시에 엘리베이터를 이용하는 경우가 거의 없어. 이따금 음식점 배달원이 올 때 말고는 대체로 조용한 편이지. 물론, 윌리엄스 부부가 손님을 초대하는 날은 좀 복잡하고. 클레르 부부는 저녁에 거의 외출하지 않고, 젤도프 부부는 손님을 초대하는 일이 없어. 모리슨 씨는 늘 자정 무렵에 귀가하는데 신경을 써줘야 해. 그 시간에는 현관 열쇠도 제대로 꽂지 못할 정도로 취해 있으니까.

그리고 특히, 그가 말을 시켜도 가급적 응대하지 마. 아니면 요통이 생길 거다."

"요통이랑 무슨 관계가 있죠?"

"꾸물거리다가는 모리슨 씨가 엘리베이터 안에서 잠들기 때문에 침대까지 업어서 날라야 하거든. 모리슨 씨는 정신적인 무게 못지않게 육체적으로도 무겁지."

디팍은 엘리베이터 앞에서 걸음을 멈추고 세 가지 중요한 철칙을 산지에게 설명했다. 그러고 나서 철제 도어를 열고 산지에게 엘리베이터 안으로 들어가라고 했다.

"이 핸들이 스위치야. 핸들을 오른쪽으로 밀면 엘리베이터가 올라가고, 왼쪽으로 밀면 내려가지. 이 모터에는 조정 장치가 장착되어 있지 않아. 따라서 요동 없이 부드럽게 정확한 높이에서 엘리베이터를 정차하는 것이 관건이지. 그러려면 정차 위치에 이르기 1미터쯤 전에 핸들을 중립에 놓고 즉시 한 칸 밀어야 해. 그리고 핸들을 다시 중립으로 놓는 것이 정차의 마지막 단계야."

"정차의 마지막 단계요?"

"정차를 위한 마지막 몇 센티미터!"

"생각보다 좀 까다롭네요."

디팍은 만면에 미소를 지었다.

"좀이 아니라 아주 많이 까다롭지. 어디 네가 할 수 있는지 보자."

산지가 핸들에 손을 올리자 디팍이 저지했다.

"철제 도어부터 닫아야지." 디팍이 한숨지었다.

"아, 네, 당연히 닫아야죠." 산지가 대답했다.

"그럼 해봐."

산지는 있는 힘껏 도어를 당겼지만 접히지 않았다.

"고리를 약간 들어서 살살 당겨야 레일을 타고 미끄러지지. 그렇게 확 잡아당기면 고장 나."

"21세기에!" 산지가 툴툴거렸다.

"키보드 두드리는 거 말고는 열 손가락으로 뭘 해야 할지 모르는 컴퓨터 시대라는 거 나라고 모를까!"

짧은 눈빛 교환이 이어졌는데 서로에게 부드러운 시선은 아니었다. 산지는 철제 도어를 닫는 데 성공한 다음 핸들을 조종하기 시작했다.

"잊지 말고 꼭 흰 장갑을 껴. 그러면 네 손자국을 일일이 닦지 않아도 되니까. 구리는 워낙 자국이 선명하게 남거든. 이제 9층으로 올라가."

엘리베이터가 덜컹하더니 빠른 속도로 올라가는 바람에 산지는 질겁했다.

"조절해야지, F1 경주도 아니고, 당장 두 칸을 내려!" 디팍이 지시했다.

효과는 즉각적이었다. 엘리베이터가 정상 속도로 움직였다. 산지는 층 중간쯤에서 핸들을 중립에 놓았다. 엘리베이터가 갑자기 멈추더니 한 칸 뒷걸음치며 10센티미터쯤 하강했다. 핸들을 우측으로 밀자 엘리베이터가 내려간 만큼 다시 올라왔다. 산지는 핸들을 다시 중립에 놓았다.

"정차 위치에서 5미터 65센티미터 밑이니까 아주 나쁘진 않아."

"과장이 심하시네요, 겨우 10센티미터 내려갔는데."

"5미터 65센티미터, 여긴 내가 올라가자고 한 9층이 아니라 8층이니까. 그럼 어디 한 층 올리는 건 어떤지 보자."

"먼저 시범을 보여주시는 게 낫겠어요."

디팍이 잘 보라는 뜻의 미소를 지으며 완벽한 솜씨를 보여주었다.

"오케이, 까다롭네요." 산지가 인정했다. "하지만 저는 고모부를 도와주러 온 거니까 으스대지 마세요, 아니면 저 갈래요."

스승이 시범을 보이면 제자가 따라해보는 식으로 1시간 동안 엘리베이터 운전 훈련이 이어졌다. 산지는 마침내 예민한 메커니즘에 익숙해졌다. 불안정했던 정차는 스무 번의 왕복 훈련 끝에 향상되었다. 7층에서는 정차 위치에서 2센티미터 벗어난 지점에서 멈추는 데 성공했고, 엘리베이터를 1층으로 거의 부드럽게 하강시켰다.

"처음치고 이 정도면 됐다." 디팍이 말했다. "너는 이제 그만 가는 게 좋겠어, 주민들이 귀가할 시간이야. 내일 같은 시간에 와서 다시 해보자."

디팍은 산지를 배웅했다. 비는 그쳐 있었다. 디팍은 정문 차양 밑에 서서 해 지는 저녁 풍경 속으로 멀어져가는 조카를 바라봤다.

"고맙다는 말도 안 하고 가버리네." 디팍이 구시렁거렸다.

디팍은 호주머니에서 수첩을 꺼내고 조카와 함께 주파한

거리 1,850미터를 기록했다.

*

클로이는 결단을 내렸다. 며칠 후면 디팍과 리베라는 물론이고 아버지의 신세까지 그놈의 기계를 설치하느냐 마느냐에 달려 있었다. 불현듯 떠오른 아이디어였는데 이제는 공격적 작전으로 변경되었다. 작전을 실행하려면 누군가의 도움이 필요한데 조건이 맞아야 했다. 아버지는 절대 찬성하지 않을 것이고, 디팍을 끌어들이는 것은 너무 위험했다. 디팍이 가장 먼저 의심받을 테니 확실한 알리바이를 만들어줘야 했다. 이런 이유로 랄리에게는 더더욱 연락할 수 없었다. 공모할 사람을 찾을 때까지 일단은 내일 당장 작전에 사용할 것부터 사러 갈 것이다. 인터넷 검색으로 얻은 정보에 따르면 완전 범죄가 가능했다.

*

정오, 클로이는 블라우스타인 페인트 앤드 하드웨어 상점을 나와 그린위치가를 따라 내려갔다. 3번가에 있는 DIY 철물점이 집에서 더 가깝지만, 토스터나 커피메이커가 고장 났을 때, 또는 수도꼭지나 전구를 갈아야 할 때 아버지가 들르는 가게라서 위험을 무릅쓰고 싶지 않았다.

30분 후면 줄리어스가 대학교 구내식당으로 갈 것이다. 클로이는 시간 여유가 있어서 줄리어스보다 먼저 도착할 수 있었다.

줄리어스는 식당에 앉아 있는 클로이를 발견하고 깜짝 놀랐다. 클로이가 전혀 모르는 젊은 여자와 함께 있다가 들켜버렸으니.

두 여자는 인사했고, 줄리어스가 '조교'라고 소개한 알리시아가 떠나고 둘만 남았다.

"예쁘네."

"누구?" 줄리어스가 물었다.

"너의 여자."

"괜한 상상하지 마."

"아무 상상도 안 했을 텐데, 네가 '누구' 하고 되묻지 않았더라면."

"내가 한가해서 조교랑 쏘다닌다고 오해할까 봐 한 말이야."

"그렇게 애쓰지 마. 그건 그렇고 나 여기 싸우러 온 거 아냐. 부탁할 게 있어."

클로이는 그에게 부탁하려는 것을 설명했다. 그녀 생각에는 아주 무리한 부탁이 아니었다. 자정 무렵 건물 밑에 와서 올라올 필요 없이 기다리고 있으면 창문으로 정문 열쇠를 던져줄 테니 10분 후 지하실에 빠르게 내려갔다가 아무도 몰래 집으로 돌아가라는 것이었다.

"농담이지?"

클로이가 침묵하자 줄리어스는 접시를 옆으로 치우고 그녀의 두 손을 잡았다.

"리베라 씨의 사고 이후로 우리는 하룻저녁도 함께 보내지 못했어. 마침내 이동의 자유를 되찾을 수 있을 텐데 그걸 망치고 싶은 거야? 탑에 얼마나 더 갇혀 있으려고? 그게 나를 만나지 않으려는 핑계라면 몰라도."

"나의 탑은 9층짜리야, 무슨 요새 꼭대기가 아니라고. 마음만 있으면 충분히 올라올 수 있는 높이지."

"저녁마다 그러고 싶지만 중간고사가 다가오고 있어서."

"그러니까 내 부탁을 들어주면 되잖아. 그러면 마음 편히 일에 전념할 수 있을 거고. 그리고 대단한 부탁도 아닌데 이 정도는 들어줄 수 있는 거 아닌가?"

"말도 안 되는 소리!" 줄리어스가 버럭했다. "법을 어기지 않는 것이 내 신조야."

"그럼 윤리법은?"

"오, 제발, 신입생이나 하는 수법 쓰지 마. 그리고 네가 윤리철학자인 양 말해서 하는 소린데 몽테스키외의 말을 예로 들게. '자유롭게 행동하는 것보다 더 나은 행동은 없다.' 그런데 나를 네 작전을 위한 모자란 꼭두각시로 삼으려 하다니."

"맙소사, 내가 이렇게 한순간에 어리석은 학생으로 전락해버리는구나. 아무튼 재미있네." 이렇게 대꾸하고 그녀는 휠체어를 운전하면서 구내식당을 빠져나갔다.

줄리어스는 클로이를 쫓아 나갔다.

"그런 작전으로는 성공하지 못해. 방해 공작이라는 걸 주민들이 금방 알아챌 거야."

"그들은 절대 알아채지 못해, 내가 면밀히 연구한 끝에 내린 작전이니까."

"주민들이 그 승무원을 고소할걸."

"그는 무고하니까 확실한 알리바이만 있으면 돼."

"기껏해야 몇 주일 버는 걸 텐데."

"네가 손해 보는 일도 아닌데 뭐가 불만이지?" 클로이는 휠체어 속도를 내기 위해 손에 힘을 주었다.

"그만 좀 해, 내가 왜 맨날 피고인석에 앉아 있는 느낌인지 모르겠어! 여름이 끝나면 나 전임 교수로 임용되어야 해. 올해는 내 장래가 걸려 있어서 악착같이 공부하고 있어. 네가 그저 그런 드라마 촬영하러 다니느라 시간 내주지 않을 때 내가 불평한 적 있어? 서부 해안에서 몇 주일씩 촬영한 적도 있잖아? 그렇지만 나는 네 일을 존중했고 외로움을 참았어."

클로이가 갑자기 휠체어를 멈추고 돌아봤다.

"내가 연기한 그저 그런 드라마를 보는 시청자는 수백만 명이야. 너의 그 천재적인 강의를 듣는 학생은 몇 명이나 되는데? 맞아, 우리 삶이 변했어도 넌 내 곁에 남았지. 그렇다고 해도 영원히 네게 빚진 채로 죄책감을 느끼며 살 순 없어."

줄리어스는 그녀의 뺨을 어루만졌다.

"자유롭게 행동하는 것보다 더 나은 행동은 없다." 그는 되뇌었다. "너랑 있으면 난 자유로운 기분이야."

"그런 수법은 학생들에게나 써먹어. 그리고 내 부탁은 잊고, 무엇보다 네가 신조를 어기는 건 나도 싫으니까."

"너도 그 말도 안 되는 계획은 잊어. 그리고 좋은 점을 생각해. 자동화 엘리베이터로 바꾸면 우리는 저녁에도 자유롭게 함께 시간을 보낼 수 있잖아."

"그래, 네 말 다 맞아." 그녀는 차분한 목소리로 말했다.

"철학과 교수인데, 그럼." 줄리어스가 부드럽게 말했다.

줄리어스는 저녁에 전화하겠다고 약속했다. 그는 복도를 오가는 학생들 때문에 재빨리 입을 맞추고 강의실로 향했다.

클로이는 4번가를 통해 워싱턴스퀘어 파크를 따라갔다. 그녀는 실망했지만, 줄리어스를 안심시킨 것과는 달리 계획을 포기할 생각은 조금도 없었다.

*

리베라는 의자에서 잠든 디팍을 쳐다보고 있었다. 디팍이 눈 좀 붙이게 놔두고 싶지만 온종일 혼자 있어서 심심했다.

"책 고맙네!" 리베라가 목소리를 높이면서 말했다.

디팍이 소스라치게 놀라 자세를 바로 했다.

"보낸 사람은 따로 있는 거 알면서."

"가져온 건 자네니까."

"탐정소설 지겹지 않은가?"

"아니, 기분 전환이 돼."

"늘 똑같은 게 식상하잖아, 살인 사건, 알코올 중독 경찰관, 수사, 잘못된 사랑 이야기, 끝에 가서야 드러나는 범인."

"바로 그게 마음에 들어. 나에게는 형사보다 먼저 사건의 매듭을 풀어나가는 게임이거든."

"소설가가 다른 방식으로 쓰는 것도 괜찮을 텐데. 아예 아무에게도 발각되지 않은 채 범인이 궁지를 벗어나는 식으로, 배짱 좋게."

"그런 생각을 하다니 자네답지 않은데."

"며칠 후에는 더더욱 전혀 나답지 않을 거야."

"이미 끝장난 일에 왜 시간 낭비하면서 조카에게 엘리베이터 운전을 가르치는 건가?"

"실습 때 일어난 일을 들으면서 자네도 재미있어 했잖아?"

"솔직히 말하면……."

"바보같이 들리겠지만, 몇 년 후에도 우리를 기억하는 사람이 있을까? 우리 직업을 기억하는 사람이 있기는 할까? 사라진 직업이 얼마나 되는지 생각해본 적 있나? 그 직업에 종사하던 이들의 궁지를 기억하는 사람이 있기는 할까? 그 근면한 삶을 누가 기억해줄까? 수세기 동안 도시를 밝혀준 가로등지기를 예로 들어보자고. 그들은 해 질 녘부터 새벽까지 장대를 들고 거리를 돌아다녔어. 나는 그들이 가로등에 불을 밝히며 다닌 거리가 몇 킬로미터나 되었을지 궁금해. 한 직업이 역사 속으로 사라지고 난 뒤의 신성한 기록이잖아. 불꽃처럼 살다가 먼지가 되어 어둠 속 무덤으로 사그라지는 사람들. 그런 이들이 존재했었다는 걸 아직까지 기억하는 사람이 몇이나 될까? 하지만 인도에는 아직 우리 엘리베이터 같은 수동식이 꽤 있어. 그래서 내 조카가 인도로 돌아가서 수동식 엘리베이터에 오르면 당연히 내 생각이 나겠지. 조카가 나를 생각하는 한 나는 존재하는 거잖아. 바로 그게 내가 이러는 이유야. 망각 속으로 사라지기 전에 조금이라도 시간을 더 벌기 위해서.”

리베라는 진지한 얼굴로 동료를 쳐다봤다.

“이보게, 혹시 내가 탐정소설 읽는 동안 자네는 몰래 시집에 빠져 있었던 거 아닌가?”

디팍은 어깨를 으쓱했다. 리베라가 침대 가까이 오라고 했다.

“베개 세워달라고?”

“베개는 놔두고 저기 옷장에 있는 제복을 세탁소에 맡겼다가 조카에게 입히게. 제복을 입으면 훈련받을 때 한결 마음가짐이 달라질 거야. 제복의 주인 이름이 안토니오 리베라였고 이 직업을 30년간 해온 사람이라고, 내 이름이 조카의 가슴에 새겨질 때까지 계속 말해주게.”

“나만 믿어.”

“다음에 올 때 초콜릿 가져오는 거 잊지 말고.”

디팍은 침대에 다가가서 리베라의 어깨를 토닥인 다음 동료의 제복을 꺼내들고 병실을 나갔다.

*

클로이는 방금 전화를 끊었다. 늦을 거라고 알리는 아버지의 전화였다. 또다시 휴대폰이 울렸다. 줄리어스의 전화번호가 떠 있는 걸 보고 책을 다시 들었다.

톰킨스스퀘어 파크 잔디에서 친구들끼리 피크닉을 보내는 대목이었다.

클로이는 읽기를 중단하고 생각에 잠겼다. 이스트빌리지

의 작은 아파트와 소소한 일상이 그리웠다. B가와 4번가 모퉁이 델리숍으로 쇼핑하러 가는 즐거움, 7번가에서 사먹는 아이스크림, 10번가의 아담한 골동품 가게 구경, 중국 부티크에서 받던 15달러짜리 네일아트, 중고 서적을 구하러 자주 가던 마스트북, A가의 예쁜 서점, 서점을 나오면 꼭 들르던 와인 가게, 즐겨 찾던 스탠드바 굿나잇소니. 여전히 언제든 가볼 수 있는 곳들이다. 문이 너무 좁은 와인 가게를 제외하고는. 그 장소들만 그리운 것이 아니었다. 거주지를 바꾸는 것은 삶을 바꾸는 것과 같았다. 마지막으로 친구들과 어울려서 저녁을 보낸 때가 언제였지? 그중 병원으로 나를 만나러 온 친구가 몇이나 되지? 텔레비전 뉴스에서 그녀의 사고 소식을 접한 처음 며칠은 많은 사람이 찾아왔다. 그다음 십여 주 동안엔 희생자들의 운명보다 범인들의 행적에 관심이 쏠렸고, 석 달이 지나자 찾아오는 이가 전혀 없었다. 뉴욕은 남의 시간 뺏는 걸 혐오하는 도시였다.

클로이는 그 친구들에게 다시 연락해볼 수도 있지만 단념했다. 아마도 자존심 때문에.

*

8층에서는 윌리엄스 부인이 마침내 디너파티를 열 수 있게 된 걸 기뻐하고 있었다. 지금이야말로 건물이 위용을 되찾아야 할 때였다. 남들이 부러워하는 맨해튼에 내 아파트를 소유하고도 나다니는 게 불편하다면 무슨 소용일까? 그룸랫 씨는 기막히게 약삭빠른 인간이었다.

"그에게 선물이라도 해야겠죠?" 윌리엄스 부인이 남편에게 물었다.

"디팍에게?" 거실에서 책을 읽던 윌리엄스가 물었다.

그녀는 어이없다는 얼굴로 복도를 지나 주방으로 향했다.

"우리 외출할까?" 남편이 물었다.

"디팍이 퇴근하기 전에 들어와야 하는데, 싫어요. 당분간은 8층 올라 다니는 걸 괜찮다고 할 가사도우미도 못 구하게 생겼는데……."

한편 클레르 부부는 계단 이용을 감수하고 영화를 보러 나갈 용기를 냈다.

콜린스 부인은 앵무새와 마주 앉아서 저녁을 먹은 뒤 침실 머리맡 탁자에 새장을 올려놨다. 평소에 리베라 씨가 안경을 내려놓던 자리였다. 그녀는 방금 사가지고 들어온 소설을 읽기 시작했는데 아직은 간호사의 범행에 대한 확신이 없었다.

모리슨 씨는 거실에 있는 전축에 푸치니의 「투란도트」를 걸었다. 아리아 「네순 도루마(아무도 잠들지 마라)」가 울려 퍼질 때 그는 맥켈란 한 잔을 따라놓고 레코드판 컬렉션에서 베토벤의 오페라 「피델리오」를 골랐다.

젤도프 부인은 밤 10시경 모리슨 씨에게 전화해서 볼륨을 낮춰달라고 부탁했다. 그러고 나서 그녀는 TCM 영화 채널에서 방영하는 흑백 영화를 보다가 침실에 들어갔다.

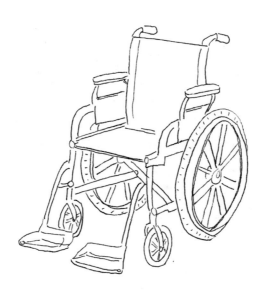

11

녹음 스튜디오는 17번가의 한 빌딩 6층에 있었다. 클로이는 5번가 12번지의 엘리베이터와는 비교도 할 수 없는 크기의 화물용 엘리베이터에 올랐다. 버튼만 누르면 되는 엘리베이터를 운전하는 사람에게 야간 아르바이트를 제안해봐야 문제를 해결할 수는 없을 터였다.

녹음 부스까지 가는 길은 쉽지 않았다. 이중문이 서로 반대 방향으로 열려 있는데 통로가 너무 좁았다. 게다가 마이크 앞에 놓인 높은 의자에 앉기 위해 음향기사의 도움을 받아야 했다. 그녀는 점심시간에 나가는 것이 복잡한 데다 민폐를 끼치고 싶지 않아서 도시락을 주문해 먹었다. 부스는 두 사람이 있기엔 너무 협소해서 음향기사는 대화할 수 있도록 마이크를 켜두고 밖으로 나가 창유리 너머에서 점심을 먹었다.

"오전 작업은 좋았어요." 음향기사가 샌드위치를 먹으면서 말했다.

마이크를 통해 씹는 소리가 크게 들렸다.

"무슨 코미디 찍는 거 같네요." 클로이는 웃음기 가득한 목소리로 말하면서 음향기사가 알아채지 못하게 볼륨을 낮췄다.

"휠체어 사용하는 사촌이 있어요." 음향기사가 말했다.

"아."

"오토바이 사고로!"

클로이는 이런 말을 하는 사람들의 심리가 뭔지 늘 궁금했다. 장애를 가진 친척이 있으면 쉽게 가까운 사이가 될 수 있다고 생각하는 건가? 강의 끝나는 시간에 맞춰 줄리어스를 만나러 갔던 어느 날, 한 학생이 휠체어에 앉아 있는 그녀가 멋져 보인다고 말했다. 그리고 덧붙였다. "나는 선입견 같은 거 없거든요." 그녀는 학생에게 대꾸했다. "그래도 굳이 그런 말을 나한테 할 필요는 없는데요." 시간이 흐르면서 클로이는 장애를 운명이라 여기고 받아들였다. 사람들은 악의가 있어서가 아니라 어색함을 감추기 위해, 그녀와 달리 온전한 신체를 가졌다는 불공평에서 자유로워지기 위해 그런 말을 하는 것이다.

"텍스트를 완전히 암기해서 잘 이해하고 있네요." 음향기사가 말을 이었다. "근데 그냥 책을 읽는 정도로 만족해야 할 거예요. 눈을 감고 듣는데 극장에 있는 느낌이었어요. 이건 그냥 책이잖아요. 좀 힘을 뺄 필요가 있겠어요, 독자로서 읽는 것처럼."

"책 많이 읽으세요?"

"책만 봤다 하면 잠이 들지만 녹음은 많이 하죠. 아무튼 내가 한 말은 그냥 조언일 뿐이에요. 자, 점심 다 먹었으니까 다시 시작합시다."

요람 요정이 이 아이 돌보는 걸 잊었나 보다, 그래도 다정하고 선의를 지닌 사람이었다.

*

그룸랫 씨는 점심 먹고 들어오면서 디팍에게 시간 나는 대로 사무실에 들르라고 말했다. 디팍은 무슨 말을 하려는 건지 짐작이 가기 때문에 시간 끌지 않기로 했다.

"차라리 지금이 괜찮습니다." 디팍이 따라가면서 말했다.

그룸랫이 앉으라고 했지만, 디팍은 서서 듣는 편이 낫겠다 싶었다.

"아무것도 할 수가 없소." 그룸랫이 탄식했다. "당신 동료의 그 빌어먹을 사고 이후 우리 주민들이 얼마나 불편함을 겪고 있는지 내가 설명 안 해도 알고 있을 겁니다."

디팍은 그룸랫이 '우리 주민들'이라고 하기에 피차 힘든 상황이니 둘이서라도 무슨 해결책을 찾아보자는 줄 알았지만, 회계사의 의도는 그것과 거리가 멀었다.

"불편한 건 나도 마찬가지지만 그래도 나야 오후에 퇴근하면 그만이지, 주민들의 불편은 뭐라 말할 수가 없을 정도란 말입니다. 나는 진짜 최선을 다하고 있소. 당신이 퇴근하고 나면 집에 갇혀 있어야 하는 불쌍한 미스 브론슈타인을 생각해보시오. 이 상황이 더 오래가선 안 되는데 승강기 조합에서는 아무 소식도 없고. 그래서 주민들이 자동화 엘리베이터를 설치하기로 결정했소."

"만장일치로 결정된 겁니까?" 디팍은 평소의 신중함을 잃고 물었다.

"물론 하야카와 부부는 참석하지 않았소. 지금 캘리포니아 별장에 있으니까. 콜린스 부인도 참석하지 않았고요. 하지만 대다수 주민이 결단을 내렸지요." 그룸랫이 짐짓 유감스러운 체했다.

"나한테 시간이 얼마나 남았습니까?"

"이보시오, 디팍." 회계사가 언성을 높이며 빈정거렸다. "무슨 말을 그렇게 합니까, 죽을병에라도 걸린 것처럼. 명예퇴직을 하고 새로운 인생을 살게 되는 건데. 두둑한 보상금을 받게 되지 않소. 1년치 급여인데! 그 정도면 원만히 수습된 거 아니오?"

"리베라 씨에게는 얼마를 주는 겁니까?"

"반년치, 보험회사에서 입원해 있는 동안의 급여도 지급해줄 테니 거의 같은 금액을 받는 셈이오."

"당신 마음대로 그 사람을 해고하면 안 됩니다!"

그룸랫은 생각에 잠긴 듯한 표정을 지었다.

"반년치면 충분한 금액이오."

"30년을 근무했는데."

"그게 내가 받아낼 수 있는 최선이었소. 그 보상금을 마련하기 위해 우리가 충당해야 할 추가 비용을 요구했을 때 주민들의 얼굴을 당신이 봤어야 하는데."

"아직 내 질문에 대답하지 않았어요. 언제 설치합니까?"

"운 좋게 엘리베이터 설치 기사들이 이번주 목요일에 올 수 있다고 하고, 공사는 이틀이면 된다니까 그때까지만 나오면 됩니다. 작업하는 동안 당신이 참관하면 좋겠소. 기사들이 엘리베이터에 대해 물어볼 게 있을지도 모르니. 금요일에 사무실에서 만납시다. 그리고 보상금은 수표로 정산해주겠소."

디팍은 회계사에게 인사하고 나왔다. 그는 자신의 인생을 엉망으로 만든 상자 두 개를 박살내고 싶은 마음에 창고로 내려갔지만, 한순간의 충동일 뿐이었다. 그는 곧 로비로 올라가서 안내데스크 뒤에 앉았다.

*

클레르 부인은 미용실에 갔다 들어오면서 늘 그랬듯 디팍에게 머리가 어떤지 물어보려다 참았다. 7층까지 올라가는 동안 들리는 소리라고는 철제 도어 덜컹거리는 소리와 엔진 소리뿐이었다.

윌리엄스 부인은 장 보러 내려가면서 가사도우미가 좌골신경통 증세로 일하러 오지 못한다고 했다며 투덜거렸다. 그녀가 돌아오자 디팍은 장바구니를 주방까지 들어다주었다. 그녀는 다음 주에 손님 초대가 있다는 말을 하마터면 할 뻔했고, 디팍이 나간 뒤에 실수하지 않은 것에 안도의 숨을 내쉬었다.

클로이는 오후 4시에 녹음 스튜디오를 나왔다. 화창한 오후였지만 택시를 타기로 했다. 비좁은 녹음실 안에서 여섯 시간 동안 힘을 쥐어짜면서 작업을 하다 보니 녹초가 되었다.

그녀가 건물에 들어가자 디팍이 뛰어와서 휠체어 핸들을 잡았다.

"아무 소리 마요. 안색이 창백해서니까."

"저보다 안색이 더 안 좋으신데요."

"저녁마다 리베라에게 면회를 가느라 밤에 잘 쉬지 못해서 그래요." 디팍이 대꾸했다.

클로이와 얘기할 때는 가면을 쓰는 게 불가능했다. 이날 디팍은 철칙 중 하나를 두 번째로 어겼다.

"미스 클로이가 반대표를 던졌다는 거 알아요. 교수님도 최선을 다하셨다는 거 아니까 내 걱정은 하지 마세요."

"라자로가 예수님에게 뭐라고 했는지 아세요?"

"아뇨, 모르는데요."

"라자로야, 이리 나오너라! 디팍 씨에게도 그 같은 기적이 일어날 거니까, 내 걱정은 마세요."

디팍은 어리둥절한 얼굴로 클로이를 쳐다보다 철제 도어를 열었다.

"그건 예수께서 라자로에게 하신 말씀인 것 같은데……."

클로이는 미소를 지으면서 결정적인 한 방이 있다고 털어놓고 싶은 걸 꾹 참았다. 그녀가 뭔가를 꾸미고 있다는 의심이 들면 디팍은 무슨 수를 써서라도 막으려고 할 터였다.

*

연이은 미팅이 끝나기 무섭게 산지는 샘과 헤어졌다. 빨리 가야 하는 이유를 설명해줄 겨를이 없었다. 산지는 서둘러서 워싱턴스퀘어 파크를 가로질렀다. 그러면서 그 벤치를 힐끔 쳐다보고는 빠르게 걸었지만 이미 지각이었다. 어쩌다 이 일에 휘말린 걸까? 하지만 이왕 좋은 쪽으로 생각하기로 마음먹은 이상 답답한 양복을 벗고 승무원 제복으로 갈아입는 것도 꽤 재미있을 것 같았다. 훗날 자식이 생기면 아이들에게 들려줄 즐거운 얘깃거리가 되고, 어쩌면 귀감이 될지도. 게다가 뭄바이에 돌아가서 팔레스 호텔이 자랑하는 그 오래된 엘리베이터 중 하나를 운전하는 모습을 삼촌들에게 보여줄 생각을 하니 웃음이 나왔다. 삼촌들이 내친 여동생의 남편 덕분에 배운 기술이라는 걸 알면 어떤 얼굴들을 할까. 아이러니한 유머, 아니, 운명의 장난이라고 해야 하나.

5번가 12번지에 가까워지고 있었다. 산지는 고모부를 도와주기로 결심하게 된 진짜 이유를 생각했다. 속내를 들키지 않고 둘러댈 만한 그럴듯한 이유는 없을까? 이 미친 짓을 받아들인 이유가 클로이에게 다가가기 위함이라는 걸 알게 되면 그녀는 어떻게 나올까? 겁을 먹고 달아날까?

세탁소 배달원이 리베라의 제복을 가져왔다. 디팍은 제복을 옷장에 걸어두었다. 동료와 약속한 걸 지키지 않는 건 미안하지만 주민 중 누구도 엘리베이터 안에서 제복 차림의 낯선 남자와 마주치는 걸 원치 않을 터였다. 낯선 존재에 대해 뭐라고 설명할 것인가? 이 정도에서 장난을 멈추는 것이 더 현명하겠지만 디팍은 좀 더 즐기고 싶었다. 부부의 미래를 구했다는 생각에 그렇게 행복해하는 랄리에게 차마 사실을 말할 용기가 나지 않았다. 엘리베이터 설치 기사들이 공사를 시작하는 목요일 저녁이면 어차피 두 사람에게 털어놓게 될 텐데.

산지는 30분 늦게 로비에 나타났다. 디팍이 조카를 따끔하게 나무라기는 했지만 지나칠 정도는 아니었다. 디팍은 산지를 지하실 엘리베이터 기계실 앞으로 데려가서 역학 강의를 했다. 두꺼비집, 이따금 팽팽한 정도를 확인해야 하는 조절기 벨트, 유도 장치에 기름칠하기……. 산지가 엘리베이터 유지 보수를 배우러 온 게 아니라는 걸 상기시킬 때까지 강의는 계속되었다.

"이건 일반 상식인데!" 디팍이 버럭했다. "이번 기회에 퓨즈가 나갔을 때 어디를 어떻게 교체해야 하는지 알게 된 걸 행복하게 생각해야지."

"행복해해야 하는 건지는 모르겠네요." 산지가 대꾸했다. "층간에서 꼼짝 못 하게 될 때는 어떡해야 돼요?"

"그래서 반드시 휴대폰을 지니고 다녀야 해. 그건 그렇고 미스 클로이는 복도의 버튼에 손이 닿지 않아. 그래서 엘리베이터를 이용해야 할 때 전화벨을 딱 한 번 울리니까 너는 받을 필요 없이 곧장 9층으로 올라가면 돼."

"9층의 젊은 여자……." 산지는 천천히 되뇌었다.

"지난번에 나 만나러 왔을 때 봤잖아. 네가 택시도 잡아줬는데, 기억나지? 이런, 호랑이도 제 말 하면 온다더니……."

그 순간 휴대폰이 진동하자 디팍이 말했다.

"혼자 가세요, 그 사이 저는 여기서 이 멋진 기계가 작동하는 걸 지켜볼게요."

"좋은 생각이구나." 디팍이 대꾸하면서 조카와 함께 올라가지 않아도 되는 것에 안도했다.

디팍은 로비로 올라간 다음 엘리베이터 안으로 들어갔다. 그는 휴대폰이 또 진동하는 것에 놀랐다. 이보다 더 빨리 갈 수는 없는데! 9층에 도착했을 때 클로이가 나와 있지 않은 것에 더 놀랐다.

클로이가 실수로 전화벨을 울린 것이 틀림없었다. 하지만 다시 내려가려다 불길한 예감에 디팍은 현관문에 귀를 대보고는 긴급 상황이라는 걸 직감했다.

그는 허리춤에 매단 열쇠 꾸러미에서 골라낸 스페어 키로 현관문을 열고 들어갔다.

"주방에 있어요!" 클로이가 신음하는 소리를 냈다.

디팍은 복도를 뛰어가다 엎어진 휠체어에 깔린 클로이를 발견했다.

"움직이지 마요." 디팍은 휠체어를 바로 세우면서 말했다.

그는 클로이를 안아서 거실 소파에 앉혔다.

"다치지 않았어요?" 디팍이 걱정스럽게 물었다.

"다친 거 같진 않아요. 선반에서 찻잔을 집으려고 했는데 손이 닿지 않아서 수납장 고리를 붙잡았어요. 근데 브레이크를 안 걸어둔 거예요. 휠체어가 뒤로 밀리는 것 같아서 잡으려고 했지만 너무 늦었어요."

"의사에게 연락할게요!"

"그럴 필요 없어요. 아마 내일쯤 멍은 들겠지만 덕분에 내가 곡예를 배우게 될지 누가 알아요."

"휠체어에 이상이 없는지 확인해볼게요." 디팍은 안도의 숨을 내쉬었다. "얼마나 가슴이 철렁했는지……."

얼마 후, 디팍이 휠체어를 밀면서 돌아왔다.

"이상 없네요, 브레이크도 점검해봤고." 디팍이 안심시키는 목소리로 물었다. "내가 여기 좀 더 있을까요?"

"고맙지만 저는 괜찮다고 확신해요. 카펫에 걸려 넘어지는 건 누구에게나 일어나는 일이잖아요, 안 그래요?"

"미스 클로이는 재치 있는 말을 던질 기회를 놓치는 법이 없군요."

디팍은 그녀의 말이 유머가 아니라 자존심 때문이라는 걸 잘 알기 때문에 그렇게 받아쳤다.

"나한테 재력이 있다면 개인적으로 월급을 드려서라도 절대 떠나시지 못하게 할 텐데."

"괜찮아요." 디팍은 그녀의 손을 잡으면서 안심시켰다. "그런 문제가 아니라는 거 잘 알잖아요."

"안 계시면 저는 어떡하죠?"

"지난 4년 동안 미스 클로이를 도와주러 온 건 두 번밖에 없어요."

"다섯 번!"

"10대 소녀였을 때는 훨씬 애를 먹였죠."

"내가 그렇게 심통을 부렸어요?"

"그건 아니지만 천사는 아니었죠. 나가기 전에 휠체어에 앉혀줄까요?"

"혼자 할게요. 말에서 떨어지면 곧바로 다시 올라타야 하잖아요."

디팍은 그녀에게 인사하고 나갔다. 엘리베이터의 철제 도어 닫히는 소리가 들리자 그녀는 거실에서 큰 소리로 말했다.

"혼자 할 수 있어!"

이번에는 엘리베이터 시동 거는 소리가 들렸다.

*

"시간이 많이 걸렸네요. 엘리베이터 고장 난 줄 알았어요."

"두꺼비집에서 불꽃 봤니? 아니면 이상 없는 거야. 꾸물거릴 시간 없다. 어제 수업을 잊지 않았는지 보기 위해 몇 차례 왕복 운전을 한 다음 자유를 줄게. 오늘 저녁은 내가 좀 일찍 퇴근해야 하거든."

"고모부랑 있으면 다시 열 살이 된 것처럼 느껴져서 기분이 아주 별로예요." 산지가 볼멘소리를 했다.

"나는 백 살이 된 것 같아!"

처음 운전은 엉망이었지만 산지는 마침내 요령을 터득했다. 몇 센티미터 가까이, 엘리베이터를 거의 완벽하게 정차하길 여러 차례 성공했다. 한 시간 후, 디팍은 산지를 정문까지 배웅했고, 완주한 거리를 수첩에 적었다. 오후 6시에서 7시 사이, 주민들이 하나둘 귀가했는데 하나같이 죽을상을 하고 있었다. 디팍을 가장 화나게 하는 것은 그들의 위선적인 얼굴이 아니라 윌리엄스 씨가 어깨에 얹은 손을 뿌리치지 못한 것이었다. 디팍은 어깨를 툭툭 털면서 그에게 인사 없이 철제 도어를 닫았다.

윌리엄스 씨는 집으로 들어가면서 아내에게 툴툴거렸다. 그놈의 기계를 설치하기로 결정한 뒤로 엘리베이터 타는 게 지옥이 되었다면서.

저녁 7시 반, 디팍은 지하실에 내려가서 옷을 갈아입었다. 약속한 추가 근무시간을 채우지 않고 퇴근했다고 험담꾼들이 욕하겠지만 어쩔 수 없었다. 더 중요한 약속을 지켜야 했다. 디팍은 외출복 차림으로 이날의 마지막 운행을 위해 올라갔다가 얼마 후 다시 내려왔다.

*

클로이는 마음의 평정을 되찾자마자 또 다른 모험을 시도했다. 휠체어에서 샤워 보조 의자로 이동하는 것은 굉장히 조심해야 했다. 주방에서 있었던 작은 사고를 제외하고 이날은 순탄했다. 출판사 직원이 스튜디오로 그녀를 찾아왔다. 직원은 작업을 칭찬하면서 그녀에게 책 한 권의 녹음을 또 맡기겠다며 새 계약서를 내밀었다.

클로이는 아버지와 축하 파티를 열고 싶었지만, 이날 저녁은 너무 피곤했다.

어깨 위로 떨어지는 따뜻한 물이 큰 위안을 주었다.

클로이는 목욕 가운을 걸치고 거실로 나가 창가에 자리를 잡았다. 콜린스 부인이 방금 올라탄 택시에 디팍이 동승하는 걸 보고 놀랄 법도 했지만, 짐작되는 바가 있었다. 바로 그 순간 묘수가 떠올랐다.

지하철을 다시 탄 날

택시를 타고 다니는 것은 경제적 부담이 컸다. 나는 슬라이딩 사이드 도어와 휠체어 리프트가 장착된 택시만 이용할 수 있다. 일반 택시를 탈 경우, 기사가 운전석에서 내려 트렁크에 내 휠체어를 실어야 하고, 목적지에 도착해서도 휠체어를 내리고 나를 앉혀줘야 했다. 내가 팔을 흔들면 택시는 대부분 못 본 체했고, 어떤 택시는 슬쩍 액셀까지 밟으며 지나갔다. 내가 범퍼에 매달리기라도 할까 봐 두려운 것처럼.

나는 지하철을 타러 가면서 뉴욕에 와서 처음 탔을 때의 행복한 기억을 떠올렸다. 지하철역의 엘리베이터를 타려면 퀴퀴한 냄새를 참아내야 하고, 움직임이 아주 느려서 지하 납골당으로 내려가는 느낌이 든다. 나는 러시아워를 피해 워싱턴스퀘어역에서 열차에 올랐고, 모든 것이 순조로웠다. 나는 열차 문 쪽으로 떠밀리지 않으려고 브레이크를 걸었다. 열차는 거의 비어 있고, 승객들은 휴대폰을 들여다보느라 나에게 아무 관심이 없었다. 그런데 펜역에서 상황이 복잡해졌다. 사람들이 열차 안으로 몰려들면서 좌석 쟁탈전이 벌어졌고, 내 휠체어가 너무 넓은 자리를 차지하고 있어서 서서 가야 하는 승객들은 내 주위에 밀집되어 있었다. 재킷 자락, 셔츠 자락, 벨트 버클, 서류 가방과 핸드백 들이 벽을 이루면서 계속 밀착해왔다. 갑자기 나는 공기가 부족한 걸 느꼈다. 빠르게 달리던 열차가 커브를 도는 순간, 덩치 큰 남자가 나를 밀쳤다가 가까스로 휠체어를 붙잡으면서 구시렁거리는가 하면 또 다른 사람은 하마터면 내 무릎에 앉을 뻔했다. 숨이 막히고 공포가 밀려왔다. 나는 소리를 지르기

171

시작했다. 대도시 사람들의 공포, 나는 누구보다 이유를 잘 알고 있었다. 혼잡한 열차 안에서 여성이 비명을 질렀을 때 그 효과는 즉각적이다. 일대 소동이 일어났고, 사람들에게 치일까 봐 어머니가 들어 올려 품에 안은 여자아이의 공포에 질린 얼굴을 보면서 나는 부끄러웠다. 이윽고 한 남자가 모두 진정하라고 외쳤다. 내 주위는 텅비어 있었다. 내가 미친 여자로 보인 게 틀림없었다. 나는 땀을 흘리고 있었다. 숨을 가쁘게 몰아쉬면서 호흡을 가다듬으려고 안간힘을 썼다. 사람들이 나를 힐끔거렸다. 두려움과 혐오감이 섞인 눈빛으로. 한 여자가 사람들을 뚫고 나와 내 앞에 꿇어앉더니 숨을 천천히 쉬라면서 아무것도 두려워할 필요 없고 다 괜찮을 거라고 말했다. 그녀는 내 손을 잡고 손가락을 주물러주면서 속삭였다. "잘 알아요. 내 여동생도 휠체어 사용자라서. 동생에게도 이런 일이 여러번 있었죠. 이건 아주 정상이에요."

나는 내가 벌인 쇼에서 정상적인 것이라곤 보질 못했다. 열차 안에서 소변을 본 것도, 나 때문에 질겁한 아이가 아직도 바들바들 떨고 있는 것도, 승객들의 시선을 견뎌야 하는 것도 정상적이지 않았다. 이런 일이 계속 일어날 거란 생각을 하자…… 심지어 이 여자의 호의도 정상적인 것으로 여겨지지 않았다.

나는 가슴이 진정되면서 마침내 안정을 되찾았고, 사람들은 이제 시선을 피했다. 나는 여자에게 고맙다고 인사하면서 훨씬 나아졌다고 안심시켰지만, 열차가 정차했을 때 그 여자는 플랫폼으로 나를 데리고 나갔다. 동생에 대한 말은 거짓이 아니었다. 그녀는 내 휠체어를 밀어주려고 하지 않았다. 그녀는 단지 나를 역장에게 안내했다. 역장이 구조대를 부르겠다는 걸 거절했다. 나는 그저 집에 가고 싶었다.

학교에서 돌아온 아빠가 좋은 하루였냐고 물었다. 나는 지하철을 타고 왔다고 대답했다. 아빠는 놀라운 발전이라면서 축하해주었다.

12

그룹랫 씨는 비서를 두지 않았다. 구두쇠라서가 아니라 남을 믿지 않기 때문이었다. 이른 시간, 사무실에 도착한 그룹랫은 창가에 서서 엘리베이터 설치 기사들이 오는지 살피고 있었다. 그는 디팍이 설치 기사들에게 협력하는지 직접 확인하고 싶었다. 늙은 인도인이 설치 기사들의 기분을 상하게 할까 걱정되기도 하고, 신경이 예민해져 있는 상태지만 전권을 위임받은 이상 주민 대표로서의 역할도 해야 했다.

디팍은 평소보다 일찍 출근한 그룹랫을 보고 의도를 알아차렸다. 그룹랫은 사형 집행을 참관할 수만 있다면 돈을 주고라도 자리를 확보할 사람이었다. 디팍은 그룹랫과 설치 기사들을 창고로 안내했다.

"시간이 얼마나 걸리겠습니까?" 회계사가 물었다. "주말동안 엘리베이터 이용을 못 하는 상황은 없어야 하거든요."

"어떻게 이럴 수가!" 두 기사 중 더 연륜 있어 보이는 호르헤 산토스가 감탄했다.

"왜요?" 그룹랫이 걱정했다.

"이런 구형 모델을 여러 대 전환해봤는데, 이렇게 상태가 좋은 엘리베이터는 못 봤거든요. 거의 새것이나 다름없네요."

디팍은 오랜 세월 애지중지해온 엘리베이터 기계실 앞에서 마지막으로 묵념하듯 모자를 벗었다. 그럼, 당연히 새것 같지, 내 자식도 이보다 더 살뜰히 보살피진 못했을 텐데.

"후회 안 하시겠어요?" 호르헤 산토스가 물었다. "일단 작업이 끝나고 등록증이 바뀌면 돌이킬 수 없거든요."

"나한테 하는 질문입니까?" 디팍이 조금 거칠게 대꾸했다.

"설치나 해주시오." 그룹랫이 퉁명스럽게 말했다.

"어쩌면 오늘 저녁에 끝낼 수도 있겠어요." 호르헤 산토스가 말했다.

"어쩌면? 그 말은 뭔가에 달려 있다는 뜻이오?" 그룹랫이 물었다.

"당신에게 달렸지요. 기계 상태로 봐서 계전기와 운전반만 설치하면 되거든요. 엘리베이터 안에 핸들 대신 운전반을 설치하면 되니까 빨리 끝날 겁니다. 만약 수동식 핸들을 그대로 보존하고 싶다면 철제 도어 안쪽 내장재를 잘라야 하는데 그 작업은 하루 이상 걸릴 겁니다."

"그걸 왜 보존하고 싶어 하겠소? 아무 쓸모없는 거 아닌가?"

"기념이죠, 간혹 골동품에 애착하는 분들이 있거든요."

"내 아내가 그런 편이죠." 디팍이 내뱉었다.

"쓸데없는 지출은 줄입시다. 그러니까 핸들은 떼어내서 여기 이 사람에게 주시오. 아름다운 기념품이 될 텐데 기꺼이 선물로 줍시다."

그때까지 두 상자 앞에 쭈그려 앉아서 잠자코 살피고 있던 산토스의 동료가 일어나서 끼어들었다.

"근데 문제가 좀 있네요."

"무슨 문제요?" 그룹랫이 물었다.

"그게……." 상의 가슴 부분에 에른스트 파블로비치라고 이름이 새겨진 기사가 대답했다. "엘리베이터 상태는 좋은데 이 부품들을 자세히 살펴보니 그리 오래된 것도 아닌데…… 불쾌하게 들릴지 모르겠지만 한마디로 죽은 것들이에요."

"뭐요? 죽은 것들이라니?" 그룹랫이 언성을 높였다.

"산화돼서 녹이 슬었다고요. 아무튼 이건 설치할 수 없습니다."

"무슨 말 하는 거요? 다 새것들인데!" 그룹랫이 반박했다. "인수한 날부터 포장도 뜯지 않은 채로 보관했단 말이오!"

"글쎄요. 상자들이 제대로 닫혀 있지 않잖아요. 보세요, 포장이 찢긴 상태로 이 배관 밑에 놔뒀으니."

그룹랫의 얼굴이 시뻘게졌다. 그는 디팍이 조소를 흘리는 걸 알아차리고 태연한 체했다.

"그럼 녹을 닦아내면 되지 않소?"

"소용없어요. 습기에 완전히 부식됐는데." 설치 기사가 희끄무레한 침전물로 뒤덮인 전자 부품을 가리키면서 설명했다. "안 돼요, 불가능합니다." 기사가 고개를 저으면서 되뇌었다. "자동화 설비 세트를 새로 구입하셔야 합니다."

"그럼 주문할 테니 가능한 한 빨리 다시 갖고 오시오!"

설치 기사들이 별 웃기는 사람 다 보겠네, 하는 시선을 주고받았다.

"우리가 설비 세트를 비축하고 있다고 생각하시나 본데, 이건 맞춤 제작이라서 공장에서 만든 다음에도 테스트 단계를 거친 뒤에야 출고되거든요."

"그럼 얼마나 걸리겠소?" 회계사가 물었다.

"최소한으로 잡아도 12주에서 16주는 걸리죠! 영국에서 보낸 부품이 도달하는 시간까지 계산하면 더 걸릴 거고."

"영국이라니?"

"이 부품을 생산하는 회사는 이제 딱 하나 남았는데 버밍엄 부근에 있거든요. 하지만 아주 신용 있는 회사니까 안심하셔도 됩니다. 그럼 이제 우리가 할 일은 없네요. 가능한 한 빨리 새 견적서를 보내드리죠."

*

그룹랫만 창문을 통해 설치 기사들이 떠나는 모습을 지켜보는 것이 아니었다. 설치 기사들이 도착한 지 30분 후 트럭에 다시 타는 걸 보면서 클로이는 작전이 통했다는 걸 알았다. 계획대로 완전 범죄가 될지는 두고 봐야겠지만.

*

"그렇게 계속 우두커니 서 있을 거요? 만족스러우시겠소. 예정보다 좀 더 근무하게 생겼으니." 회계사가 구시렁거렸다.

"제조에서 테스트까지 12주에서 16주, 거기에 운송 시간까지 더하면……."

"이 상황이 마냥 즐거운 모양인데."

"내가 뭐가 즐겁겠습니까? 나는 내일이면 끝나는데."

"나는 아직 당신을 공식적으로 해고하지 않았소만."

"어제 하셨지요."

"이봐요, 디팍, 수표를 받고 싶다면 나를 상대로 잔머리 굴리지 않는 게 좋을 거요."

"최종적으로 우리가 퇴직할 때 1년치 급여에 해당하는 보상금을 포함해서 총 18개월치 급여를 지급하겠다는 약속을 해주십시오. 리베라 씨도 당연히 나와 똑같이 받을 권리가 있고요. 이 내용을 서면으로 작성해주십시오. 아니면 토요일부터는 모든 주민이 계단을 이용해야겠지요, 밤이고 낮이고."

"내가 당신을 그만큼 배려해주었는데 감히 나를 협박하는 거요?"

"그룹랫 씨, 당신을 엘리베이터에 태운 10년 동안 나는 한번도 당신을 무시한 적이 없으니 나한테도 똑같은 예의를 지켜주시지요. 내일까지 주민 대표 직인이 찍힌 공식 문서를 주세요. 내 근무는 저녁 7시 15분에 끝납니다. 끝난다는 건 이곳에서의 마지막 근무라는 뜻입니다." 디팍은 이렇게 대꾸하고 돌아섰다.

"그럼 밤에는 어떡하라고? 브론슈타인 씨에게 뭐라고 하란 말이오? 또 그 딸은……."

"브론슈타인 부녀 끌어들이지 마시죠, 직접 의사를 표현할 수 있는 사람들이니까. 밤에 문제를 어떻게 해결할지는 생각해볼 겁니다, 물론 공식 문서를 받은 뒤에."

*

디팍은 회계사가 사무실에 들어가길 기다렸다. 오늘만은 2층 인간보다 위층 주민들이 더 중요했다.

10시가 되자 그의 휴대폰이 진동했다. 클로이가 복도에서 기다리고 있었다.

"좋은 날씨죠?"

"아주 좋습니다, 오후에 비가 예고되어 있지만."

"고마운 비가 보도를 깨끗이 씻어주겠죠."

"또 하나의 관점이네요. 내려갈 거예요? 아니면 여기서 날씨 얘기 계속할까요?"

클로이는 휠체어를 작동했고, 디팍은 철제 도어를 닫았다. 그는 4층까지 침묵을 지켰다.

"오늘 아침은 무슨 즐거운 일 있나 봐요?" 디팍은 3층에서 물었다.

"난 항상 즐거워요." 그녀는 2층에 도달할 즈음 대답했다.

디팍은 앞장서서 클로이를 거리까지 배웅했다.

"택시 잡을까요?"

"고맙지만 오늘은 아니에요. 크리스토퍼가 지하철역은

10분 거리에 있고, 녹음 스튜디오는 1호선 구역이라 갈아탈 필요가 없거든요. 걱정 마요, 라자로······."

디팍은 멀어져가는 클로이를 바라보면서 휠체어를 힘차게 운전하는 모습에 감탄했다. 그럼에도 약간 석연찮은 구석이 있었다.

*

이런 메일을 발송한다는 것은 그룸랫의 이력에서 가장 치욕적인 일 중 하나였다. 그는 한 글자 한 글자에 신중을 기하며 자동화 엘리베이터 설비 세트가 훼손되었으리라고는 아무도, 자신조차도 예상할 수 없었다는 점을 강조했다. 이어서 상황을 설명하는 보고서를 작성하면서 디팍의 요구에 대해서는 언급하지 않았다. 그는 자신의 글을 다시 읽어보면서 디팍에게 마지못해 약속한 것을 지키지 않을 방법을 궁리하기로 했다. 그는 보내기를 눌렀고, 메일이 주민들에게 발송되었다.

몇 분 후, 윌리엄스 부인이 사무실에 불쑥 나타났다.

"거금을 지불했을 게 틀림없는 부품이 폐물이 되었다는 게 이상하지 않아요? 하필 설치하는 당일에 훼손된 걸 알아차린 것도 그렇고."

그룸랫은 조심스럽게 윌리엄스 부인의 의중을 떠봤다.

"원래 결함이 있었다고 생각하십니까?"

"우리 동의 없이 기계를 구입한 뒤 당신이 인수하면서 상태를 확인했을 거잖아요."

"우리끼리 말싸움하지 맙시다. 나를 질책할 생각이라면 빙빙 돌려 말하지 말고 단도직입적으로 말씀하시고요."

"그렇게 발끈할 필요 없어요." 윌리엄스 부인이 맞은편 의자에 앉으면서 말했다. "이 건물 안에서 우연이 너무 잦다는 생각이 들어서 하는 말이니까."

"기계를 보낸 회사 말고 누구 의심 가는 사람이 있습니까?"

"클레르 부부에게 물어보세요. 아, 물론 둘이 붙어서 쪽쪽거릴 때 말고 조용히 앉아서 탐정 드라마 볼 때요. 부부가 사랑을 나눌 때는 앓는 소리와 티브이 소리가 내 침실까지 기어 올라오죠."

"클레르 부부에게 정확히 뭐라고 물어봐야 하는데요?"

"동기! 엘리베이터를 바꾸지 않을 때 이득 보는 사람이 누군지 조사하면 풀리지 않겠어요? 그럼 잘 생각해보세요. 저녁 시간과 밤 시간에 엘리베이터 이용하는 문제를 수습하는 것이 시급해요. 일찍 알았다면 다음 주에 있을 디너파티를 연기했을 텐데, 이제 와서 날짜를 또 변경할 수도 없고."

윌리엄스 부인은 생각에 잠긴 회계사에게 인사도 않고 사무실을 나갔다.

그룹랫은 엘리베이터 회사에 전화를 걸어 호르헤 산토스와 급히 통화할 일이 있으니 바꿔달라고 했다.

그룹랫의 통화 내용은 하나의 질문으로 압축되었다. 어떻게 하면 새 기계가 그렇게까지 훼손될 수 있는지 그 이유를 묻는 것이었다.

산토스는 산전수전 다 겪은 베테랑이었다. 고객들은 트집을 잡아 대금을 지불하지 않을 이유를 찾는 경향이 있다는 걸 알기에 그는 임기응변으로 대처했다. 전자 부품을 난방 배관 밑에 보관한 것부터 아주 잘못된 행동이며, 아마도 부품이 응축되면서 산화되는 결과를 낳았을 것이라고.

윌리엄스 부인이 디팍을 범인으로 여기는 듯 넌지시 던진 말을 구체화할 근거는 전혀 없었다. 때문에 그룹랫은 부품 훼손과 관련된 어떤 정보도 얻지 못했다. 그런데 그룹랫의 기억으로는 상자를 열었을 때 습한 기운이나 냄새가 없었다.

"며칠이면 그 정도로 녹이 슬겠소?" 그룹랫이 목소리를 낮춰 물었다.

"글쎄요. 그렇게 더께가 두껍게 앉은 걸 거의 본 적이 없어서요. 배관에 어떤 물이 순환되는지 모르겠지만, 내가 당신이라면 거기 물은 마시지 않겠어요. 계전기에 희끄무레한 침전물, 즉 염분과 석회가 덮여 있었어요." 호르헤 산토스가 설명했다. "제조사에 메일을 보내뒀으니 운이 좋으면 재고품이 있거나 대체할 수 있는 다른 모델이 있을지도 모르죠."

그룹랫은 다시 한번 고맙다고 말했다.

*

디팍은 집으로 들어가면서 랄리에게 밖에서 저녁을 먹자고 제안했다. 목요일 저녁이니 그리 놀랄 일은 아니었다. 하지만 남편이 밝은 목소리로 산지도 불러서 함께 먹자고 하자, 랄리는 깜짝 놀랐다. 이토록 기분이 좋은 남편을 마지막으로 본 것은 ESPN 방송에서 인도 크리켓팀의 주장 비라트 콜리를 세계 최고의 크리켓 선수라고 칭찬하는 보도가 나왔을 때였다.

산지에게서 아무런 연락이 없는 데다 이미 늦은 시간이었다. 랄리는 남편과 단둘이 집에서 먹기로 했다.

재활을 시작한 날

배우로 살던 나는 트레이너를 가져본 적이 없었고, 이런 재활 센터에 들어갈 자격도 없었다. 다리의 절반을 잃은 것으로 재활 센터 자유 이용권을 누릴 수 있는 특혜를 얻었다. 그런데 인간의 몸은 믿기지 않을 정도로 정교한 기계다. 모든 상황에 적응하도록 설계된 몸은 빛나는 보물과 잠자는 제2의 회로를 감추고 있다가 필요시 내보일 준비가 되어 있다. 길버트가 이 모든 걸 설명해주었다. 티베트 승려 같은 모습의 박식한 물리치료사 길버트는 나보다 장애가 더 심했다.

길버트는 나에게 언젠가 의족을 달고 다시 걷고 싶다면 허벅지 뒤쪽과 엉덩이 근육을 키워야 한다고 가르쳤다. 하지만 거기까지 가려면, 하루의 훈련이 끝나고 휠체어를 운전하면서 비명을 지르지 않으려면, 그리고 보디빌더처럼 보이지 않으려면 가슴근육이 아니라 우선 삼각근부터 키워야 했다. 길버트는 매번 훈련의 강도를 높였다. 나는 그가 싫고 미웠다. 그에게 야유를 퍼부었다. 내가 화를 낼수록 그는 점점 더 혹독하게 훈련시켰다. 그가 내 등허리를 공격할 때는 잔인한 고문자 같았다. 그 덕분에 자세는 아주 반듯해졌다. 내가 무슨 도롱뇽도 아니고, 다리가 다시 자라지는 않았다. 하지만 나는 자존감을 얻었고, 상체가 놀라울 정도로 유연해졌으며 가느다랗던 팔에 근육이 붙었다. 내가 도시를 돌아다닐 수 있는 것도, 자신감을 심어주는 디팍의 말을 인정할 수 있는 것도 다 길버트 덕분이다. 나는 누구의 도움 없이도 마음대로 이동할 수 있다. 지하철 엘리베이터가 고장 나서 도움의 손길이 반가울 때를 제외하고는.

13

젤도프 부인은 전날 저녁, 동네의 고급식료품점 골목에서 8층 이웃 윌리엄스 부인과 마주친 뒤로 모함을 위한 선동에 발 벗고 나서는 중이었다. 사철 채소 진열대 앞에서 대화가 시작되었다. 윌리엄스 부인은 신선한 유기농 호박을 사면서 귀가 얇은 젤도프 부인에게 의심스러운 점을 넌지시 흘렸다.

"누군가 설비 세트를 훼손한 거라고 생각하나요, 그룸랫 씨가?" 젤도프 부인이 놀랐다.

"누군가가 고의적으로 훼손되도록 방치했을 거란 가정을 배제하지 않고 있대요." 윌리엄스 부인이 덧붙였다.

"틀림없어요." 젤도프 부인은 한술 더 뜨면서 재빨리 예쁜 호박 몇 개를 장바구니에 담았다. "그렇다면 득을 볼 사람은 우리 승무원들밖에 없잖아요. 그들이 그룸랫 씨가 2년 전에 세운 계획에 대해 앙심을 품었다면 충분히 가능성 있는 얘기죠."

"그럼 부인께서도 그들이 고의적으로 그랬을 거란 내 생각에 동의하시는 거군요." 윌리엄스 부인이 덧붙였다.

"네, 전적으로 동의해요. 그 둘 말고 설비 세트에 접근할 수 있는 사람이 누가 있겠어요?"

"우리 회계사의 말에 따르면 두 사람이 그 상자들을 일부러 습한 곳에 넣었을 거래요, 실수인 것처럼 가장하려고!"

"그룸랫 씨가 부인에게 그렇게 말했어요?" 젤도프 부인이 딸꾹질을 하면서 성호를 그었다.

"메일 안 읽어보셨어요? 부인 같으면 귀중한 물건을 습한 곳에 넣어두시겠어요?"

"아, 그러네요!" 젤로프 부인이 허리에 두 주먹을 얹으면서 분개했다. "당연히 아니죠, 내가 바보가 아니고서야!"

"부인은 내가 비밀 얘기를 할 수 있는 유일한 분이에요." 윌리엄스 부인은 이웃집 여자의 귀에 대고 속삭였다.

이 신뢰의 표시에 젤도프 부인은 한껏 우쭐해졌다.

"이제는 다른 주민들에게도 이 사실을 알려야 해요. 그들도 무슨 일이 일어났는지 알 권리가 있으니까요, 안 그래요?"

딜레마라고 해야 할지, 젤도프 부인이 입술을 오므리고 눈알을 굴리는 것으로 보아 목사라면 뭐라고 조언했을지 생각하는 것 같았다.

"부인께서 그렇게 말씀하시니……." 젤도프 부인은 각오가 섰다는 듯 단호하게 말했다.

"근데 나는 뒤에서 모의했다는 소리는 듣고 싶지 않아요." 윌리엄스 부인이 말했다. "특히 브론슈타인 부녀의 비난은 받고 싶지 않거든요." 그녀는 교수가 좌파라는 확실한 정보를 갖고 있다면서 덧붙였다. "상황이 이런데도 설마 교수가 종업원을 두둔하진 않겠죠?"

쉽게 넘어가주는 젤도프 부인 덕분에 윌리엄스 부인은 속으로 쾌재를 불렀다. 인형극을 할 때면 위에서 끈을 움직이곤 했다. 이번에는 그 끈에 젤도프라는 인형을 매달았다.

"이 래디시 아주 싱싱한데 사요." 윌리엄스 부인이 아주 흡족한 얼굴로 권했다.

"일을 분담해요, 우리." 젤도프 부인이 제안하면서 래디시 한 단을 장바구니에 담았다.

"아주 좋은 생각이에요." 윌리엄스 부인은 젤도프 부인을 치켜세웠다. "나는 하야카와 부부에게 편지를 쓸게요. 부인은 다른 주민들에게 사실 그대로 전하세요."

젤도프 부인은 신이 나서 집으로 돌아갔다. 주일에 성가대 합창이 끝난 뒤 음색이 좋다고 칭찬받았을 때만큼 기분이 좋았다.

오전, 그녀는 놀라운 희생정신을 발휘해 모리슨 씨네 현관문을 두드렸다. 모리슨 씨는 11시가 넘었는데도 목욕 가운 차림으로 문을 열어주었다. 그뿐이면 좋겠는데, 이 남자는 무슨 말을 해도 도무지 이해하질 못했다.

"우리 승무원들이 뭐 때문에 엘리베이터를 훼손하겠어요? 엘리베이터는 그들의 밥줄인 데다 잘 작동하고 있는데. 디팍은 아까 나를 깨워주러 올 정도로 좋은 사람이에요." 술꾼이 덧붙였다.

"현재 사용하는 엘리베이터가 아니라 버튼 있는 엘리베이터 말이에요!" 젤도프 부인은 인내심을 갖고 대꾸했다.

"그들이 버튼을 어떻게 했는데요? 아무도 우리 집 층의 호출 벨을 누르지 않았는데. 나는 어제 눌렀고."

"그거 말고 다른 거요." 젤도프 부인은 답답해서 미칠 지경이었다.

"다른 버튼이 있어요?"

"네, 지하실에요. 내가 이해한 바로는."

"지하실에 버튼이 있는지 몰랐네." 모리슨이 구시렁거렸다. "그건 어디에 쓰는 버튼인데요?"

"지금 우리가 사용하는 호출 벨이 아니라 상자 안에 버튼이 있었대요. 언젠가 승무원 없이 엘리베이터를 이용할 수 있게 구입해놓았던 거래요."

"터무니없는 얘기를 하시네요. 디팍이나 리베라 씨 없이 엘리베이터를 운전하려면 우리가 지하실에 내려가야 한단 말이에요? 미안하지만 그렇다면 그들이 아무짝에도 소용없는 버튼을 망가뜨린 건 잘한 거잖아요. 현관문만 나가서 바로 벨을 누르는 게 훨씬 편리한데 뭐 하러 엘리베이터를 올리기 위해 지하실까지 걸어서 내려가죠? 대체 누가 그런 생각을 한 겁니까?"

모리슨 씨에게 실망한 젤도프 부인은 다른 주민을 설득하기 위해 계단을 이용해 3층을 더 올라갔다.

클레르 부인은 몹시 바빠 보였고, 차 한 잔도 내주지 않았다. 대체 프랑스인들이 매너가 좋다고 누가 그런 거야? 클레르 부인은 건성으로 얘기를 들었고, 젤도프 부인의 말을 별로 신뢰하지 않는 것 같았다. 클레르 부인 쪽에서는 도저히 불쾌해서 듣고 있을 수가 없어서 좀 불손한 어투로 말했다.

"윌리엄스 부인이 그렇게 꼬인 생각을 하고 있다니 쌓인 게 많은 모양이네요. 디팍은 그런 짓을 할 사람이 아니에요. 나는 디팍처럼 성실한 사람을 본 적이 없어요. 이 건물 구석구석을 어찌나 윤이 나게 닦아놓는지 나는 엘리베이터 벽에 기대는 것도 조심스러울 지경인데."

"디팍은 아닐지도 모르죠. 하지만 리베라 씨는 야간 근무……."

"이렇게 일부러 찾아와서 얘기해주시니 고맙고, 흥미로운 추론이었어요. 근데 나는 할 일이 있어서요."

"남편께도 이 얘기 전해주실 거죠?" 젤도프 부인이 당부했다.

"네, 그럴게요. 남편도 나만큼 흥미로워할 거라고 확신해요. 부인의 남편께도 안부 전해주세요." 클레르 부인은 젤도프 부인을 내보내면서 대답했다.

잘났어, 정말! 나가기도 전에 인사하면서 밖으로 내몰다니. 젤도프 부인은 이런 모욕에 익숙하지 않았다.

"왜 계단으로? 낮에는 엘리베이터 운행하는데요." 클레르 부인이 놀란 얼굴로 물었다.

"이 정도의 운동은 건강에 좋으니까요." 젤도프 부인은 구겨진 체면을 세워보려 오기를 부렸다.

9층으로 올라가면서 일말의 걱정이 없었던 건 아니다. 외출 준비를 하던 클로이는 뒷문 초인종 소리에 누구일까 의아했다. 빗장에 손이 닿으려면 아슬아슬한 곡예를 하듯 벽에 어깨를 기대고 힘껏 팔을 뻗어야 했다.

젊은 여자의 반응은 멍청하고 터무니없고 어처구니가 없었다. 이런 대접이나 받자고 9층까지 걸어서 올라왔다니! 디팍이 무슨 성인이라도 되는 듯 단언하다니, 농담도 정도가 있지! 게다가 디팍이 얼마나 청렴결백한 사람인지 입에 침이 마르도록 칭찬까지 늘어놨다. 급기야 클로이는 일침을 가했다.

"역겨운 행동을 하시네요. 소문은 항상 족적을 남기는 법이죠. 우리에게 증거를 내놓으시든가 아니면 험담을 중단하세요."

역시 윌리엄스 부인이 양식 있는 여자였어, 젤도프 부인은 결론을 내렸다. 이런 좌파들! 휠체어 장애인이라고 이렇게 교양 없이 구는 게 정당화되는 건 아닌데.

젊은 여자가 무례하게 정직성을 의심하는 것에 화가 난 젤도프 부인은 유능한 그룸랫 씨에게 연락해서 더 철저히 조사하자고 말하기로 마음먹었다.

그녀는 정오가 되기 전에 미션을 완수했고, 큰일을 해냈다는 생각에 뿌듯한 마음으로 집에 들어갔다.

*

디팍은 아침 일찍 집을 나섰다. 구세주로 환영받을 거라고 기대했지만 오전 내내 시답잖다는 표정과 마땅찮은 시선만 받았다. 클레르 부인은 인사를 하는 둥 마는 둥 했고, 윌리엄

스 씨는 인사 한마디 없이 건물을 나갔다. 젤도프 씨는 굳은
얼굴로 적대적인 한숨을 내쉬었다. 얼마 후, 젤도프 부인은
화난 얼굴로 나타나 눈을 희번덕거렸다. 한낮에 모리슨 씨가
엘리베이터를 호출했을 때(그는 아침 먹으러 나가는 길이었다) 디팍
은 주민들의 기분이 안 좋은데 무슨 일 있었냐고 물었다. 모
리슨 씨조차 대답을 얼버무렸다.

"그 얘긴 나중에 합시다."

뭐에 대해 얘기하자는 거지? 뭐 때문에 다들 화가 나 있지?
그룸랫 씨가 또 무슨 말도 안 되는 주장을 펴면서 농간을 부
렸나? 그룸랫이 명예퇴직을 종용하며 주겠다고 제안한 보상
금 때문에 주민들이 파산하는 건 아닐 텐데. 1년치 보상금 때
문에 망할 사람들도 아니잖아. 젤도프 부인이 걸고 다니는 목
걸이만 해도 1년치 보상금과 맞먹고, 클레르 부인이 일주일
마다 미용실에서 쓰는 돈은 디팍의 일주일치 임금과 맞먹고,
모리슨 씨가 밤마다 마시는 술값은 디팍의 하루 임금과 맞먹
고, 파티 마니아 윌리엄스 부부가 하룻저녁에 날리는 돈은 디
팍의 한 달 월급보다 더 많은 금액이었다. 그래봐야 대외적
체면을 위한 허세에 지나지 않으면서. 늘 존경하는 브론슈타
인 부녀와 이제는 재산이 많지 않은 콜린스 부인을 제외하고
는 모두 배은망덕하고 오만한 노랑이들이었다. 정오, 디팍은
점점 더 화가 났다. 랄리의 말대로 그는 너무 순진했다. 16번
지 건물의 경비원처럼 깐깐하게 굴었다면 주민들이 길들여져
있을 텐데. 회계사를 찾아가서 심사숙고 끝에 계속 일하기로
결정했다는 말을 해야 할 것 같았다. 약속받은 보상금을 받고

엘리베이터 문제가 해결되어 그가 없어도 될 때까지.

오후 3시, 로비 데스크 뒤에 앉은 디팍은 뚜껑이 열리기 직전이었다. 도그워커가 개를 데리고 나간 뒤 얼마 후, 클레르 부부의 골든리트리버는 흙투성이가 되어 공원에서 돌아왔다. 이 대리석 바닥을 누구더러 청소하라고? 디팍이 소리쳤다. 놀란 도그워커는 줄행랑쳤다.

이어서 와인 가게 직원이 모리슨 씨 앞으로 와인 한 상자를 배달하러 왔다. 와인 병들을 거실 식기장에 넣는 사람이 누군데 또 배달이람. 윌리엄스 부인 앞으로 꽃 배달 온 여자는 꽃다발이 너무 커서 엘리베이터 바닥에 꽃잎을 잔뜩 떨어뜨렸다. 이건 또 누가 치우고?

하지만 오후 4시에 클로이가 클레르 부부의 개보다 더 엉망이 된 몰골로 나타났을 때 디팍은 본연의 모습으로 돌아왔다.

"왜 이래요?" 디팍이 클로이를 맞으면서 물었다.

"아무 일도 아니에요." 클로이는 담담하게 말했다. "지하철역 엘리베이터가 또 고장이라서 다음 역에서 내려야 했거든요. 여기서 열 블록 떨어진 곳이라서 미친 듯이 달렸더니…… 말이 그렇다는 거예요. 힘이 하나도 없네요."

"왜 버스를 타지 않고요?" 디팍이 엘리베이터를 향해 휠체어를 밀면서 물었다.

"버스는 내릴 때 시간이 걸려서 승객들이 짜증을 내거든요. 그리고 이 시간에는 버스가 만원이라 나는 운전기사 쪽 앞문 부근에서 꼼짝 못 하고 있어야 하죠. 버스가 멈출 때마다 오르고 내리는 사람들에게 떠밀리면서. 게다가 버스가 브레이크를 밟을 때마다 얼마나 멀미가 일어나는지. 지하철 엘리베이터는 고장인지 아닌지 예측불능이지만 대체로 사람들이 엘리베이터에 타게 도와주는데 오늘은 아니었어요. 하소연은 충분히 했으니까, 이제 남아 있게 되신 거 축하해요."

"그걸 어떻게 알아요?" 디팍이 5층과 6층 사이에서 물었다. "나도 10시경에야 알았는데요. 미스 클로이는 집에 있을 때였잖아요. 내가 11시에 내려줬으니까."

디팍은 철제 도어를 열고 휠체어가 나가도록 비켜섰고, 클로이가 아무 대답도 않고 내리자 더 묻지 않고 다시 내려갔다.

디팍은 2층에 엘리베이터를 정차하고 그룸랫 씨의 사무실 벨을 눌렀다.

회계사는 책상 앞에 앉아서 디팍을 기다리고 있다가 계약서를 내밀었다. 디팍은 계약서를 접어서 호주머니에 넣었다.

"안 읽어보시오?"

"당신을 믿어요. 그리고 오늘 아침부터 주민들이 나를 냉랭하게 대하는 걸 보고 내 요구가 흔쾌히 받아들여지지 않았다는 걸 알아차렸지요."

"잠깐 앉으시오." 회계사가 말했다.

디팍은 그냥 서 있었다.

"좋으실 대로. 나를 믿는다니까 나도 당신을 믿고 말하겠소. 주민들은 아직 당신의 요구를 몰라요. 나는 주민들에게 당신을 다시 고용했다는 말만 했소. 걱정 마요, 그 정도의 재량권은 나한테 있으니까. 그리고 내가 요구했던 추가 비용을 부담하지 않아도 된다는 사실에 주민들이 안도했을 거라고 확신해요. 그러니까 우리 약속은 둘만 알고 있는 걸로 합시다. 그만두기까지는 시간이 좀 걸릴 것 같으니. 근데 왜 18개월입니까? 2년으로 할 수도 있었을 텐데."

"당신은 이해할 수 없을 겁니다." 디팍은 대답하고 사무실을 나갔다.

*

근무 시간이 끝나기 무섭게 디팍은 리베라를 면회하러 병원으로 향했다. 유일하게 콜린스 부인만이 오늘도 디팍에게 여느 때처럼 인사하면서 오후에 직접 병원으로 책을 가져갈 거라고 했었다. 디팍은 주민들의 행동이 계속 마음에 걸렸다.

리베라 씨는 전날 그토록 기분이 좋던 디팍이 침울한 걸 보면서 걱정했다.

"왜 그렇게 얼굴에 수심이 가득한가?"

"무슨 일인지 모르겠어. 주민들이 그렇게 가증스럽게 행동한 적은 없었는데, 그것도 모두 한꺼번에. 뭔지는 모르지만 나를 비난하는 것 같은데⋯⋯."

"자존심 접고 근무하기로 한 건가? 세상이 거꾸로 돌아가고 있어."

"대체 왜 냉랭하게 굴지?"

"내 생각에 주민들은 우리랑 끝내면 비용 부담이 낮아질 걸 기대하다가 실망한 게 틀림없어. 그들에게 자네 조카 얘기했나?"

"아니, 아직, 월요일에 하려고. 내일 카페에서 조합 사람을 만나기로 약속했거든."

"토요일에? 놀랄 일이네."

"조합 사무실이 아닌 다른 데서 조용히 도움을 청하려고. 내가 부탁하려는 일이 그리 합법적인 건 아니라서."

"자네 정말 철두철미하군."

"중요한 일이니까."

"야간에 엘리베이터를 이용하지 못하는 문제 때문에 심사가 뒤틀린 거지. 그 문제가 해결된다는 걸 알면 다 괜찮아질 거야."

"모리슨 씨조차 평소와 완전히 달랐다니까." 디팍이 말했다.

"나는 모리슨 씨가 술에 취하지 않았을 때의 모습을 본 적이 없어서. 아마도 전날 너무 마셨나 보지. 아무튼 우리는 구세주에게 감사하자고. 뜻밖의 일이 일어난 건데."

디팍은 밤 9시에 병원을 나왔다. 집으로 가는 지하철 안에서 그는 갑자기 나타나 도움을 준 구세주가 누군지 궁금했다.

*

집으로 들어간 디팍은 아내가 산지와 함께 식탁에 앉아 있는 걸 봤다. 그는 코트를 벗으면서 두 사람이 갑자기 대화를 중단했다고 확신했다.

"오늘 너를 기다렸는데." 디팍이 식탁에 앉으면서 말했다.

"예상보다 늦게 끝났어요." 산지는 태연하게 대답했다.

"미리 알려줄 수도 있잖아."

랄리가 조카 구원에 나섰다.

"중요한 사람들과 회의 중이었대요."

"나는 중요한 사람이 아닌 거고? 월요일부터 일 시작해."
디팍이 말했다.

"조합 사람들은 만났어요?" 랄리가 식탁을 차리면서 물었다.

"내일 만나." 디팍은 아내 접시에 음식을 담아주면서 대답
했다.

"일주일 내내 근무하세요?" 산지가 물었다.

"그건 왜 묻니?"

"고모부가 휴가를 떠날 때는 주민들이 엘리베이터를 어떻
게 이용하는지 궁금해서요."

"조합에 도움을 청하지. 주말과 8월 한 달 동안만. 리베라
씨는 토요일, 나는 일요일에 쉬고, 여름에는 보름씩 차례로
쉬니까 밤낮으로 우리를 대체해주는 사람이 항상 있었지."

"그런데 지금은 그게 가능하지 않단 말이죠?"

"그게 가능했으면 오래전에 문제를 해결했겠지. 생각이 바
뀌었으면 지금이라도 말해, 될 대로 되라지!"

"뭐가 잘 안 돼요?" 랄리가 걱정했다.

"잘 안 될 게 뭐가 있겠어? 우리를 지켜주는 구세주가 있어
서 내 직업을 끝장낼 예정이던 설비 세트가 기적처럼 훼손돼버
렸는데. 나는 내일 오랜 동료에게 뭄바이에서 온 내 아내의 조
카가 숙련된 승무원이라고 거짓말을 할 거야. 아직 산지가 무슨
일을 하는지 알지도 못하면서. 이런 거짓말을 하는 내가 내일

아침에 면도하면서 거울 속의 나를 알아볼 수나 있을지."

*

자정이 되기 얼마 전, 디팍이 잠옷을 입고 이불 속으로 들어가 머리맡 램프를 끄자 랄리는 자기 쪽 램프를 켰다.

"무슨 일로 속 썩고 있는지 말하든가 아니면 내가 걱정으로 밤새는 꼴을 보든가, 선택해요."

"미스 클로이의 집에는 대체 무슨 일로 간 거야?" 디팍이 물었다.

"산전수전 다 겪다 보니 뻔뻔해진 거죠. 늙은 인도 남자 하나를 위해 두 여자가 논의 끝에 불가피하게 음모를 꾸미는 중이랄까."

"그 늙은 인도 남자가 바로 당신 같은 늙은 인도 여자와 결혼하기 위해 전도유망한 직업을 포기한 남자잖아! 아무튼 난 당신을 잘 알아. 당신이 내 눈치를 본다는 건 뭔가 찔리는 게 있기 때문이지."

"그러니까 우리가 자책해야 할 게 뭐냐고요? 궁금해 죽겠네."

"창고는 습기가 전혀 없는 곳이야. 습기가 있다면 내 제복을 거기 두겠어? 그런데 그 설비 세트가 습기로 망가졌다는데, 그걸 내가 어떻게 이해를 하냐고?"

"아마 내가 전자제품 전문가가 되었기 때문이려나?"

"당신이 아니라 당신 조카의 분야 아닌가?"

"내가 바보네, 이렇게 싸잡아서 음모로 몰아버리다니! 그래요, 당신의 아내, 당신의 조카, 당신이 총애하는 9층 여자가 당신의 직업, 당신의 그 엉뚱한 위업을 이루게 해주겠다는 단한 가지 목적을 위해 작당해서 훼손한 거 맞아요. 아, 깜빡했네, 리베라 씨는 내가 어떻게 생겼는지도 모르는 설비 세트가 있는 위치를 알려주기 위해 지하실 도면을 비둘기 다리에 묶어 보내줬고. 당신이 자는 동안 나는 한밤중에 지하실에 들어가서 거기다 소변을 봤고요, 됐어요?"

"말도 안 되는 소리 집어치워! 당신을 비난하는 게 아니잖아."

"그래요, 나 심보 못된 여자예요! 그러니까 당신 혼자서 독단으로 처리하면 되겠네." 랄리가 격분했다.

"당신이 무슨 일에도 대처할 수 있는 사람이라는 거 알아. 하지만 뭔가 석연치 않은 점이 있다는 의심을 안 할 수가 없어. 아무튼 내가 용의자로 의심받고 있는 거라면, 그 소문의 주동자가 누군지는 나도 아니까 두고 보라지."

14

랄리와 산지는 아침을 먹기 위해 식탁에 앉아 있었다. 디팍은 헐렁한 흰 바지에 반소매 티셔츠 차림으로 나왔다. 산지는 이렇게 스포티하게 입은 고모부를 본 적이 없었다.

"조합 동료들 만나러 카페에 가는 줄 알았는데?" 랄리가 놀란 얼굴로 말했다.

"왕년에 운동선수였다고 하면 사람들이 늘 놀라워하지. 얘기 끝나고 나면 공원에 가서 몇 게임 하려고."

"고모부 따라가서 구경하는 건 어떠니. 진짜 팬클럽도 있다니까." 랄리가 조카에게 자랑했다.

"가면 좋겠지만……." 산지는 방금 휴대폰으로 날아온 메시지를 읽으면서 대답했다. "갑자기 예정에 없던 비즈니스 점심 약속이 잡혔네요."

"토요일인데?" 디팍이 툭 내뱉었다.

"당신도 비즈니스 약속이 있는데 조카에게는 왜 없겠어요?" 랄리가 산지를 거들었다.

"내가 비가 올 것 같다고 하면 네 고모는 대뜸 당신 잘못이 아닌데 걱정도 팔자라고 했을 거다."

"다음에 또 기회가 있겠지." 랄리는 남편의 지적을 못 들은 체하면서 덧붙였다. "내일은 일하지 마, 다 함께 시간을 보냈으면 좋겠구나."

산지는 그러겠다고 약속하고 외출 준비를 했다.

"당신은 나 운동하는 거 보러 올 거지?" 디팍이 천진하게 아내에게 물었다.

"당신을 안 뒤로 주말마다 늘 그랬듯 무슨 일이 있어도 그건 놓칠 수 없죠. 정오에 잔디밭으로 갈게요."

*

정오, 산지는 클로데트 레스토랑에서 샘을 만났다. 사무실 근처에 있는 데다 브런치가 맛있다면서 샘이 좋아하는 레스토랑이었다.

"무슨 급한 일인데?" 산지가 자리에 앉으면서 물었다.

"네 회사의 정관과 등록증을 받았으니까 사인해, 월요일에 제출하려고. 빠진 건 네 분담금인데 그건 문제없겠지?"

산지의 시선이 레스토랑에 방금 들어온 커플을 향해 있었다.

"내 말 듣고 있어?" 샘이 상기시켰다. "그리고 그만 쳐다봐, 그러는 거 아냐!"

"뭘를 그러는 게 아닌데?"

"그녀 같은 여자를 빤히 쳐다보는 거."

"그녀 같은 여자?"

"휠체어 사용자!"

"아는 여자야." 산지는 태연하게 대꾸하면서 샘 쪽으로 고개를 돌렸다. "뭐라고 했어?"

"농담이지?"

"걱정 마, 내 거래 은행에서 연락은 없었지만, 오늘 오후에 내가 전화할 거니까 주중에 다 해결될 거야."

"은행 얘기가 아니라 저 여자 말이야. 진짜 아는 여자야?"

산지는 대답하지 않았다. 그는 인도에서 높은 계급의 사람들을 대할 때처럼 손님을 맞이하는 레스토랑 주인을 곁눈질하고 있었다. 배우였다더니, 스타였나? 그렇지만 그녀에게 관심을 기울이는 사람은 레스토랑 주인뿐이었다. 뭄바이에서는 배우가 나타나면 사인을 받으려고 사람들이 몰려들고 배우와 함께 셀피 한번 찍어보려고 한바탕 소동이 일어나는 것이 예사였다. 뉴욕에서는 장애인에게 눈길을 주는 것이 금지되어 있는 건가. 그럼 인도에 사는 뉴요커들은 하늘을 쳐다보면서 산책해야 되는 거잖아. 하지만 산지가 쳐다보는 건 그녀이지, 그녀의 휠체어가 아니었다……. 어쩌면 동행한 남자일지도.

*

"이번에는 네가 다른 테이블에 시선을 주는구나. 아는 사람들이니?"

"두 사람 다는 아니고 한 사람만 조금 알아요."

"누구?"

"장의자에 앉은 남자요." 클로이는 메뉴판을 집어 들면서 대답했다.

"어디서 만났는데?"

"공원에서 몇 마디 나눴어요. 아버지가 뮤지션이었대요. 나는 에그베네딕트, 아빠는요?"

"인상이 좋구나."

"에그스크램블 드실래요?"

"직업이 뭐니?" 브론슈타인 교수는 집요했다.

"현대의 천재적인 젊은 사업가 중 한 명이죠. 투자자를 찾으러 뉴욕에 왔대요."

"천재적, 그것뿐인가……."

"명석해요. 주문할까요? 배고파 죽겠는데."

"명석하다, 어떻게 명석한데?"

"그만해요, 무슨 생각을 하는 거예요?"

"아무 생각도 안 해. 근데 이상하구나, 속속들이 아는 메뉴판을 열심히 들여다보는 것도 그렇고, 그렇게 얼굴 빨개지는 것도 아주 오랜만이고."

"나 얼굴 빨개지지 않았어요."

"내 뒤에 있는 거울을 보렴."

"더워서 그래요."

"이 날씨에?"

"이제 화제 바꿀까요?"

"우리의 철학자 씨는 어떻게 지내니?" 브론슈타인 교수는 별 뜻 없이 물었다.

"어떻게 지내는지 곧 알게 되겠죠……. 야간 승무원을 구하면." 클로이는 뾰로통해서 대답했다.

"다음 주에 콘퍼런스 제안을 받았어. 금융인들을 위한 강연인데 보수가 좋아."

"왜 싫은 얼굴을 하세요, 좋은 소식인데." 클로이가 기뻐했다. "브론슈타인 부녀에게 행운이 깃드나, 일이 순조롭게 풀리네요. 나도 한 작품 더 계약했어요. 이제 추가 비용 얘기는 없을 테니 둘이 이렇게 벌면 머지않아 빚을 청산할 수 있겠어요."

"네 욕실의 배관도 수리할 수 있겠지."

"수도 밸브를 위해 건배할까요?"

"네 일을 위하여!"

"아빠의 순회 콘퍼런스를 위하여!"

"샌프란시스코에서도 강연이 있어서 며칠 집을 비워야 하는데 네가 혼자……."

"아빠 없이 잘 해낼 수 있냐고요? 날마다 하고 있고 문제가 생길 경우 디팍을 찾으면 돼요."

"저들에게 합석하자고 할까?" 브론슈타인 교수는 히죽 웃는 얼굴로 맞은편에 앉은 두 남자를 쳐다보면서 물었다.

"목소리 좀 낮추실래요?"

산지가 계산을 했다. 샘은 산지가 일어설 수 있게 테이블을 끌어당겼다. 클로이는 아버지 머리 위쪽의 거울을 통해 눈으로 두 사람을 좇았다. 산지는 레스토랑을 나가기 직전에 돌아봤다. 시선이 살짝 마주치자 클로이는 접시에 코를 박을 듯 얼굴을 숙였다. 아버지에게 단박에 들킬 정도로.

샘은 데이트가 있다면서 워싱턴스퀘어 파크 철책 앞에서 산지와 헤어졌다. 산지는 연못 부근에서 어슬렁거렸다. 낯선 사람들을 관찰하면서 그들의 삶을 상상하는 것은 그가 좋아하는 소일거리 중 하나였다. 어쩌면 이 때문에 애플리케이션을 만들 생각을 했는지도 몰랐다. 10대 시절에는 많은 사람이 모여 살면서도 말을 섞지 않고 살아가는 대도시의 부조리한 삶이 흥미로웠다. 어린 시절에 그가 겪은 고독과 크게 다르지 않았다. 그가 데이트 애플리케이션을 만들어 사업가의 길에 들어섰을 때 삼촌들은 가문의 명예를 실추시키는 거라고 비난했다. 인도에서 남자와 여자는 양가의 허락을 받아야 만날 수 있으며, 허락이 떨어져야 교제할 수 있었다. 산지는 그런 고리타분한 세대에 속해 있지 않았다. 하지만 터부를 깨고, 전통에서 벗어나고, 자유를 얻는 것은 전자제품 매뉴얼 숙지하듯 잠시 고군분투하는 정도로 이뤄지는 것이 아니다. 산지는 비록 내막을 자세히 알지는 못해도 랄리와 디팍이 모든 걸 버리면서 보여준 용기에 감탄하고 있었다.

산지는 워싱턴스퀘어 파크에서 그에게 접근해 쉽게 말을 걸던 클로이를 떠올렸다. 그였다면 아마 결코 말을 걸 용기를 내지 못했을 텐데. 그때 휴대폰이 울렸다. 뭄바이 팰리스 호텔에서 걸려온 전화였다.

삼촌들인 타레쉬와 비크람이 조카의 소유권 담보 설정을 반대하고 나선 것이다. 타레쉬 삼촌은 호텔의 정관에 반대하는 조항이 있으며, 산지의 일관성 없는 언행에 깊은 상처를 받았다면서 일갈했다.

"네가 실패하면 우리 호텔의 삼분의 일이 외국인들의 손에 넘어가는 거야!"

"집안의 사업을 망치고, 가문의 재산을 말아먹을 작정이니? 어떻게 그렇게 이기적일 수 있어? 대체 무엇을 위해서?" 이번에는 비크람 삼촌이 호통을 쳤다.

"어떤 집안을 말씀하시는 건데요?" 산지는 대꾸하고 나서 전화를 탁 끊어버렸다.

삼촌들은 전쟁을 원하고 있었다. 분노가 치민 산지는 다른 공원으로 가기 위해 분수대를 지나쳤다. 그는 고모부가 크리켓 경기를 하는 공원으로 발길을 옮겼다.

*

클로이는 워싱턴스퀘어 파크에 들어가서 한 체스장 앞에

자리를 잡았다. 노련한 체스 선수들이 쉽게 돈벌이를 하려고 무모한 아마추어들을 등쳐 먹고 있었다. 그녀가 이렇게 토요일 오후마다 체스장에서 시간을 보내는 것은 판돈을 따기 위해서가 아니라 승리하는 기쁨을 맛보기 위해서였다. 그녀는 투지가 강한 운동선수였고, 우승 트로피들을 없애버린 걸 이따금 후회했다. 클로이의 마지막 경기는 5년 전, 4월의 어느 아침에 있었다.

*

산지는 북쪽 동네에서 챔피언을 꿈꾸며 찾아온 10대들에게 에워싸인 고모부가 배트를 다루는 멋진 기술을 보며 감탄했다.

"쉬바지 공원에 가서 경기를 볼 때마다 고모부의 매력에 빠졌다는 고모의 말씀이 이해가 되네요."

"오늘이 훨씬 더 멋있구나." 랄리가 대꾸했다. "누군가에게는 디팍이 승무원에 불과하지만 크리켓 구장에서는 진짜 전설이지."

"떠나기 쉽지 않았을 텐데요."

"떠나는 것이 가장 쉬운 일이었어. 어느 날 저녁, 디팍은 집에서 나오다 갑자기 달려든 건장한 사내 셋에게 죽도록 얻어맞았지. 우리는 그자들을 사주한 의뢰인이 누군지 알았어. 그리고 그것이 내 부모가 보낸 메시지라는 것도. 내가 병원으로 찾아갔을 때 디팍은 이제 그만 헤어지자고 나를 설득했지. 나에 대한 사랑은 영원하지만 우리는 함께 미래를 설계할 수 없다고, 자기는 우리 집안의 명성을 더럽힐 권리가 없으며, 더군다나 내 인생을 망칠 수 없다면서. 나는 디팍의 이별 발언을 모멸감으로 인한 상처 탓으로 이해했고 내 인생을 결정하는 말을 참아주는 건 이게 마지막이라고 대답했지. 나는 그의 곁에서 인생을 보내기로 선택했고, 그 선택에 대해 어떤 후회도 없어. 나에게 집안은 더 이상 존재하지 않으니까. 그런 폭력 행위를 할 수 있는 사람들과 나는 전혀 관련이 없으니까. 두 달 동안 매일 조금씩 꾀죄죄한 보따리에 소지품을 싸서 장롱 속에 감춰놨다. 하녀들조차 알아채지 못하도록. 그리고 어머니의 가방과 아버지가 벗어놓은 바지 호주머니에서 조금씩 훔친 돈을 내 침대 밑에 숨겼고, 오빠들의 돈도 훔쳤어. 디팍은 한밤중에 나를 데리러 왔지. 우리 집 근처에서 나를 기다리던 디팍은 내가 진짜 나올 줄은 몰랐다고 말하더군. 나는 몰래 도망친 거야. 모두가 잠들어 있는 동안 복도를 지나 계단을 내려가고 다시는 돌아오지 않을 대문을 나섰을 때 내가 얼마나 두려움에 떨었는지 너는 상상도 못 할 거다. 아직도 그 순간의 꿈을 꾸다 소스라치게 놀라 잠을 깨곤 해. 우리는 시간에 쫓겨 죽어라고 달렸어. 동트기 전에 항구에 도착해야 했으니까. 그러던 중 우리가 불쌍했던지 한 릭쇼 기사가 태워줘서 겨우 항구에 도착했어. 디팍이 거금을 써서 간신히 화물선에 오를 수 있었지. 그렇게 해서 바다에서 42일을 보냈어. 나는 주방 일을 도왔고, 디팍은 선원들의 일손을 거들면서 온갖 잡일을 했지. 하지만 얼마나 기나긴 여행이던지! 아랍해, 홍해, 수에즈 운하, 지중해, 지브롤터 해협 그리고 마침내…… 대서양을 보면서 우리는 그제야 자유의 몸이 되었음을 느꼈단다."

"왜 그때였어요? 항해가 시작된 때부터가 아니고?"

"화물선이 지브롤터에 정박한 밤에 우리가 처음으로 사랑을 나눴으니까. 아까 내가 떠나는 게 가장 쉬운 일이었다고 했지? 오죽하면 탈출이 그나마 가장 쉬웠겠니. 나는 밀입국자가 되고 싶지 않았어. 디팍도 너무 정직해서 불법적으로 사는 걸 오래 버틸 수 없는 사람이야. 솔직히 이따금 그의 지나친 정직성이 짜증나기도 하지만. 우리는 자진해서 이민국에 갔어. 당시 이민자들을 국가별로 담당하던 직원들은 자기 아버지들의 역사와 자기가 어디 출신인지 잘 기억하고 있었지. 우리는 살해 위협을 받고 탈출했다고 설명하면서 디팍의 흉터를 증거로 제시하고 난민 지위를 얻을 수 있었어. 이민국에서 우리에게 임시 신분증명서를 발급해주더니 정말 놀랍게도 새로운 삶을 시작할 수 있도록 약간의 정착금까지 내주는 거야. 근데 디팍은 받으려고 하지 않았지." 랄리는 깔깔대고 웃었다. "그래서 내가 받았어."

"그다음은요?" 산지가 물었다.

랄리는 입을 다물었다. 산지는 고모가 울컥해 있다는 걸 알아차리고 어깨에 팔을 둘렀다.

"죄송해요. 고통스러운 기억을 건드리려는 건 아니었는데."

"거짓말을 했다." 랄리가 나직이 말했다. "집을 떠나면서 잃은 게 아무것도 없다고 했는데 그건 거짓말이야. 나는 집에 나의 일부를 버리고 온 거였으니까. 하등의 득 될 게 없는 것이 자존심인데 나는 아주 많이 힘들었고, 아직도 힘들어. 특권을 누리며 태평하게 살던 내가 굶어 죽지 않으려고 하찮은 일자리도 마다 않고 하루에 열여섯 시간씩 일하는 신세가 된 거잖아. 쉽지 않은 생활이었어. 힘든 시절은 이제 다 지나갔으니 불평하지 말아야지 하면서도 노후 대책으로 준비해놓은 저축이 조금 있을 뿐이니 너무 오래 살면 안 되지 싶다. 형편이 이런데 디팍이 지금 퇴직해야 한다면 앞으로 어떻게 살아갈지 막막하구나. 에이, 궁상맞은 내 얘기는 여기까지 하자. 이제 내가 겪어야 했던 시련 때문에 싫지만 너무나 그리운 내 나라와 내 가족들에 대한 소식이나 들려주렴."

산지는 세계 최대 민주주의 국가라면서도 해결되지 않는 빈곤, 여전히 유지되고 있는 카스트 제도에 대해 말했다. 인도 하면 떠오르는 신성한 소, 빈민촌 같은 이미지를 제외하면 전망은 암울하지 않다, 인도는 전반적으로 향상되고 있다, 컴퓨터 세대의 볼리우드*, 현대화되는 도시들, 빈곤 퇴치를 위한 노력, 복수의 자유 언론이 갖춰졌으며 중산층이 증가하고 있다고 덧붙였다.

랄리가 말을 끊었다.

"경제학과 사회학 강의를 해달라는 게 아냐. 나한테는 주말마다 큰 소리로 신문 읽어주는 남편이 있으니까. 너에 대한 얘기를 해, 네 인생, 너의 열정에 대해. 결혼할 여자는 있니?"

---

* 인도의 영화 산업.

산지는 대답하기 전에 길게 한숨을 쉬고 나서 고모를 향해 천천히 고개를 돌리고 뚫어져라 쳐다봤다.

"고모, 고모의 아버지가 소유하던 낡은 건물들이 뭄바이에서 가장 고급스러운 팰레스 호텔이 되었어요. 고모의 오빠들이 고모에게 그 사실을 숨기고 있는 거예요."

랄리는 숨을 죽이고 조카를 멍하니 쳐다봤다.

"경기 구경은 안 하고 이렇게 둘이서 숙덕거리려면 뭐 하러 온 거야?" 디팍이 다가오면서 투덜거렸다. "그래도 그 대화가 나의 멋진 실력을 놓친 것보다 가치가 있었으면 좋겠군!"

내가 줄리어스에게 따귀를 날린 날

새로운 단계의 재활 교육이 시작된 하루였다. '괘씸한' 길버트는
신이 나 있었다. 여느 아침과는 달랐다. 내가 의족을 달고 첫발을
떼어야 했기 때문이다. 내가 넘어진다고 해도 모든 것이 헛수고가
되는 건 아니다. 고통이야 따르겠지만 한 단계 더 나아가는 거니까.

'14시 50분', 그 일이 있기 전, 아빠는 나한테 모든 걸 맡기고 여
행을 자주 다녔다. 줄리어스의 집은 사랑을 식게 만드는 곳이었다.
노란색 벽, 쾨쾨한 카펫 냄새, 희끄무레한 실내등 불빛이 그 집을
세상에서 가장 로맨틱하지 않은 곳으로 만들었다. 줄리어스는 인테
리어 감각이 전혀 없었다. 게다가 이웃집에서 넘어오는 소리가 귀
신 들린 집 같은 느낌이 들게 했다. 그래서 우리는 아버지가 여행을
떠날 때마다 우리 집에서 사랑을 나눴다. 하지만 아빠는 이제 여행
을 다니지 않았다.

운 좋게, 아빠가 오후에 수업이 있던 날이었다.

줄리어스는 나를 안아서 침대에 눕혀놓고 키스를 했다. 그는 내
위에 누워 원피스 단추를 풀었다. 내 가슴을 애무했다. '14시 50분'
이후 처음으로 나는 성욕을 느꼈다. 그의 입술이 내 살, 배 위를 미
끄러지고 있었고, 그의 손이 내 다리를 벌리려고 애쓰고 있었다. 나
는 그의 눈이 굳어 있는 걸 보았다. 나는 따귀를 날렸다.

우리는 사랑을 멈췄다.

15

클로이는 옷장 앞에서 한참을 고민하다가 긴 스커트와 목이 브이 자로 파인 흰색 블라우스를 입기로 결정했다.

이른 오후, 디팍이 소식을 전하기 위해 그녀의 집 초인종을 눌렀다. 디팍은 그룸랫 씨가 요구한 자격에 부합하는 대체 승무원이 방금 채용되었는데 새 야간 승무원은 조합의 승인을 받은 숙련된 사람이며, 저녁 7시 15분부터 근무를 시작할 거라면서 성실한 사람이라고 덧붙였다. 클로이는 이제 언제든 자유롭게 나다닐 수 있게 되었다.

그녀는 일어설 수만 있다면 디팍을 꼭 안아주고 싶었다. 디팍은 그녀의 마음을 알아챈 듯 얼굴이 빨개졌다. 그는 마음이 통했다는 걸 증명하듯 허리를 숙여 정중하게 인사하고 물러갔다.

아버지가 샌프란시스코로 떠났기 때문에 그녀는 줄리어스

에게 함께 식사하자는 메시지를 보내면서 저녁 8시에 만날 레스토랑 주소를 보냈다.

그녀는 메이크업이 능숙하지 않기 때문에 마지막으로 한 번 더 거울을 본 다음 집 안을 한 바퀴 돌면서 현관 원탁에 놓인 램프만 남겨두고 모든 전등을 껐다. 그리고 전화를 걸어 엘리베이터를 올려달라는 신호를 보냈다.

클로이는 엘리베이터가 올라오는 사이 복도에서 휠체어를 반 바퀴 돌렸다. 승무원은 철제 도어를 열어놓고 클로이의 휠체어가 후진으로 들어오는 동안 엘리베이터 핸들에 딱 붙어 있었다.

그녀는 승무원의 등만 볼 수 있었다. 리베라 씨의 제복이 너무 커서 어깨 견장은 팔을 따라 축 늘어졌고 프록코트 소매는 손을 절반이나 가리고 있었다.

"안녕하세요, 미스 클로이." 승무원이 정중한 어조로 인사했다.

"네, 안녕하세요, 이렇게 오셔서 얼마나 기쁜……."

그녀는 말하다 말고 승무원의 목덜미를 뚫어져라 쳐다봤다.

"뭐라고 하셨어요?" 승무원이 7층에서 물었다.

클로이의 심장박동이 빨라지는 사이 엘리베이터는 4층을 지나고 있었다.

"보통은 돌아서서 상대를 보면서 말하는 게 매너죠."

산지는 고개를 돌렸다.

"대화를 시작하려면 먼저 거짓말했다는 것부터 고백하는 게 순서 아닌가요?"

"나는 거짓말하지 않았는데요."

"당신은 내가 우습군요. 사업가니 인도판 페이스북이니, 뭐 기억나는 거 있을 텐데요?"

"뉴욕에서 한 가지 직업만으로 사는 건 사치라고 말한 사람이 누군데…….그 말은 전혀 기억 안 나요?" 산지가 응수했다.

"당신 혹시 주말에는 볼리우드의 영화배우거나 패러글라이딩 챔피언이에요?"

"나는 고소공포증이 있고, 연기는 아주 서툴죠."

"당신은 단연코 그 반대예요!"

엘리베이터가 1층 정차 위치를 10센티미터 벗어나서 멈췄다.

"내가 아직 완벽하지 않아서요. 2층으로 다시 올라갔다가 층 높이에 딱 맞게 정차하겠습니다."

"점점……."

"그럼요, 최선을 다하고 있으니까 조금만 참아줘요."

"지난번에 당신은 28번가에서 약속이 없었어요. 택시 돌리는 거 봤거든요. 당신은 매순간 거짓말이군요."

"이번에는 층 높이에 딱 맞게 정차했으니까 걱정 없이 내리셔도 됩니다. 미스 클로이의 휠체어에 손대지 말라는 당부가 있었지만 보도까지 모시고 가서 택시를 잡아드리겠습니다."

"그 '미스'란 말 좀 빼요!" 클로이가 쏘아붙였다. "어디든 나를 데려다줄 필요도 없고요." 그렇게 소리치며 데스크 앞을 지나던 클로이는 디팍이 있는 걸 보고 깜짝 놀랐다.

"당신에게 승무원은 그렇게 별 볼 일 없습니까, 그래요?" 이번에는 산지가 소리쳤다.

디팍이 재빨리 문을 열어주고 클로이가 길 건너 클로데트 레스토랑으로 들어갈 때까지 시선을 떼지 않았다.

"내가 또 뭘 어쨌다고요?" 산지는 로비에 들어서는 고모부를 보면서 버럭 소리를 질렀다.

"네가 잘해 내는지 확인하려고 남아 있었어. 내가 강조한 세 가지 철칙, 그건 아주 기본적인 거야. 정중한 태도, 주민이 말을 걸지 않을 때는 투명인간처럼 조용히 있을 것, 질문을 하면 경청하되 함부로 대답하지 않을 것, 그게 그렇게 어렵니?"

"그녀는 질문이 아니라 그냥 대화를 시작했다고요!"

"'그녀'가 아니라 '미스 클로이'. 4층에 이르렀을 때 이미 언성이 높아지는 소리가 들렸어. 엘리베이터 정차하는 네 방식에 대해 내가 아무 말 안 한다고 할 말이 없는 건 아냐. 나를 도와주는 건 고맙지만 해주려면 잘해야지, 아니면 할 필요 없다. 나는 지금 리베라를 보러 갔다가 집으로 갈 거야. 그럼 내 건물을 부탁한다. 내일 멀쩡한 상태의 건물을 보게 되길 기대하마. 믿어도 되겠지? 그리고 모리슨 씨의 집 현관문 열어주는 거 잊지 마라."

산지는 고모부가 옷 갈아입으러 지하실로 내려가는 동안 이를 악물었다.

✢

클로이는 밤 10시에 혼자 돌아왔다. 그녀는 엘리베이터 안에서 산지에게 한 마디도 하지 않고 있다가 집으로 들어가기 전 들릴 듯 말 듯 인사했다.

그녀는 전등을 켜지 않고 창가로 휠체어를 굴렸다. 월요일, 거리는 한산했다. 택시 몇 대만 전속력으로 5번가를 달리다 9번가 쪽으로 접어들었다. 그녀는 한동안 멍하니 허공을 응시했다. 자정 무렵, 그녀는 호주머니에서 휴대폰을 꺼내 줄리어스의 전화번호가 입력된 버튼을 눌렀다. 일부러 바람맞힌 게 아닐 수도 있었다. 정신없이 일하느라 메시지 소리조차 못 들은 것일지도 몰랐다.

그녀가 줄리어스를 기다리는 동안, 레스토랑 주인 클로드가 샴페인 한 잔을 가져왔다. 그것이 두 잔, 석 잔이 되었다. 그녀가 취해 정신을 잃기 전에, 이미 정신이 몽롱한 상태이긴 했지만, 클로드는 장의자에 앉아서 두 사람을 위한 식사를 가져오게 했다. 클로드는 그녀를 동정하고 있는 것이었다. 줄리어스든 어느 누구든 그녀가 더 이상 참을 수 없는 것이 동정이었다.

그녀는 줄리어스의 목소리를 듣고 싶지 않았다. 휴대폰을 손에 쥐고 음성 사서함 안내가 시작되길 기다리다 메시지를 남겼다.

"여러 번 착각하다 보니 내가 한심한 사람이 되어버렸네. 내가 참을 수 있다고 생각한 것도, 우리가 아직은 함께 갈 수 있다고 생각한 것도 내 착각이었어. 내 인생을 다시 설계하는 방식도, 우리 관계에 대한 희망도 내 착각이었고, 내가 신세지고 있다고 느끼는 것도 착각이었고, 우리에 대해서도, 나에 대해서는 더더욱, 내 착각이었어. 하지만 더는 착각하고 싶지 않아, 더 이상은 절대로. 내일 공원으로 나를 찾아와. 3시에서 4시까지 강의가 없다는 거 알아. 우리 집에 놔둔 네 물건들 돌려줄 테니 그 물건들과 함께 자유로워져. 나는 내 자유를 되찾을게. 안녕, 쇼펜하우어."

*

다음날, 클로이는 오후 3시에 워싱턴스퀘어 파크에 도착했다. 산책로에 접어들었을 때 그녀는 벤치에 줄리어스가 아닌 다른 남자가 앉아 있는 걸 발견했다.

"당신이 왜 여기 있어요?" 그녀가 물었다.

"그 남자는 오지 않을 거예요." 산지는 책을 덮으면서 대답했다.

"무슨 말이에요?"

"어젯밤에는 당신이 전화번호를 잘못 눌렀다는 말을 차마 할 수 없었거든요."

16

"그 정도로 길을 잃었는데 왜 그 남자를 계속 만나는 겁니까?" 산지가 물었다.

"그가 나를 떠나지 않았기 때문이고, 또 다른 고통을 겪기에는 육체적인 모욕을 충분히 참았기 때문에 고통을 다시는 겪고 싶지 않기 때문이죠."

"이름이 진짜 쇼펜하우어예요?"

"어제부터 이름을 바꾸지 않았다면." 클로이가 대답했다.

"그런 이름을 가진 남자와 사랑에 빠진다는 건 꽤 대담하거나 극단적인 마조히즘이거나 둘 중 하나예요."

"그의 이름과 그에 대한 내 감정이 무슨 관계가 있죠?"

"쇼펜하우어가 여성에 대해 쓴 에세이를 보면 내 조국 인도의 집단 무의식에 뿌리박힌 여성 혐오를 능가하니까요."

"나는 원본이 아니라 사본만 읽었나 보네. 아무튼 당신도 쇼펜하우어를 읽었다니까…….”

"내가 쇼펜하우어의 책을 읽은 게 놀라워요? 내가 뭄바이에서 온 사람이라서? 나는 당신에게 돌을 던지지 않아요. 내가 처음으로 놀란 건 인도에 대한 서양인의 시각이 신성한 소와 커리 향신료 이미지에 갇혀 있을 때였는데.”

"내 말은 그런 뜻이 아니었는데요.”

"하지만 그런 뜻이 함축되어 있었어요.”

"도덕 강의가 잘 어울리네요. 우리 둘 중에서 누가 더 거짓말쟁이일까요?”

"만약 내 약속 장소가 당신과 반대 방향이라고 했다면 당신은 신세 지는 기분이 들었겠죠. 그리고 어제, 나는 당신이 그런 걸 원치 않는다는 걸 알았어요.”

"내가 생각 안 한 것까지도 아주 잘 아시네요. 언젠가 우리가 다시 대화라는 걸 하게 되길 바란다면 그 전화는 없었던 일로 하죠.”

"오케이, 둘 중 누가 더 거짓말쟁이인지 물어서 한 말이에요. 아무튼 중요한 건 당신이 나를 다시 만나는 걸 받아들였다는 겁니다. 이제는 내가 한낱 승무원에 지나지 않는다는 걸 알았는데도.”

"당신이 우리 건물에서 일하는데 어떻게 다시 만나지 않을 수 있죠…….”

"나는 무엇보다 당신이 억지로 참지 않았으면 좋겠어요. 따라서 나는 미스 클로이를 잡아줄 거예요, 물론 내 도움을 필요로 할 경우에만. 그리고 잘못 걸린 전화에 대해서는 미안해요. 약속할게요, 우리 다시는 그 얘기 하지 맙시다."

"클로이, 미스 빼고!" 그녀가 외치는 사이 산지는 멀어져갔다.

클로이는 산지가 공원을 나갈 때까지 시선을 떼지 않았다.

*

디팍은 손목시계를 보면서 산지가 제시간에 나타나길 바랐다. 그 바람은 5분도 안 돼 이뤄졌다.

"진짜 최선을 다했어요." 조카가 숨을 헐떡이면서 외쳤다.

"나 아무 말 안 했다. 리베라는 자정이 지나면, 물론 주민들이 다 귀가했는지 확인하고 나서, 데스크 뒤에 앉아서 쉬었으니까 너도 그러면 돼. 그리고 밤에 알람 맞춰놓는 거 잊지 마, 아침 6시 30분부터는 데스크를 지켜야 하니까. 윌리엄스 씨가 6시 45분이면 신문을 사러 나가거든. 걱정 마, 그래도 밤은 낮보다 덜 피곤하니까."

"참고로 말씀드리는데 나는 낮에도 일하잖아요."

"리베라도 낮에는 요양원에 있는 아내를 보살폈으니 당연히 휴식 없는 고단한 생활을 했어. 너보다 마흔 살이나 많은 사람도 해냈는데 넌 잘해낼 수 있다."

"고맙다는 말 한마디면 될 텐데……."

"때로는 침묵이 쓸데없는 말 몇 마디보다 낫다는 걸 알아야 할 텐데. 그럼 내일 보자, 부탁한다."

디팍은 지하실로 내려갔다. 리베라는 대체 승무원이 근무를 시작하면 주민들의 태도가 원래대로 돌아올 거라고 예상했지만 그렇지 않았다. 디팍은 주민들의 예사롭지 않은 집단적 냉랭함이 점점 더 신경 쓰였다. 촌철살인의 달인인 윌리엄스 부인은 엘리베이터에서 내리며 들으라는 듯 내뱉었다. '그 선량한 젤도프 부인이 기적을 바라며 기도하니 어찌 안 이뤄지겠어? 갑자기 승무원이 해고되는 불상사 뒤에 정말 기적이 일어났지 뭐야! 게다가 인도에서 온 사람이라니! 미국에는 이제 엘리베이터 운전사가 없는 모양이네.'

디팍의 예감은 거의 틀린 적이 없었다. 그래서 진상을 명백히 파악하기로 했다. 옷장에 제복을 걸어놓은 뒤 창고 맞은편 골방으로 들어갔다. CCTV 몇 대가 밤 11시부터 아침 7시까지 촬영한 모든 움직임이 녹화되고 있었다. 1번 카메라는 정문 앞 보도를, 2번 카메라는 직원용 출입문을, 3번 카메라는 지하실 복도를 녹화하고 있었다. 20년 전 CCTV를 설치한 뒤로 특기할 만한 일이 일어난 적은 없었다. 지난 녹화 테이프 여섯 개는 주민 대표가 보관하고, 테이프를 교체하는 사람은 디팍이었다.

디팍은 모니터 앞에 앉아 1번 카메라의 녹화 테이프를 꽂았다. 지난주 수요일 밤의 영상을 고속으로 돌려보던 디팍은 목욕 가운 차림의 콜린스 부인이 스프레이를 들고 창고로 들어가는 걸 봤다. 스프레이에 어떤 물질이 들어 있는지는 모르지만 명탐정이 아니어도 무엇에 쓰이는 것인지 짐작할 수 있었다. 이 증거물이면 자신의 무고를 증명하기에 충분하지만, 디팍은 잠시 골똘히 생각한 후 녹화 테이프를 되감아놓았다. 오늘밤에 녹화될 영상이 문제의 영상을 덮어씌우면 유일한 증거는 사라질 것이다.

디팍은 얼마 후 건물을 나갔고, 리베라를 보러 병원에 들르기에는 너무 늦은 시간이라 곧장 집으로 갔다.

*

모리슨 씨는 무사히 자신의 집으로 들어갔다. 산지는 디팍의 당부에 따라 인사 이상의 말을 건네지 않았다.

자정이 가까워졌고, 산지는 길게 하품했다. 그는 데스크에 두 발을 올리고 의자 등받이를 기울였다. 자는 건 불가능했기 때문에 시간을 보낼 만한 것이 없는지 찾다가 메모장과 연필을 발견했다. 그는 한동안 중얼거리면서 뭐라고 쓸지 궁리했다.

새벽 1시에 그는 9층으로 올라갔고, 엘리베이터와 복도 사이의 6센티미터를 넘어갔고, 쪽지를 접어서 현관문 틈새로 집어넣고 다시 내려갔다. 그리고 새벽 3시경 로비 한복판에 대자로 누워서 잠들었다.

장미꽃 향기를 맡은 날

아버지는 일찍 들어온다는 연락도 없이 이른 오후에 귀가했다. 나는 거실 창가에 있었다. 아버지가 왜 창가에 붙어서 시간을 보내느냐고 물었을 때 나는 거리를 내다보고 있으면 기분이 좋아진다고 대답했다. 아버지에게는 미스터리한 대답이다. 진짜 이유는 숨 돌릴 필요가 있을 때마다 거리를 관찰하면서 글 쓰는 걸 좋아하기 때문이다. 아버지가 다가올 때마다 나는 노트를 엉덩이 밑에 숨겼다. 나는 왜 아버지에게 일기를 쓴다고 말하지 않을까? 일기는 비밀의 정원이니까. 하지만 이날, 아버지는 내가 집에만 틀어박혀 있다고 잔소리를 했다. "네가 바람이라도 쐬러 나가면 좋겠어. 그리고 두 시간 넘게 여기 이러고 있는 너를 보고 싶지 않구나."

나는 놀란 얼굴로 아버지를 쳐다봤다. 내가 아주 어렸을 때조차 이렇게 권위적으로 굴지 않았는데. 아버지는 왜 내가 집에서 나가길 바라는 걸까? 그래서 나는 아무렇지도 않은 얼굴로 애인이 생겼냐고 물었다. 이번에는 아버지가 그게 무슨 관련이 있느냐는 듯 놀란 얼굴을 했다. 나에게는 관련이 있었다. 하지만 나는 아버지에게 이유를 설명하지 않았다.

아버지의 채근에 나는 산책이라도 하려고 집을 나섰고 워싱턴스퀘어 파크에 들어갔다. 분수대를 한 바퀴 돌고 나서 늘 앉는 벤치에 앉아, 거의 매일 오후에 나와서 연주하는 트럼펫 선율에 빠져들었다. 트럼펫 연주자는 이따금 단골 애청자를 홀리기 위해 트럼펫 두 개를 사용해 연주해주기도 했다. 얼마나 기교가 뛰어난지!

봄이 깊어가고 있었고, 장미 화단에서 꽃봉오리들이 터지고 있

225

었다. 플로리분다, 젠틀 허미언, 필그림, 제임스골웨이, 스웨덴 여왕, 나는 여러 종류의 장미향을 맡았다. 나는 살아 있다.

나는 집에 돌아와서 아버지에게 고맙다고 말했고, 아버지에게 애인이 생겼냐고 재차 물었다. 그러고는 아버지의 대답을 기다리지 않고 내 방 창가로 갔다.

17

"솔직히 너 진짜 심하다." 샘이 구시렁거렸다.

"뭐가? 제시간에 왔잖아!" 산지는 샘의 책상 위에 가방을 내려놓으면서 반박했다.

"옷은 좀 바꿔 입을 수도 있잖아. 어제랑 똑같은 옷에 면도도 안 하고."

"미안해, 시간이 없었어." 산지는 하품을 길게 하면서 대답했다.

"그뿐만이 아냐!"

"또 뭐?"

"빌리지피플* 팬클럽에 가입했어? 그 웃기는 모자는 뭐야?"

산지는 눈을 치켜뜨다 깜빡 잊고 제복의 부속품인 모자를 벗지 않았음을 알아차렸다.

"괜찮아, 나는 이해해. 새벽에서야 끝난 광란의 밤, 그만한 가치가 있었기를 바란다.”

“내가 잠을 거의 못 자서 그래.”

“누구랑 있었는데?” 샘이 짓궂게 책상 위로 몸을 숙이면서 물었다.

“설명하자면 너무 길어. 그리고 네가 상상하는 그런 거 아니야.”

“그 말은 옷장에 숨어 있다 발각된 내연남이 그 집 남편에게 변명으로 하는 대사인데.”

“이 나라에서는 모든 사람이 거짓말한다고 의심하는 강박 관념이 있나 보네!”

“내 생각이 맞는지 확인하는 거야. 그 여자 이름이 뭔데?”

“오티스.”

“그게 여자 이름이야?”

“엘리베이터 이름.”

“뭄바이에서는 그래? 너 엘리베이터 안에서 밤을 보낸 거야?”

“뭐 그렇다고 할 수 있지.”

“고장이면 비상 버튼 있잖아.”

“고장 났다고 누가 그래?”

샘은 책상 서랍에서 전기면도기를 꺼내서 산지에게 건넸다.

“화장실에 가서 머리도 좀 가다듬고, 15분 후에 미팅이야.

---

* 1970년대 후반에 유행했던 디스코 붐을 타고 결성된 디스코 그룹으로 다양한 복장과 모자를 쓰는 게 트레이드마크였다.

투자자들 앞에 나섰을 때 부끄럽지는 말아야지. 그 모자는 벗어서 나한테 주고!"

회의 중, 샘이 프로젝트를 설명하면서 인도 시장을 열면 얻을 수 있는 이점과 기대할 수 있는 엄청난 수익을 알리는 데 주력하는 동안, 산지는 연신 하품을 하고 있었다. 샘은 산지가 테이블 밑으로 전해준 쪽지를 읽고 하마터면 숨이 넘어갈 뻔했다. 그는 친구가 미친 게 아닌지 걱정되었다. 샘은 쪽지를 호주머니에 집어넣고 브리핑을 그럭저럭 끝내려고 최선을 다했다.

투자자들을 배웅하고 돌아온 샘은 눈을 감은 채 책상 위에 누워 있는 산지를 발견했다.

"뭐하는 거야?"

"부탁인데 잠시만 눈 좀 붙일게."

"그녀가 그렇게 특별했어? 그 오티스 말이야. 그리고 회의 중에 나한테 준 쪽지는 뭐야?"

"내가 쓴 건데, 어때?"

"웃겨."

"진짜?" 산지가 벌떡 일어나면서 물었다.

"'용서할 수 없는 유일한 것은 용서하지 않는 것이다.' 네가 쓴 글 맞아?"

"어디선가 읽은 거 같은데, 좀 있어 보이고 쿨하지 않아?"

"괜찮긴 해. 그래도 난 너를 용서해. 내일은 컨디션 조절 좀 잘하고."

"너한테 보내는 글이 아냐. 넌 나보다 여자 경험이 많잖아. 의혹이 있어서 네 의견을 들어보려고."

"정확히 무슨 의혹?" 샘이 물었다.

"그녀가 아직 결정을 내리지 않았어. 우리가 다시 대화를 나누게 될지를. 그래서 쓴 거야."

"그녀의 아파트 층계참에서 밤을 샌 건 아니겠지? 그랬으면 완전 멜로드라마인데. 그건 그렇고 네가 무슨 짓을 했기에 그 정도로 너를 경계하는데?"

"그녀가 꺼리는 것이 거짓말 때문인지 엘리베이터 승무원 때문인지 모르겠어."

"어쩌면 네 모자랑 무슨 연관이 있을지도 모르지. 무슨 거짓말을 했는데?"

"설명할 수 있었는데 그녀의 반응 때문에 그럴 마음이 없어졌어."

"그러니까 뭘 설명하는데?" 샘이 짜증을 냈다.

"너는 아무것도 주장하지 않고, 뭐인 체하지 않고, 아무것도 정당화하지 않고 그냥 너 자신만으로 여자를 유혹할 생각한 적 없지?"

"응."

"여기서 한 시간만 자도 돼? 방해 안 할게, 약속해."

샘은 진지한 표정으로 산지를 쳐다봤다.

"주월 둘러봐, 여기가 호텔 방으로 보이는지……. 내 사무실은 숙박업소가 아냐. 그리고 잊었을까 봐 말하는데 난 여기 사장이 아냐. 다시 말해서 하루 일과가 끝났으면 퇴근해서 집으로 가야 한다는 거지."

"할 수 없군, 다른 데 찾아보지, 뭐." 산지는 한숨지었다.

피곤이 몰려온 산지는 샘의 시선을 받으면서 비틀비틀 걸어 나갔다.

산지는 야간 근무를 시작하기까지 한 시간의 여유가 있었다. 한 시간이면 샤워하고 옷 갈아입으러 이스트할렘을 왕복할 수 있었다. 하지만 고모랑 무슨 대화든지 나누게 될 텐데 그럴 힘이 없었다. 그는 두 블록 떨어진 워싱턴스퀘어 파크를 향해 걸어갔고 첫 번째 벤치에 털썩 주저앉았다.

*

산지는 "흠흠" 하는 소리에 눈을 떴고, 산책로 모퉁이로 사라지는 클로이의 휠체어를 봤다. 그는 얼굴을 문지르고 나서 상체에 손을 올리다 쪽지를 발견했다.

> 유머는 중요한 장점이고,
> 당신의 그 생각이 아주 마음에 들어요.

산지는 쪽지를 호주머니에 넣고 5번가를 향해 뛰었다. 창유리에 비친 자기 모습을 보면서 몰골이 걱정됐다. 벤치에 쪼그리고 잠든 터라 꾸깃꾸깃해진 옷, 꼴이 말이 아니었다. 그는 로비를 피해 직원용 출입문으로 들어가 제복으로 갈아입은 뒤 디팍에게 갔다.

"모자는?" 고모부가 물었다.

"아, 죄송해요, 깜빡 잊었어요."

"어디서 어떻게……. 이해는 안 되지만, 일단 모자는 내 것을 써. 보아 하니 샤워하는 것도 잊은 것 같구나."

*

밤이 되면서 평온해졌다. 산지는 마지막 주민의 귀가를 기다리고 있었다. 모리슨 씨가 비틀거리면서 로비로 들어오다가 돌아서서 다시 밖으로 나갔다. 산지는 뛰어나갔고 모리슨 씨가 길을 건너려 하고 있었다.

"하이든 좋아해요?" 모리슨 씨가 딸꾹질을 하면서 물었다.

"모르는데요."

"아주 끔찍했어. 해석이 영 아니었거든. 콘트라베이스 연주자가 활을 움직일 때마다 찡그리는 얼굴은 진짜 가관이었고……. 같이 가겠소? 내가 아주 괜찮은 바를 아는데."

"들어가서 주무시는 게 좋을 거 같은데요."

"오, 젊은이, 오해가 있나 본데 나는 자려는 게 아냐. 더군다나 난 당신을 몰라. 근데 당신 누구요?" 모리슨 씨가 묻는 사이 산지는 그를 잡아끌어서 엘리베이터에 태웠다.

"야간 승무원입니다."

"이놈의 건물에서 무슨 일이 일어나는지 하나도 모르겠어. 누가 버튼을 설치한다고 설명해줬는데 어느 버튼을 눌러야 하는지 아무도 안 가르쳐주고."

산지는 철제 도어를 닫고 핸들을 작동했다. 엘리베이터가 올라가는 동안 모리슨 씨는 벽을 따라 서서히 미끄러졌다.

"딱 세 마디에……. 자장가 불러준 것도 아닌데." 산지는 그를 일으키면서 구시렁거렸다.

산지는 그를 현관 앞에 앉혀놓고, 디팍에게서 받은 열쇠 꾸러미에서 스페어 키를 사용해 여러 번 시도하다 현관문을 열었고, 복도에 들어서서 침실이 어디일지 생각했다. 모리슨 씨는 알려줄 만한 상태가 아니었다. 세 번째 방문이 침실이었다. 산지는 그를 침대에 눕혔고, 신음 소리를 들으면서 측은한 마음에 구두를 벗겨주었다. 엄지발가락에 구멍이 난 양말은 이 땅딸보의 고독을 여실히 말해주고 있었다. 산지는 재킷을 벗기는 데 성공했고, 베개를 받쳐주고 이불을 덮어준 다음 방을 나갔다.

산지는 욕실 앞을 지나가다 잠시 망설였고, 심각한 범죄는 아니라고 판단했다. 샤워는 구원자였다. 선반에서 깨끗한 수건을 꺼내 몸을 닦았다.

산지는 거실 소파의 유혹을 뿌리칠 수가 없었다. 로비 대리석 바닥에서 하룻밤 잤다고 삭신이 쑤셨기 때문이다.

산지는 휴대폰 알람을 맞추고 귀에 딱 붙여놨다. 그는 눈을 감기 전 클로이가 저녁에 외출할 결심을 할지 궁금했다. 그녀가 칩거하고 있으면 뭐 때문에 야간 근무를 선단 말인가? 무슨 생각이 아주 마음에 들었다는 걸까? 곧 물어볼 기회가 오길 고대했다.

*

　새벽 4시, 모리슨 씨는 방광의 신호로 화장실에 가다가 거
실에서 들리는 코 고는 소리에 깜짝 놀랐다. 그는 소파에서
깊이 잠든 인도인을 보면서 술을 좀 작작 마셔야겠다고 다짐
했다.

18

디팍은 말쑥한 모습의 조카를 보고 놀랐다.

"너 간밤에 데스크 비웠었니?"

"전혀요." 산지는 단호하게 대답했다.

"네 머리털은 자정 기능이 있는 게 틀림없구나. 랄리가 꿈꾸는 건데 그런 기계 있거든 선물해주면 좋아할 거다. 그건 그렇고……. 네 고모가 챙겨줘서 갈아입을 옷 가져왔다." 디팍은 가방을 내밀면서 말했다. "오늘 저녁은 나더러 좀 더 있으라는 고모의 당부가 있었어. 너 집에 들어와서 좀 쉬라고. 그러니까 저녁 8시쯤 교대하면 돼."

산지는 건물을 나가면서 꼭대기 층 창문을 올려다봤다. 그는 클로이를 발견하고 손을 흔들었다.

방금 현관문 틈새에서 발견한 쪽지를 쥐고 있던 클로이는 창가에서 멀어지기 위해 후진했다.

당신이 마음에 든다는 내 생각이 뭘 말하는 건지 모르겠지만, 또 다른 생각이 떠올랐어요. 오후 5시 30분에 공원으로 나와요. 특히 주저하지 말고 나를 깨워요, 이번에는.

산지

*

"멋진 이름이네요. 내가 한 번도 들어본 적이 없는." 클로이는 벤치에서 기다리고 있는 산지에게 다가가서 말했다.

"뭄바이에 가면 당신 이름이야말로 끝내줄 거예요." 산지는 와플 한 개를 내밀면서 대꾸했다. "길모퉁이에서 샀어요, 아주 맛있어 보여서."

"내가 나올 거라고 생각했군요?"

"혼자 두 개를 다 못 먹을 거란 생각은 안 했는데요."

"그럼 산책할까요?" 클로이가 물었다.

산지는 그녀 곁에서 걸었다. 그는 궁금해서 입이 근질거렸지만 잠시 참고 있다가 물었다.

"그 쇼펜하우어와 당신은 어떻게 됐어요?"

"진짜 내 인생에 관심 있는 거예요, 아니면 예의상 묻는 거예요?"

"예의상." 산지가 대답했다.

"분수대 근처로 가요. 이 공원에서 제일 유쾌한 곳이죠."

클로이의 말이 맞았다. 공을 놓치지 않으려고 안간힘을 다

하는데 어딘가 어설픈 곡예사, 분필로 땅바닥에 그린 초상화에 색을 입히고 있는 여자, 잔디밭에서 다정하게 키스하는 두 남자, 분수를 좇아 뛰어다니는 아이들. 산지는 분수대 가장자리에 앉았고, 클로이는 휠체어를 산지 옆에 고정해놓고 담요를 내려다봤다.

"늘 그렇지는 않았는데 나의 일부와 함께 우리 사이의 뭔가가 없어져버렸어요."

"당신의 유머, 당신의 재치, 당신의 시선, 심지어 당신의 미소까지도, 이 모든 것이 그 남자에게는 충분하지 않은가 보죠?"

"화제 바꾸고 싶은데요."

"난 아니에요."

"그렇게 콕콕 집어서 말해주다니 아주 친절하네요. 당신이 그 결별에 대한 본의 아닌 증인이기 때문에 상기시키는데, 내가 그를 떠난 거예요."

"전적으로 그렇지는 않아요."

"왜 전적으로 그렇지는 않다는 거죠?"

"당신들이 깨진 건 나 때문이니까요. 내가 바란 일이 아니라 전화번호 실수로 일어난 일이지만 지금 생각해보면 나는 어쩌면 한 번의 실수가 아니길 바랐는지도 모르겠어요."

"나 지금 갈까요?" 클로이가 장난스레 말했다.

"오케이, 내 말이 명확하지 않았네요. 다시 말할게요. 내가 그 메시지의 수신자였던 것은 우리가 어울리는 한 쌍이기 때문일 거예요."

클로이는 빤히 쳐다봤고 산지가 당황하자 웃음이 터졌다.

"이토록 터무니없는 말은 들어본 적이 없네요. 완전히 미치지 않고서야."

"완전히 미치지 않으려면 약간은 미칠 필요가 있다고 생각하는데요, 나는."

"내가 지난 몇 년간 얼마나 힘들게 살았는지 상상도 못 하는 사람이니까 당신 말이 맞는다고 해주죠."

"그 뒤로 그에게 연락했어요?"

"무슨 말이에요?"

"잘 알잖아요."

"그게 당신과 무슨 상관이 있는데요?"

"디팍은 당신에게 신경 쓰라는 지시를 내렸고, 나는 승무원으로서 내 일을 하는 것뿐이에요."

"근데 당신은 왜 사업가라고 했어요?"

"당신은 고급 아파트 꼭대기 층에 살고 있는데, 그걸로 충분한 이유가 될까요?"

"듣다 보니 나한테 작업을 거는 느낌이 드네요, 아주 서툴게. 하지만……."

"하지만 뭐요?"

"당신은 겉모습을 중요하게 생각하지 않는 거 같긴 해요. 그냥 하는 말 아니에요."

"내 조국에서는 겉모습이 문제가 아니라 계급이 다르면 서로 어울리지를 않죠. 당신은 한낱 엘리베이터 승무원과 저녁 먹을 수 있나요?"

클로이의 시선이 먼 곳으로 향했다.

"상황 급변이네요." 그녀가 제안했다. "내일 오후 5시에 끝나요. 스튜디오 주소는 당신이 알고 있고……."

"네, 알아요, 나도 거기서 멀지 않은 곳에서 약속이 있어요."

클로이는 떠났고, 산지는 한동안 분수대 가장자리에 앉아 있었다. 그는 일어나기 전에 아까부터 계속 연락해달라고 메시지를 보냈던 샘에게 전화를 걸었다. 홀팅거 앤 모키모토 상업은행에서 그들의 투자제안서를 읽고 접견을 수락했다. 그런 거물급을 주주로 확보하면 나머지 자본은 빠른 시일 내에 확보할 수 있을 터였다.

"자축하기에 너무 이르다고 말하지 마! 뉴욕 최고 레스토랑 중 하나인 미미에 예약해놨어. 프랑스 요리 전문인데 네가 좋아하는 그 '파타브라프'를 세계에서 가장 고약한 음식으로 떨어뜨릴 거다."

"바다파브, 제대로 알지도 못하면서. 그리고 오늘 저녁은 안 돼."

"그 오티스 때문이라면 초대해서 같이 먹자."

"그러면 굉장히 복잡해져, 300킬로그램은 족히 나가는 데다 비어 있는 상태여야 하고."

샘은 한숨을 길게 내쉬고 전화를 탁 끊었다.

*

그날 저녁, 산지는 야간 근무를 시작하면서부터 1분도 짬이 나지 않았다.

한 남자가 작은 가방을 들고 로비에 들어섰는데, 이름은 생각나지 않지만 분명히 어디선가 본 적이 있는 얼굴이었다. 산지는 데스크에서 나와 남자를 불러 세웠다.

"9층 부탁해요." 남자가 대답했다.

"누구라고 알릴까요?"

"아니, 서프라이즈라서. 클로이 들어왔어요?"

"저는 대답해드릴 권리가 없습니다. 그렇게 지시를 받아서요." 산지는 엘리베이터 철제 도어를 닫으면서 응수했다.

"그 지시는 누가 내린 거요?" 4층에 이르렀을 때 남자가 물었다.

5층을 지나가는 순간에야 비로소 산지는 클로데트 레스토랑에서 클로이와 앉아 있던 남자라는 것이 기억났다.

"그녀는 서프라이즈를 좋아하지 않는 거 같은데요. 그리고 여자들은 대부분 놀라게 하는 걸 싫어하죠. 철칙을 지켰어야 했는데." 산지는 핸들 방향을 바꾸면서 구시렁거렸다.

엘리베이터가 갑자기 7층과 8층 사이에서 멈췄다. 브론슈타인 교수는 다른 상황이었다면 리베라 씨의 대체 승무원이 보여주는 프로의식에 안심하면서 기분 좋게 받아줬겠지만 서쪽 연안에서 동쪽 연안까지 10시간 비행을 마치고 돌아오는 중이었다. 피로에 지친 교수의 유머감각도 산지 못지않게 바닥이 나 있었다.

"엘리베이터를 다시 작동하는 게 좋겠소만."

"누구신지 말씀해주시면!"

"그 아이 아버지요!" 교수는 퉁명스럽게 대답했다.

산지는 의젓이 핸들을 작동했다.

"사과드리겠습니다. 저에게 더 유리한 상황에서 만났다면 좋았겠지만……."

"지시를 따른 거라는데." 교수가 말을 끊었다. "이제 괜찮다면 나는 집에 들어가서 내 딸을 안아주고 싶소만, 그리고 장담하는데 나를 보면 딸이 아주 기뻐할 거요."

"네, 저는 그저 지시를 따르고…… 아무튼 제가 하려는 말은 그게 아니라……. 좋은 밤 되십시오, 클로이 씨…… 이것도 제가 하려는 말이 아니었습니다." 산지는 횡설수설했다. "제가 그녀, 아니 선생님의 성을 모릅니다. 디팍이 늘 미스 클로이라고 불러서요."

"브론슈타인, 브론슈타인 교수!"

산지는 얼굴이 빨개져서 다시 내려갔다. 그가 로비에 도착하기 무섭게 8층에서 호출 벨이 울렸다.

윌리엄스 씨는 턱시도, 부인은 긴 드레스 차림의 파티 복장이었다.

"아주 근사하십니다." 산지는 찬사를 보내는 것으로 부부를 얼떨떨하게 만들었다.

얼마 후, 클레르 부부는 영화관에 늦게 도착할까 봐 걱정하면서 엘리베이터에 올랐다.

"무슨 영화 보러 가세요?" 산지가 물었다.

"라라랜드." 클레르 씨가 대답했다.

"아주 잘된 영화라고 들었어요. 배우들의 춤 솜씨가 대단한 모양이에요." 산지는 부부를 배웅하면서 말했다.

클레르 부부는 정문 앞에서 즐거워하는 눈길을 주고받고 나서 산지가 방금 세운 택시에 올랐다.

모리슨 씨는 오페라의 밤을 단념했다. 실은 외출 자체를 단념한 것이었다. 어둠이 내리자 그는 거실을 서성이면서 위스키를 따를 때마다 심각한 얼굴로 소파를 힐끔힐끔 쳐다봤다.

콜린스 부인이 밤 8시 50분에 호출 벨을 눌렀는데, 아주 드문 일이었다. 부인은 작은 가방을 들고 나타나 엘리베이터에 오르면서, 현관문을 잠그지 못했다고 투덜거렸다.

"내 손으로는 잠가본 적이 한 번도 없다니까! 평소에는 디팍이 대신 잠가줬죠."

산지가 도와주겠다고 했지만 콜린스 부인은 자물쇠가 하도 변덕스러워서 하루가 지나면 다시는 열 수 없을지도 모른다고 걱정했다.

"외박할 거예요." 매력적인 노부인이 킥킥 웃었다. "브리지 게임하러 어퍼 웨스트사이드에 사는 친구 집에 가거든요. 근데 술을 좀 하는 친구들이라서 밤늦게 끝나기 일쑤죠. 그래서 그냥 자고 오려고요."

"게임 이기시려면 과음하지 마세요." 산지가 조언했다.

"사려 깊은 조언 고마워요, 젊은이." 콜린스 부인은 택시 문을 닫으면서 말했다.

자정에는 모든 주민이 귀가해 있었다. 산지는 클레르 부부를 태우고 올라가면서 영화가 괜찮았는지 물었다.

"로맨스 넘치는 코미디 뮤지컬이었어요." 클레르 부인이 즐거운 얼굴로 대답했다.

산지는 부부에게 원작 「해리가 샐리를 만났을 때」보다 춤과 노래를 더 첨가한 볼리우드의 리메이크작 「해리가 세잘을 만났을 때」를 추천했다.

콜린스 부인이 집을 비웠기 때문에 산지는 부인의 집 거실에서 잠을 자려고 스페어 키를 사용했다.

내가 의족을 치워버린 날

의족을 달 때마다 얇은 판 두 개가 내 살을 파고든다. 서 있는 것
은 초인적 노력이 필요하고, 몇 걸음을 떼면 삐그덕거리며 움직이
는 로봇 같다. 나는 폭풍우 속의 갑판 위에서 난간을 붙잡고 매달리
는 선원처럼 휘청거린다.

서 있어도 이제 나는 더 이상 여자가 아니다.

내 의족은 벽장 안에서 잠들 것이고, 나는 앉아서 지낼 것이다. 있
는 그대로의 삶을 받아들이고, 가식적으로 사는 걸 그만두어야 한다.

19

모키모토 씨는 두 시간 동안 샘의 브리핑을 들으면서 이따금 메모를 했다. 갑자기 그는 펜으로 테이블을 톡톡 치는 것으로 회의가 끝났음을 알렸다.

"잠깐 나가 있겠소?" 은행장이 샘에게 말했다.

산지는 샘이 걱정하지 않도록 혼자서 할 수 있으니 안심하라는 눈짓을 보냈다. 샘은 서류를 챙겨들고 나가 복도에서 기다렸다.

"당신의 동업자는 설득력이 탁월했어요." 모키모토 씨가 말했다.

"하지만?" 산지가 물었다.

"왜 하지만이 있다고 생각했습니까?"

"항상 따라붙으니까요."

"당신이 이 프로젝트를 생각하게 된 동기를 알고 싶었습니다.”

"정말로 동기를 듣고 싶은 건지 모르겠습니다. 비즈니스계는 이상주의에 빠져 있지 않잖아요. 하지만 물으시니까…….나의 알고리즘은 기존의 다른 것들과는 작동하는 방식이 좀 다릅니다. 사람들이 기대하는 정보가 아니라 각자의 사고방식에 힘을 실어주는 정보를 전달하거든요. 정확히는 처음에만 그렇습니다. 그러다 차츰 다양한 관점, 코멘트, 여러 감정들을 제시하면서 자신과는 다른 삶을 볼 수 있는 창을 열어주죠. 나의 소셜 플랫폼은 가상 관계보다 진짜 인간관계에 더 중점을 두고 있습니다. 자주 가는 장소의 사진이나 좋아하는 작품 같은 게시물을 올릴 때 이용자는 자신의 개인 정보 파라미터를 선택할 수 있고 프라이버시의 주인이 될 수 있습니다. 페이스북과 달리 여기서는 이용자가 정보를 보는 순서를 결정하는 알고리즘이 없으니까요. 또 하나 다른 점은 광고를 금지하기 때문에 우리는 이용자들을 금전적으로 이용하지 않으며, 이용자들의 정보를 훔치는 일도 없습니다. 요컨대 우리는 경쟁업체들과는 정반대라고 할 수 있죠. 샘의 브리핑에서도 들으셨겠지만. 우리는 공통점뿐만 아니라 차이점으로도 이용자들을 연결해주죠. 이 네트워크는 외부에 노출되지 않게 작동하기 때문에 이용자들은 분열되기도, 대립하기도 하고, 지배층이 유지하면서 인도를 부패시키는 카스트 제도를 표결에 부치기도 하죠. 사람들이 서로 비난하는 대신 상대의 말에 귀 기울여주는 사회가 된다고 상상해보세요. 우리는 사람들에게 서로를 알고, 서로를 이해하고, 서로를 존중하고, 시야를 넓혀 무지에서 자라난 증오의 불길을 끄는 방법을 깨우쳐주려는 것이 목적입니다."

"다소 엉뚱한 접근법이군요."

"우리 집안에서도 그런 지적을 받았기에 은행장님의 반응도 다르지 않을 거라 짐작했습니다. 아마도 내가 방금 샘의 노력을 수포로 만들었을지도 모르겠지만 위선은 나의 특기가 아니라서요." 산지가 일어나면서 덧붙였다.

"잠깐, 아직 내 얘기 끝나지 않았어요. 스물세 살 된 내 큰아들이 그저께 나한테 나라를 통치하는 우리 정부의 방식이 아주 나쁘다고 말하더군요. 미국은 그 어느 때보다 더 분열되어 있고, 불평등이 더욱 깊어지고 있는데 기득권자들은 그냥 자기들 방식을 밀어붙이고 있다면서. 그다음은 생략하죠, 아들의 비난은 나를 겨냥하고 있었으니까. 솔직히 아들의 여러 가지 비난이 전혀 근거 없는 건 아니었습니다. 교육 프로그램, 건강 프로그램, 극빈자 지원, 환경보호, 정의, 공민권……. 내 친구들은 무자비한 방법론을 내세워 이 모든 복지 관련법을 파기하고 있지요. 지난주, 서열 3위의 고위 관료는 교사의 주급이 1.5달러 더 늘어나는 세제 개혁안을 가결시킨 것에 대해 자찬했어요. 연방하원의회 의장 폴 라이언은 억만장자 기업가 코크 형제에게 10억 5천만 달러라는 거액의 기업 감세 혜택을 보게 해준 대가로 뒷돈 50만 달러를 챙겼죠. 이 나라의 거물급 재계 인사들과 마찬가지로 나 역시 이 세제 개혁으로 큰 이득을 얻었으니 불평할 입장은 아니고요. 올해만큼 큰 이익을 얻은 적도 거의 없었으니까. 그래서 나는 몇 가지 문제를 제기하면서 내 아들을 굴복시키려고 했죠. 은행을 책임 져야 하는 사람으로서 내가 아들의 집, 자동차, 건강보험을 압류하는 날이 오면 어떻게 할 거냐? 교육비가 인상되고, 임금 상한 기준이 정해지면, 근로자들을 해고하고 더 수익성 있는 기계로 대체하는 날이 오면, 번듯하게 살아갈 희망이 완전히 꺾이는 날이 오면 어떻게 할 거냐? 분노할 거냐고, 나를 미워할 거냐고 물었죠. 아들은 이미 그렇다고 대답하더군요. 하지만 아들의 분노는 세상에 대한 증오와 좌절만 줄 뿐이죠. 나는 아들의 정신 상태에 개의치 않아요. 아무리 고귀한 생각이라도 우리는 계속 젊은 세대를 통제할 수밖에 없으니까요. 우리는 모든 걸 얻었죠. 산업, 상업, 농업, 금융업, 심지어 정보까지도 모두 우리 소관이죠. 정치권? 이미 오래전에 매수했고요."

"왜 그런 식으로 아들을 모욕합니까?"

"비생산적이고 소모적인 도덕성이 양심적인 사람으로 만들어줄 거란 믿음을 버리게 하려고요. 우선 힘이 있어야 먹고 마시고 사랑도 할 수 있는 건데, 우선 살고 봐야 하는데 그저 반발하면서 세상을 개혁하겠다는 안이한 생각을 버리게 하려고요."

"이런 얘기가 나와 무슨 상관이 있습니까?"

"이제 본론을 얘기하죠. 우리는 이제 뭘 해야 할지 모를 정도로 돈이 많아요. 하지만 우리는 너무 멀리 왔고, 내 친구들은 민주주의를 즐기고 있죠. 만족할 줄 모르는 게 권력욕이니까요. 이걸 때늦은 후회라고 해도 좋은데, 아무튼 나도 너무 늦기 전에 이 시스템을 흔들고 싶어졌어요. 그리고 나는 그만한 여유가 있고요. 그러니까 밖에서 기다리는 친구에게 계약서를 보내라고 하세요. 나 같은 투자자를 얻으면 당신은 자금줄을 얻게 되는 겁니다."

산지는 모키모토 은행장의 눈을 빤히 쳐다보다 인사하고 서둘러서 사무실을 나갔다.

그는 샘 앞을 벼락같이 지나쳐서 은행 계단을 뛰어 내려갔고, 택시를 잡아타고 28번가로 향했다.

*

클로이는 길에서 기다리고 있었다. 산지는 늦은 것에 대해 사과하며 그녀의 휠체어 핸들을 움켜잡고 행인들 사이를 요리조리 피하며 광란의 질주를 시작했다.

"뭐하는 건지 알려줄래요?"

"저 버스와 달리기 시합이오." 산지가 대답했다. "장담하는데 우리가 버스보다 먼저 강에 도착할 거예요."

"버스가 강변으로 간다고 누가 그래요?"

"아무도, 하지만 우리는 갑니다!"

"왜 이렇게 기분이 좋은지 알아도 될까요?" 그녀가 묻자 산지는 마침내 속도를 늦췄다.

"당신과 시간을 보내는 것이 좋아서는 충분한 이유가 안 될까요?"

"어머! 녹음실에 책을 두고 왔어요. 오늘 저녁에 연습하려고 했는데."

"내가 나중에 찾아다줄게요."

"왜 나를 위해 그런 수고를 하죠?"

"도와주는 걸 좋아하니까요……. 아니면 엘리베이터 운전을 하지 않았겠죠."

허드슨강 둑에 이르기 전, 예전에는 철도였으나 지금은 보행자 전용 산책로로 바뀐 더하이라인 밑을 지나갔다. 산지는 고개를 들고 위압적인 철물 구조에 감탄했다. 클로이는 30번가에 엘리베이터가 있다고 알려주었다.

둘은 푸른 오솔길을 따라가다 첼시에서 미트패킹 디스트릭트까지 내려갔다. 조깅하는 사람 두 명이 가까워질 때는 재빨리 길을 비켜줬다.

"자랑이 아니라 몇 년 전의 나는 저들을 금방 따라잡았을 거예요."

"의족 착용할 생각은 한 적 없었어요?"

"가짜 다리요? 예쁜 의족 두 개가 내 옷장 안에 있죠. 강철 종아리와 세라믹 발이 달린. 하지만 의족은 남들의 시선에서 벗어나려는 것일 뿐, 내 삶에는 도움이 안 돼요."

"나는 미학적 관점이 아니라 당신이 서서 다시 걷는 것에 대해 말하는 거예요."

"당신이 죽마를 타고 하루를 지내보시든가. 그런 다음에 다시 얘기하죠."

"항상 의족을 착용할 필요는 없어요. 내 아버지는 주무시기 전에 꼭 안경을 벗었어요. 그런데…… 낮잠 잘 때는 깜빡 잊고 안경을 코에 걸고 잠드셨죠."

클로이는 빵 터졌다.

"내가 무슨 말을 했다고?"

"당신은 사람을 무장 해제시키는 재주가 있네요."

"그래서 좋아요?"

"모든 사람이 좋아할지는 모르겠지만 나는 그래요."

"당신을 무장 해제시켜야 할 만큼 나는 욕심나는 게 전혀 없는데요."

"그만해요, 제발."

"뭘 그만해요?"

"유혹 게임. 할 때는 즐겁지만 하고 난 뒤에는 고통을 주죠, 의족처럼."

"게임이 아니에요. 뭐가 두려운데요? 누군가 당신에게 관심 갖는 거?"

클로이가 계단석 쪽으로 고개를 돌렸는데 몇 미터 떨어진 10번가가 한눈에 내려다보이는 곳이었다.

"저기 우리를 쳐다보는 커플을 봐요. 내 휠체어에 꽂힌 거예요."

"이건 잘난 척인데!"

"칭찬으로 들을게요. 하지만 내 눈은 정확해요."

"사람들이 관심을 갖는 게 당신이라고 확신하는데, 그들이 쳐다보는 건 나예요. 내가 남친인지, 당신의 하인인지 궁금해서. 저들에게 알려줍시다, 나는 단지 당신의 승무원이라는 걸."

"아무 말이나 막 던지네요!"

"당신은 멋진 휠체어에 앉아 있는데 나는 피부색이 달라요. 당신 생각에는 누가 더 저들 눈에 들어올 거 같아요?"

클로이는 산지를 빤히 쳐다봤다.

"가까이 와요." 그녀가 속삭였다.

그녀는 산지의 목에 두 팔을 두르고 그의 입술에 키스를 했다. 키스신 연기, 그래도 키스는 키스인지라 산지의 뺨이 붉어졌다.

"됐죠? 이제 저들은 당신이 내 하인이 아니라는 걸 알았어요."

"당신에게는 사람들의 생각이 그렇게 중요해요?" 산지가 물었다.

"나는 사람들이 무슨 생각을 하든 전혀 개의치 않아요." 그녀가 대답했다.

"전혀?"

"그렇다니까요!"

"그럼 왜 나한테 키스했어요?"

클로이가 대답하기 전에 이번에는 산지가 키스했다. 이번에는 진짜 키스였다.

쿵쿵거리는 심장이 안정되기까지는 약간의 시간이 필요했다. 서로에게 놀란 두 사람은 말없이 서로 쳐다봤다. 그러다 한마디도 하지 않고 다시 산책을 시작했다.

푸른 오솔길을 벗어나자 거리에 관광객들이 어찌나 많은지 클로이는 인파를 헤치고 나아가는 데 애를 먹었다. 산지가 아이스크림 가게를 발견했다. 높은 테이블 앞에 놓인 키 큰

의자 말고는 앉을 데가 없어서 산지는 클로이의 휠체어 앞 맨
바닥에 책상다리를 하고 앉았다.

"내 발치에 이렇게 앉는 남자는 처음이에요." 그녀가 미소
를 지으며 말했다.

산지가 담요 자락을 들추고 미심쩍은 표정을 짓자 클로이
는 화를 내기는커녕 몹시 즐거워했다.

"당신은 나한테 무슨 일이 있었는지 물어본 적이 없어요."

"그게 나빠요?"

"처음에는 당신이 용기가 없는 거라고 생각했어요. 그리고
그다음에는……."

"그다음에는 뭐요?"

"세심한 사람이라고 생각했어요."

"어쩌면 내가 에고이스트라서 당신에게 일어난 일에 대해
관심이 없는 건지도 모르죠."

"그럴지도 모르죠." 그녀가 대꾸했다.

산지는 그녀를 쳐다보고 나서 일어났다.

"근무하러 가기 전에 해야 할 중요한 일이 있어요. 혼자 들
어갈 수 있죠?"

"당연하죠."

"내 마차가 호박으로 변하기 전에 인사할게요, 미스 클로이."

산지는 클로이의 목덜미에 입을 맞추고 떠났다.

*

산지는 녹음 스튜디오에 가서 찾아온 책을 읽으면서 로비에서 밤을 보냈다.

그는 한 챕터가 끝날 때마다 건물 밖으로 나가 길을 건넜고, 9층 창문을 올려다보다 데스크로 돌아와 다음 챕터를 읽었다.

20

11시, 한 형사가 로비에 나타났다. 그는 배지를 보이면서 콜린스 부인이 이 주소에 거주하는 것이 맞는지 물었다.

"부인에게 무슨 일 있습니까?" 디팍이 걱정했다.

형사는 대답 대신 몇 층인지 알려달라고 했다.

디팍은 열세 살 때 경찰서 신세를 진 적이 딱 한 번 있었는데, 그때 몽둥이찜질을 당한 기억 때문에 오랫동안 밤마다 악몽에 시달렸다. 형사는 엘리베이터 안에서 핸들을 잡는 디팍의 손이 떨리는 걸 눈여겨봤다.

콜린스 부인이 현관문을 열자, 형사는 또다시 배지를 보여주었다.

"생각보다 빨리 왔네요, 신고한 지 한 시간도 안 돼서."

"보통은 늦었다고 불평들 하시는데." 필게즈 형사가 중얼거렸다. "들어가도 되겠습니까?"

콜린스 부인은 형사가 들어오도록 비켜서면서 창백해진 얼굴로 걱정하는 디팍에게 윙크했다. 부인은 형사를 거실로 안내하고 신고한 이유를 상세히 이야기했다. 오늘 아침 옷을 갈아입으려다 고가의 목걸이 하나가 없어진 걸 알았다고.

부인은 저녁나절 친구 집에 갈 때 목걸이를 하고 나가려다 그만두었기 때문에 그저께 목걸이가 있었던 것은 거의 확실하다고 말했다.

"어떤 친구분입니까?" 형사가 덤덤하게 물었다.

"이름은 필로멘 톨리버, 오래전부터 친하게 지내는 사이죠. 그 친구 집에서 석 달에 한 번씩 브리지 게임을 하거든요. 게임하면서 술도 꽤 마시는 터라 자고 오는 편이죠."

형사는 수첩에 필로멘 톨리버의 주소를 적었다.

"외박을 자주 하십니까?"

"석 달에 한 번 정도요."

"그 친구와 동석자들 외에 브리지 게임하는 날짜를 아는 사람이 있습니까?"

"그 친구의 집사, 친구가 주문한 요리 배달원, 필로멘은 에그스크램블도 제대로 할 줄 모르거든요, 관리인, 뭐 다른 사람도 있겠죠. 근데 내가 그걸 정확히 어떻게 알겠어요?"

"택시 타고 가면서 부인이 저녁에 집에 오지 않을 거란 언급을 하셨습니까?"

"내가 생기발랄한 나이는 아니지만 아직은 혼잣말 안 해요."

"하루 중 정해진 시간에 집을 비우십니까?"

"이따금 나가는데, 그런 편이죠, 대낮에."

"주로 어디를 가십니까?"

"그게 수사와 무슨 상관이 있죠? 산책하러 나가요, 나한테는 그럴 권리가 있고요."

"나는 부인을 귀찮게 굴려고 온 게 아닙니다. 부인의 집이 비어 있는 시간을 아는 사람들의 명단을 만들려는 것뿐입니다."

"알았어요, 최선을 다해 협조하도록 노력하죠." 당황한 콜린스 부인이 대답했다.

"그 고가의 목걸이를 마지막으로 봤을 때 어디에 있었습니까?"

"고인이 된 내 남편이 선물해줬을 때부터 저기 보석함에 넣어두죠."

콜린스 부인의 드레스룸은 뒤죽박죽 엉망이었다. 바닥에 잔뜩 널린 옷가지하며 구석에 쌓인 욕실 수건, 빠끔히 열려 있는 옷장 서랍들.

"무슨 폭격 맞은 것 같네요." 형사가 말했다.

콜린스 부인이 어찌할 바를 모르는 얼굴로 고개를 숙이자 형사가 위로했다.

"도둑이 들면 항상 상상하는 것보다 더 충격적이죠."

"아니, 그게 아니에요." 콜린스 부인이 웅얼거리듯 말했다. "내가 좀 칠칠치 못해요. 남편한테도 정돈 좀 하면서 살라는 말을 많이 들었으니까! 그래서 이 난장판의 책임이 도둑과 나, 둘 중 누구인지 말할 수가 없네요."

"네에." 형사가 한숨을 쉬었다. "이 난장판 속에 부인의 목걸이가 없다는 걸 확인시켜주시면 고맙겠습니다. 서랍들은 만지지 마십시오. 지문 채취할 거니까요. 부인의 지문도 필요합니다, 단서가 될 만한 것을 찾게 될 경우를 대비해서."

"네, 그러셔야죠." 콜린스 부인이 미안해했다. "도와주실 거죠?"

"당연합니다! 자물쇠를 살펴볼 건데, 뒷문이 있습니까?"

"주방에 있어요." 콜린스 부인이 대답하면서 복도 끝을 가리켰다.

형사는 얼마 후에 돌아왔다. 드레스룸은 그리 정리되어 있다고 할 수 없었다. 어질러진 상태가 약간 달라져 있을 뿐이었다.

"도둑맞은 것이 목걸이뿐입니까?"

"모르겠어요, 다른 것들은 모조품이라서 별로 신경 쓰지 않았어요."

"그렇다면 도둑은 훔쳐갈 물건을 알고 있었다는 겁니다. 이제 도둑이 어떻게 들어왔는지 알아내는 일이 남았습니다."

"내가 문 잠그는 게 서툴러요. 이 자물쇠를 잘 아는 사람에게는 문 따는 게 어려운 일이 아니겠지만."

"불법 침입한 흔적은 전혀 없습니다. 전문 털이범이거나 열쇠를 가지고 있었다면 모를까."

"있을 수 없는 일이에요. 열쇠는 늘 내가 갖고 다니는데." 콜린스 부인이 핸드백을 열면서 단언했다.

"평소와 다른 일은 전혀 없었습니까? 가령 최근에 부인을 따라오는 사람이 있었다거나."

콜린스 부인은 고개를 설레설레 흔들었다.

"그럼 필요한 건 다 했으니까 부인은 경찰서에 오셔서 진술서에 서명하시면 됩니다. 보험은 들어놓으셨죠?"

콜린스 부인은 긍정적으로 대답했다. 형사는 부인에게 명함을 건네면서 아주 사소한 것이라도 미심쩍은 것이 생각나면 연락하라고 말했다.

형사는 엘리베이터를 타고 내려가는 김에 디팍에게 질문했다.

"최근에 비정상적인 일이 전혀 없었습니까?"

"형사님이 정상으로 보는 것이 뭐냐에 달려 있지요." 디팍이 간략하게 대답했다.

"이런 고급 아파트 건물에서 일하면 지루하진 않겠어요." 필게즈가 농을 던졌다. "전에도 도난 사고 일어난 적 있습니까?"

"여기서 근무한 지 39년이 됐는데 그동안은 한 번도 없었습니다."

"뭔가 석연치 않은 점이 있긴 한데." 형사가 중얼거렸다. "CCTV는 설치되어 있죠?"

"세 대 있습니다, 녹화 테이프가 있냐고 물으시는 거라면."

"네, 맞아요. 최근에 낯선 사람들이 왔었나요? 손님이나 모금원, 수리공이라든가……."

"없었습니다, 지난주에 엘리베이터 설치 기사들이 방문했지만 그룸랫 씨와 내가 계속 그들과 같이 있었습니다."

"그룹랫 씨는 누굽니까?"

"2층 사무실의 전문 회계사인데 여기 주민 대표이기도 합니다."

"고객을 받습니까?"

"굳이 말하자면 아주 드물죠."

"올라간 배달원이 오래 있다가 내려왔다든가?"

"로비까지만 들어올 수 있습니다. 소포는 우리가 갖고 올라가니까요."

"우리?"

"리베라 씨는 야간 근무, 나는 낮 근무를 합니다."

"그 동료는 몇 시에 출근합니까?"

"현재는 못 나옵니다, 입원해 있어서요. 계단에서 구르는 사고를 당했거든요."

"저런, 그게 언제입니까?"

"2주 전쯤이오."

"누가 대체합니까?"

디팍은 머뭇거리다 대답했다.

"그리 어려운 질문이 아닌데요."

"내 조카가 합니다, 며칠 전부터."

"조카는 어디에 삽니까?"

"내 집에서요."

"다른 거주지는 없습니까?"

"있죠, 뭄바이에. 뉴욕에 잠시 들른 겁니다. 리베라 씨가 사고를 당하자 고맙게도 내 조카가 우리를 도와주겠다고 했습니다. 엘리베이터는 자격이 있어야 운전할 수 있어서 내 동료의 부재로 인해 주민들이 저녁에 외출하는 데 문제가 생겼거든요."

"당신의 조카는 뭄바이에서 왔고, 계단에서 사고를 당한 당신의 동료 대신 임시로 일하고 있다는 거군요. 조카에게 취업 허가증은 있습니까?"

"조카의 신분증은 하자가 없고, 조합에서 인턴십 계약서를 발급해줬습니다. 그리고 산지는 정직한 젊은이입니다, 그건 내가 보증합니다."

"친절히 답해줘서 고맙지만, 그건 알리바이가 아닙니다. 이제 녹화 테이프를 주시죠. 운이 좋으면 당신보다는 녹화 테이프들이 더 많은 걸 알려줄 테니. 그리고 조카에게 빠른 시일 내에 경찰서로 나를 찾아오라고 해주십시오. 몇 가지 물어볼 게 있습니다."

디팍은 지하실에 내려가서 가져온 녹화 테이프들을 형사에게 건넸다.

"콜린스 부인, 그 부인의 정신은 온전합니까?" 필게즈 형사가 물었다.

"우리 주민 중 가장 매력적인 분입니다."

"부인의 남편은 오래전에 돌아가셨습니까?"

"콜린스 씨는 10년 전에 작고하셨습니다."

"주민들은 몇 시경에 귀가합니까? 주민들도 조사해야 되는데 여러 번 오고 싶지 않아서요. 이게 무슨 세기의 사건도 아니고."

"이른 저녁부터는 모두 만날 수 있을 겁니다." 디팍이 대답했다.

*

클로이는 아침을 준비하러 주방으로 가다가 갑자기 복도로 유턴했다. 밤사이 문틈으로 들어온 쪽지는 없었다. 그녀는 10시경 스튜디오에 가려고 나가다가 현관 깔판 위에 놓인 책과 북마크에 써놓은 메시지를 발견했다.

당신에게 도움을 청할 게 있어요.
오후 6시에 공원 쪽 길모퉁이에서 만나요.

산지

*

녹음 부스 안의 열기와 계속 중단시키는 음향기사 때문에 작업이 한없이 길게 느껴졌다. 클로이는 발음이 명확하지 않았고, 한 줄을 빼먹거나 때로는 너무 빨리 읽거나 너무 느리게 읽었다. 오후 4시경, 클로이는 오늘은 이쯤에서 중단하는 것이 낫다고 판단했다.

그녀는 옷 갈아입으러 집에 들렀다가 다시 나올 때 디팍을 보면서 얼핏 이상한 느낌을 받았다. 산지가 기다리는 공원을 향해 휠체어를 운전하면서 디팍의 표정이 심상치 않았다는 확신이 들었다. 산지는 철책에 기대고 서 있었다.

"건물 앞에서 만나도 될 텐데." 클로이가 다가가면서 말했다.

"디팍이 보지 않았으면 해서요."

"당신을요, 우리를요?"

"나를 집에서 지내게 해준 고마움의 표시로 고모에게 뭔갈 선물하고 싶은데 뭘 드리면 좋아할지 몰라서요. 당신의 의견을 듣고 싶어서."

산지는 근무하는 게 아니니까 클로이에게 휠체어를 밀어주겠다고 제안했다.

"아니, 됐어요, 당신은 운전 솜씨가 과격해서. 이번에는 어디로 가는데요?"

"여기서 두 거리 떨어져 있어요."

"디팍과 친척이에요?"

"왜 그런 생각을 했어요?"

"특별한 이유는 없어요."

"우리 둘 다 인도인이라는 것 빼고……."

"바보 같은 질문이었네요." 클로이가 받아쳤다.

"내 고모가 디팍의 아내예요."

"그럼 아주 바보 같은 질문은 아니었네요."

산지는 유니버시티플레이스가와 10번가가 만나는 곳에 있는 꽃집 문을 밀고 들어갔다.

"꽃 사는 데 내 도움이 필요해요?"

"무슨 꽃을 좋아하시는지 전혀 몰라서요."

"나는 이 꽃처럼 계량종이 아닌 장미를 더 선호하죠." 클로이는 에이브러햄 다비 장미 꽃다발 앞에서 말했다. "당신의 고모에게는 꽃보다 더 좋은 선물이 있는데."

그녀는 산지를 베이커리로 데려갔다.

"모둠 조각 케이크! 디팍도 맛볼 수 있고요."

"이상하네, 당신이 나보다 두 분을 더 잘 아는 것 같아요."

"이상할 거 전혀 없어요. 내가 디팍과 가까이 지낸 세월이 몇 년인데."

"당신은 뭐 먹을래요?" 산지가 진열창 앞에서 물었다.

"당신이 선택하는 것과 어울리는 차 한 잔."

그들은 아삼 홍차 한 포트를 앞에 놓고 머랭 쿠키 두 개를 나눠 먹었다. 어색한 침묵이 흘렀다.

"익숙하지 않아요." 산지가 마침내 말했다.

"꽃 사는 거요?"

"겨우 아는 여자와 키스하는 거."

"키스는 내가 했는데요. 그리고 나도 익숙하지 않아요, 무엇보다 결별한 다음 날."

"그럼 그 순간이 아예 존재하지 않았던 것처럼 하면 되겠네요."

"어떻게 하자는 거예요?"

"어른답게 행동하자는 거죠, 예를 들어서……."

"어제는 폭주하듯 나를 끌고 가더니 오늘은 혼자서 꽃을 못 고르겠다는 사람이 하는 말하고는. 하지만 당신이 원하는 게 그거라면……."

산지가 테이블 위로 몸을 숙이고 키스하려고 하자 클로이는 고개를 살짝 돌렸다.

"리베라 씨가 회복되는 대로 뭄바이로 돌아갈 거잖아요?"

"빨리 회복되면 그렇죠."

"아니었으면 더 일찍 가는 거였죠?"

"2주나 3주 정도 체류할 생각이었으니까요."

"그럼 아무 일도 없었다는 듯 이 정도에서 끝내는 것이 낫겠……."

"우리를 갈라놓는 거리가 두 대륙 사이의 바다예요, 아니면 9층이에요?"

"상처받지 마요. 나 같은 여자는……."

"나는 당신 같은 여자를 만나본 적이 없어요."

"겨우 아는 여자라면서요."

"부당한 이유로 못 만나는 사람도 많아요. 약간의 행복을 훔치면 위험할까요? 리베라 씨가 건강을 되찾는 날에 세상의 종말이 예정되어 있다면 우리에게 남은 시간을 만끽하며 살 만한 가치가 없는 걸까요?"

클로이가 산지를 쳐다보는데 입가에 엷은 미소가 번졌다.

"한 번 더 해봐요." 그녀가 속삭였다.

"한 번만 기회를 달라고 당신을 설득하라고요?"

"아뇨, 키스. 그리고 이번에는 찻잔 엎지 않게 조심하고요."

산지는 클로이를 향해 몸을 숙이고 키스했다.

"리베라 씨에게 너무 부당하잖아요, 그가 퇴원하는 날 세상의 종말이 일어난다면." 클로이는 베이커리를 나가면서 뇌까렸다.

*

오후 6시, 필게즈 형사는 5번가 12번지의 주민들을 조사하기 위해 다시 왔다.

젤도프 부인은 자신이 사는 건물에서 도난 사건이 일어났다는 걸 알고 공포에 떨었다. 그녀는 수사에 도움이 될 만한 정보를 전혀 내놓지 않았다. 그 순간에는 무슨 이유에서인지 최근에 승무원들에 대해 제기됐던 의혹에 대해 일체 언급하고 싶지 않았다. 어쩌면 그들이 아니라 도둑이 저지른 일일지도 모른다는 생각이 들었을지도.

모리슨 씨는 숙취 상태였다. 그는 머뭇머뭇하다 팬티 차림의 유색인을 거실에서 발견했다고 말했다. 형사는 탁자에 널린 빈 술병을 세면서 자신도 폭음하던 시절에 도널드 트럼프가 주방에 들어와서 엉덩이를 까고 노래 부르는 걸 본 적이 있다면서, 인생 최대의 트라우마 중 하나로 남아 있다고 받아쳤다.

클레르 부부는 본 것도 들은 것도 전혀 없었다. 클레르 부인이 최근 며칠간의 일정을 상세히 설명하자, 형사는 더 이상 묻지 않고 조사를 일시적으로 중단했다. 그녀는 의혹을 살 만한 점이 전혀 없었다.

윌리엄스 부인은 말이 많았다. 그녀는 자동화 엘리베이터 설치 문제로 기술자들이 방문했을 때 있었던 뜻밖의 사건을 애기했다. 그녀는 자동화 엘리베이터 설치를 포기하게 만들기 위해 승무원들이 설비 세트를 훼손했으며, 전 주민을 상대로 공포 분위기를 조성하면서 자기들을 없어서는 안 될 존재로 부각시키기 위해 수작을 부린 것이라고 주장했다. 형사는 디팍의 동료가 단지 골탕을 먹이기 위해 그 나이에 계단으로 몸을 던졌다고 보는 건 지나친 억측이라고 생각했다. 윌리엄스 부인에게서는 약품 냄새가 났다. 이 고약한 냄새는 필게즈 형사로 하여금 자신의 고모 마르타가 하지정맥류에 바르던 장뇌 성분 연고를 떠오르게 했다. 이것만으로도 윌리엄스 부인이 마음에 들지 않기에 충분했다.

"나도 조사를 해봤어요." 윌리엄스 부인이 주장했다. "이 건물에서 우연이 너무 겹치는 것이 수상해서 알아봤더니 새로 온 승무원이 디팍의 친척이더라고요. 형사님은 그게 이상하다고 생각하지 않으세요?"

"그걸 또 애써 알아보셨군요. 내가 묻기도 전에 디팍이 친척이라고 말해서 이미 알고 있습니다. 내 아내의 대녀가 작년 여름에 경찰서에 전화교환수로 취업을 했는데, 그걸 소위 연줄을 이용한 부정 취업 알선죄로 내 아내가 비난받아야 한다면……."

"형사님은 마땅히 해야 할 본분도 거부할 거면서 왜 내 시간을 빼앗는 거죠?" 윌리엄스 부인이 발끈했다.

두 사람은 서로 질문하고 대답했고, 형사가 돌아서기도 전에 현관문이 쾅 닫혔다.

필게즈 형사는 로비에서 클로이 브론슈타인을 만났고 집

에 잠깐 들어가서 얘기해도 되겠냐고 물었다.

형사는 무슨 일로 왔는지 설명하면서 클로이가 콜린스 부인에 대해 공감을 나타내는 유일한 사람이라는 사실에 주목했다. 형사는 승무원들에 대해 물었고, 클로이는 윌리엄스 부인이 아직도 비방을 하는지 물었다. 1년 전부터 윌리엄스 부인의 외국인 혐오증은 도가 지나친데, 그 부부가 얼마나 똑같은 생각을 하고 있는지 폭스 채널에서 윌리엄스 씨의 칼럼 기사를 보면 알 수 있다고 덧붙였다.

"이 건물에는 훌륭한 분들이 모여 사시네요." 형사가 클로이를 빤히 쳐다보면서 물었다. "창문을 통해 뭔가 비정상적인 것을 본 기억이 있다거나?"

"왜 그런 질문을 하세요?"

"특별한 뜻은 없습니다. 내가 관찰력이 좋은데 우리에게 공통점이 있다는 생각이 들어서요."

"관찰은 판단이 아닌데요, 형사님."

"새로 온 승무원과 만난 적 있죠?"

"그랬으면 뭐가 달라지나요?"

"그냥 네, 아니오로 대답하면 되는데, 왜?"

"배려심이 있고, 관대한 남자예요."

"안 지 얼마 안 됐을 텐데 많은 걸 알고 있군요."

클로이는 당황한 얼굴로 형사를 쳐다봤다. 이 형사는 마음을 편안하게 해주는 구석이 있었다. 산지가 택시에 앉혀주기 위해 휠체어에서 그녀를 안아 올렸을 때와 비슷한 느낌을 받았었다. 그 느낌은 산지와 함께 있을 때마다 점점 각별한 감정으로 발전하고 있었다.

클로이가 침묵을 지키자, 형사는 물러갔다.

엘리베이터 안에서 형사는 디팍에게 도둑이 감시를 따돌리고 건물에 침입할 가능성이 있는지 물었다.

"도저히 미스터리입니다. 우리는 데스크를 비울 때 정문을 잠그고 움직이거든요." 디팍이 설명했다.

형사가 나간 뒤, 디팍은 조카에게 갈아입을 옷을 가져다준 아침을 떠올렸다. 산지는 아주 말쑥한 상태였다.

*

"내 조카가 어떻게 이런 생각을 했을까!" 랄리는 만면에 미소를 지으면서 감격했다. "이 케이크는 왜 주는 거니?"

"고모 집에서 지내게 해주신 것이 고마워서요."

"네가 우리를 위해 해주는 일을 생각하면 내가 근사한 케이크를 만들어줬어야 하는데."

"좀 사적인 질문 하나 해도 될까요?" 산지는 식탁에 앉으면서 물었다.

"뭐든 물어봐. 어디 들어보자."

"인도에서 도망칠 용기를 어떻게 내셨어요?"

"질문이 잘못됐구나. 우리는 두려움 때문에 사람들을 피해서 떠난 거야. 무릇 용기라 하면 앞으로 나아가기 위해 다른 삶을 끌어안을 때 쓰는 말이고…… 용기는 희망이 있다는 거니까."

"그래도 고모는 모든 걸 포기해야 했잖아요."

"그게 핵심은 아니지. 그리고 난 도망친 게 아니라 디팍과 함께 떠난 거야. 그 미묘한 차이를 네가 이해하기 바란다."

"고모부가 인생의 남자라는 걸 언제 아셨어요?"

랄리의 얼굴에 또 다른 미소가 번졌는데 이번에는 장난기를 머금은 미소였다.

"여자 이름이 뭐니? 부탁인데 나는 못 속인다. 대개 연애가 잘 안 될 때 이런 질문을 하지." 랄리는 집게손가락으로 산지를 쿡 찌르면서 말했다. "뭄바이에 사는 여자니? 물론 아니겠지. 그랬으면 이 늙은 고모에게 묻지 않았을 테니까."

산지는 잠자코 있었다.

"그렇게 힘들어? 내가 무슨 말을 해주면 좋을까? 아는 만큼 길이 보인다고 했다. 온갖 이유, 특히 나쁜 이유를 들먹이면서 명백한 걸 보지 않으려고 눈을 가리지만, 사실, 우리의 선택은 기회를 잡거나 기회를 버리거나 둘 중 하나밖에 없어. 만약 내가 디팍을 따라나서지 않았다면 난 평생 그를 원망하면서 살았을 거야."

"신분의 차이가 두려웠던 적은 없었어요?"

"충고 한마디 할게. 너와 닮은 사람들이 있는 곳으로 돌아가서 살 생각이면 가능한 한 빨리 그만둬. 근데 지금 시간이…… 고모부한테 핀잔 듣기 싫으면 서두르는 게 좋을 것 같구나."

산지는 주방 시계를 쳐다보고 욕실로 뛰어갔다.

그는 30분 늦게 5번가 12번지에 도착했다.

산지는 고모부의 얼굴을 보면서 선수를 쳤다.

"8시라고 하셨잖아요!"

"그건 어제였지. 아무튼 오늘은 차림이 봐줄 만하구나. 고모 봤니?"

"아뇨, 왜요?"

"그럼 아무것도 모르니?"

디팍은 건물에서 도난 사고가 일어났다고 말했다.

"와우!" 산지가 휘파람을 불었다.

"절대 용납할 수 없는 일이 일어난 거야!" 고모부가 받아쳤다. "네가 간밤에 샤워를 하기 위해 스페어 키를 사용했든 안했든, 데스크를 비우기 전에 정문 잠그는 걸 잊지 않았길 바란다. 나는 다른 건 아무것도 알고 싶지 않아. 오늘 밤은 문단속 철저히 해, 도둑이 다시 침입하겠다는 미친 생각을 할 수도 있으니까."

디팍은 산지에게 형사의 명함을 건네면서 충고했다. 가급적 말을 적게 할수록 후회할 일이 적다고.

"형사가 내일 너를 만나고 싶다니까 내가 한 말 잘 기억해둬. 이제 가서 제복 갈아입고 와, 빨리 집에 가고 싶구나!"

산지는 손가락으로 명함을 돌리다 호주머니에 집어넣고 지하실로 내려갔다.

21

산지는 샘과의 약속 시간까지 한 시간 여유가 있었다. 그는
재킷 주머니에서 디팍에게서 건네받은 명함을 꺼내 주소를
훑어봤다. 경찰서는 휴스턴가와 블리커가 사이 10번가에 위
치해 있었다. 가는 데 10분, 경찰서에서 15분, 샘을 만나러 가
는 데 20분, 어쩌면 한 번이라도 약속 시간보다 일찍 도착할
수 있을지도 몰랐다.

그는 6구 관할 경찰서 안내데스크에 가서 필게즈 형사를
만나러 왔다고 말했다.

"필게즈 형사는 무슨 일로 찾습니까?" 한 남자가 음료 자판
기를 주먹으로 쾅쾅 치면서 물었다.

"내가 아니라 형사가 나를 보자고 했는데요."

필게즈 형사는 고개를 돌리고 자신을 찾아온 손님을 훑어
봤다.

"아, 노부인의 목걸이, 표창 받을 만한 사건도 아닌데. 따라오세요, 커피 한 잔 대접하면 좋겠지만 보시다시피 이 빌어먹을 기계가 또 말썽이네요."

산지는 형사의 심사가 뭐 때문에 뒤틀렸는지 알 길이 없는 채로 그를 따라 옆방으로 들어갔고, 그가 가리키는 의자에 앉았다.

"그러니까 당신이 5번가 12번지의 대체 승무원이군요."

산지는 고모부가 당부한 대로 고개만 끄덕였다.

"건물의 CCTV에 흥미로운 영상들이 찍혀 있더군요. 당신은 밤 12시 20분에 데스크를 떠났다가 아침 6시 10분에 돌아왔어요. 다음 날도 거의 비슷하게 자정과 아침 6시 사이에 사라졌고요. 그 시간에 어디 있었습니까?"

"잤어요."

"네, 그러니까 어디서 잤습니까?"

"지하실 창고에서요."

"그거 이상하네요. 당신이 지하실로 내려오는 모습은 찍혀 있지 않거든요. 다음 날 밤은 데스크를 지키기는 했는데, 이때부터 당신의 행동은 정말 흥미로워집니다. 당신은 약 한 시간마다 건물을 나갔다가 잠시 후에 들어오더군요. 내가 천성적으로 호기심이 많은 사람이라 건너편 레스토랑에 가서 정면을 촬영한 CCTV를 살펴봤죠. 그런데 더 이상한 점을 발견한 겁니다. 당신이 길 건너 보도에 서서 창문을 올려다보고 있는 거예요. 발코니에 비둘기가 몇 마리 있나 세고 있던 건 아닐 테고?"

"도난 사건이 밤에 일어났다는 증거가 있습니까?"

"콜린스 부인이 오후에 두 시간 정도 집을 비운다고는 했지만, 대개 도둑은 대낮에 활동하지 않죠. 그리고 당신의 고모부가 단언했습니다. 데스크를 비울 때는 정문부터 잠근다고. 그런데 분명히 당신은 그러지 않았어요."

"틀렸습니다. 나는 마지막 주민이 귀가하자마자 정문을 잠갔어요."

"CCTV가 보여주는 건 그렇지가 않으니 당신에게 유리한 변호는 안 될 거 같군요."

"변호는 변호사들이 하는 일이고, 나를 의심하는 겁니까?"

"근 40년 동안 그 건물에서는 도난 사고가 한 번도 일어난 적이 없었어요. 내가 지어낸 말이 아니라 당신의 고모부가 한 말입니다. 아무튼 당신이 근무한 지 며칠 후, 불법 침입이 있었고 목걸이가 사라졌어요. 물론 불법 침입이란 말은 성급한 예단이죠. 자물쇠를 강제로 뜯어낸 흔적이 없었으니까. 문제의 도둑이 감쪽같이 벽을 통과하는 탈출 마술사 해리 후디니라면 모를까…… 아니면 열쇠를 하나 더 가지고 있거나……. 한밤중에 자신의 집 거실에서 어슬렁거리는 남자를 봤다고 하는 주민도 있더군요. 그 남자의 상태를 감안할 때 판사는 그의 증언을 받아들이기 전에 혈액 검사를 요구할 것이고, 나 역시도 그의 혈중 알코올 농도를 의심하지 않을 수 없어요. 하지만 당신은 지하실에서 잤다고 거짓말을 했고, 그 시간에 어디에 있었는지도 말하지 않고 있어요. 이렇게 정황상 의심할 여지가 많은데도 내가 당신을 구금하지 않는다면……."

"나를 구금할 겁니까?" 산지가 물었다. "하지만 내가 그랬다는 어떤 증거도 없잖아요."

"아직 물증은 없지만, 상황 증거는 충분합니다. 그래서 변호사가 빼내러 오지 않는 한, 당신은 이 경찰 호텔의 유치장을 무료로 이용하게 될 겁니다."

"내가 도둑질하게 생긴 얼굴입니까?" 산지가 필게즈 형사를 노려보면서 물었다.

"그렇게 생긴 얼굴이 존재한다면 형사 노릇 하기 정말 쉬울 텐데요. 게다가 고백하는데 한 가지 걸리는 게 있어요. 재량껏 봐주려면 좀 어수룩한 데가 있어야 하는데 당신은 너무 영리해 보여서……."

필게즈 형사는 산지에게 따라오라고 지시했다. 서식 카드에 필요한 인적 사항을 기재하고, 산지의 사진을 찍을 거라면서.

"범죄를 저지르는 데는 동기가 있기 마련이라고 생각하는데요."

"고가의 목걸이, 그러면 충분한 동기가 되는 거 아닙니까?"

"내가 목걸이 하나로 뭘 하겠습니까?"

"장물아비가 가치의 절반을 쳐주겠죠. 나한테 그만한 돈이 있다면 난 뭐할지 알 것 같은데요. 자그마치 25만 달러예요. 엘리베이터 승무원 연봉은 얼마나 됩니까?"

"승무원의 봉급이 얼마인지도 모르지만, 내 봉급은 얼마 안 되겠죠."

형사는 산지를 쏘아보고 나서 제복 차림의 경찰관 두 명에게 인계했다. 그들은 산지의 지문을 채취한 다음 정면과 옆모습 사진을 찍었다.

산지는 전화 한 통만 하게 해달라고 부탁했지만, 경찰관은 못 들은 체하고 유치장 철문을 잠갔다.

*

아침 출근 시간이 끝나가고 있었다. 디팍이 한숨 돌리고 있을 때 휴대폰이 진동했다. 그는 한숨을 쉬면서 9층으로 올라갔다.

"내려가는 거 아니에요?" 엘리베이터 문 앞에 있는 클로이를 보면서 물었다.

"오늘 저녁 퇴근하면서 이 봉투를 데스크 위, 잘 보이는 곳에 놔주시겠어요?" 클로이가 부탁하면서 고맙다고 말하고 집으로 들어가 현관문을 닫았다.

디팍은 아무것도 묻지 않았다. 그는 클로이가 맡긴 봉투에 적힌 조카의 이름을 한참 쳐다봤다.

*

오후 6시, 택시 한 대가 블리커가와 10번가 교차로에서 멈췄다. 샘이 회사 법무팀장과 함께 택시에서 내렸다.

"마지막으로 다시 한번 부탁할게요." 샘은 경찰서를 향해 걸어가면서 말했다.

"당신이 부탁하는 것은 완전히 불법이에요."

"그거야 법무팀장님이 역할을 잘 수행하면 그럴 리가 없겠죠."

"나는 변호사가 아니라니까, 빌어먹을!"

"법과 관련된 일 하는 거 아니에요?"

"하지만 분야가 전혀 달라요!"

"당신이 할 일은 내 친구를 당장 꺼내는 거예요. 형사에게 내 친구의 변호사라고 소개하고 무슨 일로 고발되었는지 묻고, 물증 없이는 그를 붙잡아둘 이유가 전혀 없다고 설명해요. 필요하면 판사에게 항의하겠다고 형사를 협박이라도 해서 내 친구를 데리고 나오란 말입니다!"

"형사가 증거를 갖고 있으면?"

"무슨 증거요? 산지는 길바닥에서 100달러 지폐 한 장을 주우면 바로 분실물센터로 가져갈 사람인데. 아직도 '얼굴색이 다른 죄'를 내세워 무고한 사람을 잡아들이는 짓을 하다니, 백인이 아닌 사람에 대한 편견으로 내 친구를 잡아들인 것으로 볼 수밖에!"

법무팀장은 샘이 하는 말을 듣지 않고 형사에게 할 대사를 되뇌고 있었다.

"분명히 말하는데 이번 일 끝나면 그 여자와 꼭 성사시켜 줘야 합니다."

"5층에서 일하는 그 여자와의 만남을 주선해준 사람이 누구였더라, 그 여자 이름이 마리사, 마틸다, 말리카……."

"멜라니. 당신이 주선해줬죠……."

"당신을 그녀 옆자리에 앉게 하려고 나는 자리를 옮겨 다니면서 동료 여덟 명과 저녁을 먹었어요. 그뿐인가, 식사하는 내내 내가 당신의 법무 능력을 치켜세우지 않았다면 당신에게 기회 같은 건 없었을 거라고요. 그러니까 이번에는 진짜 능력을 보여줘요, 아니면 당신에 대해 내가 좀 과하게 포장했노라고 그녀에게 말해줄 이유가 생기겠죠. 기대할게요, 30분이 지날 때마다 당신에 대한 평가는 떨어지는 겁니다!"

37분 후, 법무팀장은 땀에 흠뻑 젖은 얼굴로 산지를 데리고 경찰서에서 나왔다.

"괜찮아?" 샘이 물었다. "아무 말도 하지 마, 알아, 경찰의 과오라는 거, 진짜 부끄럽다! 왜 나한테 좀 더 일찍 연락하지 않았어?"

"오늘 아침이 되기 전에는 전화를 허락하지 않았으니까. 형사는 아마 나를 지치게 해서 자백을 받고 싶었겠지."

"뭘 자백해? 헛소리하고 있네! 명예훼손으로 고소해줄 사람 있으니까 걱정 마. 그리고 오늘 약속은 모두 취소했어. 차별받았다고 느꼈어?"

"나라면 아무것도 안 할 텐데." 법무팀장이 중얼거리듯 말했다.

"오, 당신은 빠져요!" 샘이 버럭 소리를 질렀다. "경찰서 일 때문에 변호사 행세를 부탁한 것뿐인데. 의견이 필요할 땐 내가 신호를 보내죠."

"그러시든가, 근데 당신 친구는 그가 일하는 건물에서 도둑질한 혐의를 받고 있는 거예요."

샘은 어이가 없는 얼굴로 법무팀장을 쳐다봤다.

"무슨 건물에서 무슨 일을 한단 말이에요?"

"엘리베이터 승무원!" 법무팀장이 내뱉었다.

뒤로 자빠지기 직전의 샘이 이번에는 친구를 돌아봤다.

"어디 가서 얘기 좀 하자." 산지가 웅얼거렸다.

*

산지는 전날 저녁부터 굶은 상태였다. 그는 근처 레스토랑에서 피자를 허겁지겁 먹으면서 샘에게 모든 걸 털어놨다.

"휠체어로 이동하는 여자 뒤꽁무니 쫓아다니겠다고 엘리베이터에서 밤을 보내는 일을 하다니……. 더 쉬운 방법을 찾을 순 없었어?"

"계획된 일이 아니었어. 어쩌다가 여러 상황이 겹친 거지."

"어떤 종류의 상황?"

"나는 목걸이를 훔치지 않았어, 그건 믿어줘. 근데 공교롭게도 콜린스 부인이 집을 비운 날 밤에 내가 그 집 소파에서 잤을 뿐이야."

"뭐하다가 거기서 자?"

"아무튼, 도둑이 든 건 그날 밤도, 그 전날 밤도 아냐. 그랬으면 내가 수상한 소리를 들었을 테니까."

"그러니까 다른 집에도 들어갔단 말이네?"

"모리슨 씨의 집에. 하지만 모리슨 씨는 아무것도 알아채지 못했어. 만취 상태였으니까. 내가 그를 침대에 눕혔거든."

"오, 이제 감이 오네. 일단 내가 짠 시나리오 한번 들어봐.

아주 재미있을 거다."

"네 시나리오가 기발하면 일단 사건이 정리된 뒤에 웃으면서 얘기할 수 있겠지."

"웃기 전에 내가 두세 가지 정리해볼게. 네가…… 일하는 건물에서, 이 말은 입에 붙지 않지만…… 도난 사건이 일어났어. 도난당한 집에 네 지문이 남았는데 너는 알리바이가 없어. 게다가 너는 그 집 스페어 키를 가지고 있고. 그래서 내가 오늘 밤 너를 캐나다 국경을 넘어가게 한다, 어때? 이 나라에서 정의가 어떻게 작동하는지 네가 알아? 그리고 그 바보 같은 미소 좀 짓지 마. 하나도 재미없으니까."

"어쨌든 나는 무고해, 샘."

"무고한…… 외국인이지. 그 목걸이 값이 얼마나 되는데?"

"글쎄, 내가 투자하길 바라는 금액 정도."

"그건 우리 둘만 알고 있는 걸로 하고. 내가 변호사를 고용할게, 진짜 변호사로. 변호사가 너는 도둑질을 할 이유가 전혀 없다는 걸 증명하면 쉽게 해결될 거야."

"그러니까 네 말은 인도인 승무원이 범인이 맞지만 그가 돈 많은 갑부라는 걸 밝히면 무고해진다는 거야? 그런 식으로 궁지를 모면해서 나더러 평생을 양심의 가책 느끼면서 살라고?"

"산지, 그놈의 원칙, 너 진짜 짜증나게 군다. 나는 뭐 좋아서 이러는 거 같아? 네가 피소되었다는 걸 우리 대표가 알면 나는 당장 해고야. 그러니까 일단 내 방식으로 대처하고 네 양심의 가책은 그다음에."

"나는 가서 좀 자야겠어. 일단 잠부터 자고 일어나서 생각을 정리해볼게. 오늘 일은 고마워."

뉴욕에 온 뒤로, 산지는 살인적인 소파침대에서, 차가운 대리석 바닥에서, 알코올 중독자의 거실과 집을 비운 노부인의 거실에서, 급기야는 9제곱미터 유치장의 장의자에서 밤을 보냈다. 심해도 너무 심했다. 그는 잠을 자러 플라자 호텔로 갔다.

＊

밤 9시가 되었는데도 산지가 나타나지 않자 디팍은 불안했다. 그는 랄리에게도 전화를 걸어서 물었지만, 조카의 소식은 알 수가 없었다. 그는 이 난관에서 벗어날 방법을 궁리했다. 한참 생각한 끝에 지하실에 내려갔다가 올라와서 엘리베이터 도어 손잡이에, 이제껏 사용해본 적이 없는 작은 팻말을 걸었다.

En Panne[*]

그러고 나서 디팍은 퇴근했다.

---

[*] 고장.

22

욕조 목욕, 침대에서 먹는 저녁 식사, 스위트룸의 대형 화면으로 보는 VOD 영화, 베개 세 개가 놓인 킹사이즈 침대에서의 꿀잠. 호텔에서 보낸 하룻밤이 산지의 생각을 바꿔놨더라면, 샘이 고용한 변호사 울워드와 아침에 나눈 대화로 진정됐더라면 좋았을 텐데. 울워드 변호사는 폭력 행사가 없는 단순 목걸이 절도 사건으로 경찰이 지문을 채취한 것에 대해 의문을 제기하면서 물증도 동기도 없는 사건을 기소하는 데 동의할 판사는 없을 것으로 내다봤다. 그리고 이런 사건의 결과를 예단할 수는 없지만 불안해할 이유가 전혀 없다고 단언했다.

하지만 산지는 죄책감을 느꼈다. 전날 밤 최소한의 예의는 지켰어야 했는데 연락도 없이 외박했고, 진짜 엘리베이터 승무원이었다면 결코 누리지 못했을 법률가의 보호를 받았다. 산지는 오전 중으로 고모부에게 사과하러 갈 것이다. 그전에 그는 차 한 잔을 마셨고, 후다닥 샤워를 했고, 옷을 갈아입었고, 숙박비를 계산하는 순간 고모부가 계속 집에서 지내게 할지 의문이 들었다. 5번가 12번지가 가까워질수록 점점 더 마음이 무거워졌다. 그녀 때문에 게임처럼 시작한 일이 갈수록 꼬이면서 기만한 것처럼 변질되고 있었다. 아침에 얼굴 보기로 했는데 그마저도 거짓말한 꼴이 되었다. 클로이를 만나서 얘기해야 했다.

*

디팍은 조카가 로비에 들어서는 순간 안경을 치켜올렸다.

"고모에게 연락했니?" 디팍이 냉랭한 어조로 물었다.

"뭘 연락해요?"

"네가 살아 있다는 거. 네 고모는 뜬눈으로 밤을 샜어. 그럴 수밖에 없지, 밤새도록 이 도시의 모든 병원에 전화를 걸었으니까."

"죄송해요, 외박할 때 부모님에게도 미리 알린 적이 없어서."

"게다가 건방지기까지! 왜 연락 안 했는지 물어도 되겠니? 이게 무슨 굴욕인지! 너 때문에 나는 거짓말까지 했어."

"연락할 수 없었어요, 경찰서에서 밤을 보냈기 때문에."

디팍은 산지를 아래위로 훑어봤다.

"요즘 유치장은 4성급인가?"

"샘의 집에 가서 옷 갈아입은 거예요."

"나는 샘이 누군지 몰라." 디팍이 한숨을 내쉬었다. "형사에게 뭐라고 했기에 너를 유치장에 넣어?"

"나는 아무 말도 안 했어요. 근데 나에게 신중히 말하라고 충고했던 분은 내가 일하기 전까지 이 건물에서 도난 사고 같은 건 일어난 적이 한 번도 없었다고 얘기하셨더군요."

"나는 그렇게 말하지 않았어."

"형사는 그렇게 이해했거든요."

디팍이 눈살을 찌푸렸다.

"귀신이 곡할 노릇이야. 도둑이 지붕을 타고 들어온 것도 아닌데 귀신이 아니고서야 어떻게 너나 내 눈에 띄지 않게 감쪽같이 들어왔다 나갈 수가 있지, 무슨 소리라도 들렸을 텐데?"

"전혀 모르겠어요." 산지가 대답했다. "그리고 어제 일에 대해서는 설명했으니까……."

"이게 네가 사과하는 방식이니?" 디팍이 말하면서 호주머니에 손을 넣었다. "벨이 울렸어. 여기서 기다려, 오래 걸리지 않아."

디팍은 잠시 후 클로이와 함께 내려왔다. 디팍은 정문을 열어놓고 기다리다 로비에서 조카 앞에 휠체어를 멈추고 있는 클로이와 잠자코 그녀를 빤히 쳐다보고 있는 산지의 모습에 놀랐다.

"아주 멋지네요, 그 양복." 클로이는 돌아서기 전에 내뱉었다.

클로이는 정문 앞에 서 있는 디팍에게 가서 택시 잡아줄 필요 없다고 거절했다. 바람을 쐬고 싶고, 지하철을 타고 스튜디오에 갈 거라면서.

디팍은 돌아서다 산지와 부딪칠 뻔했다.

"뭐하는 거니?"

"어느 쪽으로 갔어요?"

"세 가지 철칙, 내가 또 상기시켜야겠니?"

"오른쪽이에요, 왼쪽이에요?" 산지가 고모부의 어깨를 움켜잡고 소리쳤다.

"아무튼 오른쪽은 아니다." 디팍은 어깨를 털며 대꾸했다.

산지는 9번가를 향해 뛰었고, 위험한 커브를 알리는 표지판을 지나쳐서 6번가까지 내달렸다.

"기다려요!" 산지는 숨을 헐떡이면서 애원했다.

횡단보도를 건너려던 클로이가 돌아봤다. 산지는 그녀를 붙잡고 휠체어 앞에 버티고 섰다.

"로비에서 그렇게 행동해서 미안해요. 디팍이 거기 있어서……."

"어젯밤부터 기다린 것으로 충분해요." 클로이가 말을 끊었다. "당신 때문에 지각하겠어요, 비켜요!"

"나한테 화난 이유가 뭔지 말해주면."

"내가 화난 거 같아요?"

"솔직히 말해요? 네."

"나는 아무것도 묻지 않았고, 아무것도 제안하지 않았는데 당신은…… 이게 게임이고 도박이었죠? 휠체어 여자를 유혹하는 데 성공했으니까 이제 됐잖아요? 당신에게는 생각을 바꿀 권리가 있어요. 그래도 예의를 지켜서 답변을 좀 세련된 방식으로 해주면 안 되나요?"

"어제부터 다들 나를 비난하는데 도무지 이해를 못 하겠네."

"내가 데스크에 맡겨놓은 편지, 읽었을 거 아니에요?"

"당신이 나한테 언제 편지를 맡겼어요?"

"어제저녁에, 당신이 출근하면 바로 발견할 수 있게 해달라고 믿을 만한 사람, 디팍에게 맡겼어요. 그러니까 변명 같은 거 하지 마요."

"읽을 형편이 아니었어요, 유치장에 갇혀 있었기 때문에."

"점점! 당신을 만날 때마다 놀라고 또 놀라게 되네요. 또 여자 하나 덮쳤나 보죠?"

"진짜 재미있네! 목걸이 사건 알고 있죠? 내가 제1 용의자라네요."

"그건 절대 아니죠?"

"나는 그 정도로 막살지 않았고 당연히 범인도 아니에요. 편지에 뭐라고 썼는데요?"

"알 필요 없어요. 이제 비켜주시죠, 진짜 지각하겠어요."

산지는 택시를 세웠다. 그는 클로이를 덥석 안아서 택시에 앉히고 휠체어를 트렁크에 집어넣은 다음 그녀 옆에 앉았다.

"28번가와 7번가 모퉁이로 갑시다." 산지가 택시기사에게 말했다.

10분 후 도착했다. 산지는 클로이를 스튜디오 건물의 정문까지 바래다주었다.

"내용이 뭐예요, 그 편지?" 산지는 집요했다.

"나는 오케이라고." 클로이가 정문을 밀고 들어가면서 대답했다.

"뭐에 대한 오케이?"

"세상의 종말과 행복에 대한 당신의 지론에 대하여. 속죄할 방법을 생각하는 데 24시간 줄게요. 내일 오후 5시 반에 여기로 데리러 와요."

"오늘 저녁은 왜 안 되는데요?"

"다른 볼일이 있으니까요."

*

러브스토리의 시작에는 이상한 패러독스가 있다. 두려움 때문에 머릿속에 가득 차 있는 말을 선뜻 꺼내지 못한다. 모든 걸 다 주고 싶으면서도 행복이 깨질까 감정을 아낀다. 싹트는 사랑은 깨지기 쉬운 만큼 무모하기도 하다.

*

많이 늦었는데도 산지는 평온한 마음으로 약속 장소에 도착했고, 샘은 이제 뭄바이커의 시간 개념에 익숙해져 있었다. 하지만 산지는 안내데스크에 팔꿈치를 괴고 서 있는 샘을 보면서 최악을 예상했다. 쏟아지는 비난과 변명의 날선 공방으로 힘들게 흘러갈 오전을 예상했는데, 샘은 질책은커녕 기분이 아주 좋아 보였다. 샘은 입도 뻥긋 안 하고 있다가 엘리베이터에 오르자 산지에게 버튼을 눌러달라고 부탁했다.

"와우!" 산지가 버튼 누르는 걸 보고 샘이 감탄했다.

"재미없거든!" 산지가 대꾸했다.

*

저녁 무렵, 산지는 고모부와 교대하러 갔다. 의례적인 인사를 나누는 것으로 교대가 이뤄졌고, 디팍은 리베라 씨를 면회하러 갔다.

병원에 도착한 디팍은 목걸이 사건에 대해 말 꺼내길 주저했다. 하지만 거짓말할 줄 모르는 데다 이번에는 또 무슨 일이 생긴 거냐고 집요하게 묻는 리베라에게 디팍은 사건의 내막을 얘기했다.

"콜린스 부인에게 그런 고가의 목걸이는 없는 걸로 아는데. 그 목걸이가 남편의 선물이 아니었으면 벌써 오래전에 팔았을 거고. 이제는 형편이 그리 넉넉하지 않거든." 리베라가 설명했다.

"나는 몰랐어, 주민들의 경제적 형편에는 관심이 별로 없으니까." 디팍은 멍한 얼굴로 대꾸했다.

"그래서 자네 생각은?"

"도둑이 어떻게 눈에 띄지 않게 들어올 수 있었을까? 우리는 데스크를 비우는 일이 없잖아."

"항상 그렇다고 할 순 없지." 리베라가 한숨을 쉬었다.

"부탁인데, 문제 제기하지 말아주게! 내 조카도 도난 사건과는 아무 상관없다고."

"그럴 생각 없었는데."

"내 말은 자네 자신에게도 문제 제기를 하지 말라는 뜻이네."

"그럼 그 사건은 누가 어떻게 해결하고?"

"우리 둘 중 탐정소설 전문가가 누구지? 범인은 자네가 찾아야지."

"순서대로 하나하나 풀어보자고." 리베라는 베테랑 형사 같은 표정을 지으며 말했다. "범행 동기는 명확해, 돈이지. 이제 도둑이 어떻게 들어왔는지 방법을 생각해보자고."

리베라 씨가 침대에 앉아서 생각에 잠겨 있는 사이, 디팍은 의자에 앉은 채 깊은 잠에 빠져들었다. 한 시간 후, 디팍은 동료가 내지르는 소리에 소스라치며 눈을 떴다.

"도둑질은 내부에서 일어났어!"

"그게 무슨 말이야?"

"생각해보게, 형사들이 CCTV 녹화 테이프에서 누군가를 봤다면 벌써 사진을 갖고 와서 자네에게 신원을 물었겠지. 따라서 도둑은 들어온 것도 나간 것도 아니야. 무슨 이유에서든 도둑은 건물 안에 있었던 게 틀림없어! 조카는 자네가 보증을 섰으니까 필시…….."

"필시, 뭐?"

"아니, 아무것도 아냐. 방금 내가 한 말은 잊게, 오늘 밤은 진통제를 너무 많이 먹어서."

"무슨 소리야? 내가 여기 온 이후로 한 알도 안 먹었으면서."

"피곤해서 그래, 자네도 마찬가지일 테고."

무슨 뜻인지 알아차린 디팍은 들어왔을 때보다 더 혼란스러운 심정으로 코트를 집어 들고 병실을 나갔다.

디팍이 발견한 랄리의 모습은 고민을 털어놓을 상태가 전혀 아니었다. 아내는 식탁 앞에 앉아 있었지만 식사는 차려져 있지 않았다. 저녁 식사 준비를 아예 하지도 않았다.

"저들이 내 조카를 감옥에 처넣었어." 랄리는 눈물을 글썽이면서 중얼거렸다.

"그냥 유치장에 수감된 거야, 여보." 디팍이 아내 앞에 꿇어앉으면서 말했다.

디팍은 아내를 꼭 안아주면서 그가 할 수 있는 최선을 다해 달래주었다.

"산지에게 겁을 주려고 그런 거야." 디팍이 덧붙였다. "경찰은 자백을 받아낼 심산이었겠지만, 산지는 무고하기 때문에 해줄 말이 없었던 거고."

"당연히 무고하지. 이 나라는 우리 같은 이민자들에게 약속의 땅이었어. 의무와 고마움으로 개처럼 일했건만 저들이 우리를 어떻게 대하는지 봐요, 외국인들을 범죄자 취급하고 있어. 이것이 오늘날 미국의 현실이라면 나는 인도로 돌아가는 게 낫겠다 싶어요."

"여보, 진정해, 오래가지 않을 거야."

"내 조카처럼 정직한 사람이 경찰에 체포되는데 우리는 어떻게 될까?"

"온 지 얼마나 됐다고 며칠 만에 당신이 그 아이를 어떻게 다 알아?"

"그 아이에게는 내 피가 흐르고 있어요. 내가 정직한 아이라고 하면, 부탁인데 내 말을 좀 믿으라고요!"

"당신 가족이 우리에게 어떻게 했는지 다시 말해야 하나?"

랄리는 의자를 뒤로 빼고 주방을 나가버렸다.

"옳고 그른 걸 따져보자는데 오늘 저녁은 도저히 안 되겠네!" 그녀는 소리치면서 방문을 쾅 닫았다.

디곽은 어깨를 으쓱하고 냉장고를 열어 어제 먹고 남은 오크라 소스 요리를 꺼내서 차가운 채로 혼자 먹었다.

이날 밤은 디곽이 잠을 이루지 못했다. 그는 여러 가지 일을 곱씹고 있었다. 어쩌면 랄리의 말이 맞을지도 몰랐다. 경찰은 범인을 잡기 위해 수사하는 것이 아니라 콕 집어 한 사람을 지목했다. 그리고 산지는 경찰의 의도에 적격이었을 터다.

23

천둥 번개를 동반한 폭우가 쏟아지고 있었다. 출근 시간대라서 교통마비 사태가 빚어졌다. 디팍의 로비는 노아의 방주를 방불케 했고, 거의 모든 주민이 발 묶여 있었다.

돌풍 공격 한 방에 우산이 홀딱 뒤집히는 바람에 디팍은 비에 흠뻑 젖었다. 그래도 디팍은 어떻게든 택시를 잡으려고 손을 흔들면서 뛰어다녔다. 목덜미를 타고 흘러내린 비가 프록코트 속으로 스며들면서 젖은 셔츠가 등에 들러붙었고, 그의 멋진 제복은 볼품을 잃어버렸다. 그때 달리는 소형 화물차가 물보라를 일으키면서 바지까지 흙탕물 세례를 받았다. 이제 하늘에서 천둥번개는 치지 않았다. 디팍의 분노는 점점 커지고 있었다. 그때 경찰차가 멈추더니 그의 분노에 불을 질렀다.

"열대 계절풍에 대한 향수병이라도?" 형사가 차창을 내리면서 이죽거렸다. "녹화 테이프 가져왔습니다." 형사가 종이

가방을 내밀면서 덧붙였다. "조심해요, 방수는 안 되니까. 아무튼 이 테이프에서는 특기할 만한 걸 찾지 못했어요."

디팍은 형사를 빤히 쳐다봤다.

"수사에 관련된 새로운 정보가 있습니다."

형사는 시동을 껐다. 그는 이중 주차를 하고 디팍을 따라 건물에 들어섰다. 젤도프 부인, 클레르 부인, 윌리엄스 부부, 콜린스 부인 그리고 브론슈타인 교수가 로비에서 비가 그치길 기다리고 있었다. 유리문을 통해 먹구름을 살피는 이가 있는가 하면 휴대폰을 들고 예민하고 초조한 얼굴로 메시지를 보내는 이도 있었다.

디팍은 데스크 앞에서 모두의 주의를 끌기 위해 헛기침을 했다.

"목걸이를 훔친 사람은 납니다."

이 말 한마디에 이제 비를 걱정하는 사람은 아무도 없었다.

"그게 대체 무슨 말이오?" 브론슈타인 교수가 걱정했다. "디팍, 당신은 아니오, 당치 않은 소릴."

"참견을 안 할 수가 없네. 뭐라고 하는지 들어보자고요!" 윌리엄스 부인이 나섰다.

그러자 디팍은 가슴에 담고 있던 심정을 털어놓으면서 이런 짓을 저지르게 된 이유를 설명했다. 주민들이 자동화 엘리베이터로 교체하길 바란다는 걸 알았을 때 느낀 실망과 서글픔, 설비 세트를 훼손했다는 비난 어린 시선을 받았을 때 느낀 굴욕, 그것은 아무것도 아닌 인간 취급을 받은 것이었다. 수십 년간 헌신해온 그를 조금도 존중해주지 않는다는 걸 주민들이 증명해주었는데 계속 봉사해야 할 이유가 있나? 목걸이 하나 도난당했다고 콜린스 부인이 파산하는 건 아니지 않는가, 보험회사가 보상해줄 텐데. 하지만 그는 무슨 보험으로 아내의 노년을 책임질 수 있을까? 1년치 봉급으로?

"후회한다고 말해야 형을 감면받을 수 있겠지만 나는 그럴 마음이 전혀 없습니다. 더군다나 나는 여러분에게 보복하는 것으로 기쁨을 느꼈으니까요. 보복이라고 했지만, 내가 여러분에게 받은 수모에 비하면 그야말로 새 발의 피죠."

디팍은 모자와 프록코트를 벗어서 의연하게 데스크 위에 올려놓은 다음, 형사에게 두 손목을 내밀었다.

필게즈 형사는 뒷주머니에서 수갑을 꺼냈지만 채우지 않았다.

"여기서는 됐습니다, 경찰서에 도착하기 직전에 채우면 되니까." 형사는 디팍의 팔을 잡았다.

주민들은 정문 앞으로 따라 나와서 경찰차 뒷좌석에 오르는 디팍을 바라봤다. 모두 멍한 얼굴을 하고 워싱턴스퀘어 파크 아치를 향해 멀어져가는 경찰차를 눈으로 좇았다.

다들 로비에 들어왔을 때 윌리엄스 부인이 짜증을 부렸다.

"아, 또 시작이네, 이제는 낮에도 계단으로 올라 다니게 생겼군요!"

그때 브론슈타인 교수의 휴대폰이 울렸다.

"스튜디오에 지각하면 나 해고될 거예요. 비가 오든 말든 필요하면 지하철 탈 거니까 제발, 아빠, 디팍에게 빨리 올라오라고 해주세요!"

브론슈타인 교수는 전화를 끊었다. 딸을 도와줄 방법은 한 가지 밖에 없었다. 그는 주민들을 불러 세웠다.

"이 건물 안에 아직 인정이라는 게 조금이라도 남아 있다면, 클로이를 도와줄 지원자가 필요합니다."

콜린스 부인이 제일 먼저 나섰다.

"방금 일어난 일로는 부족한 거 아니겠죠?" 그녀가 외쳤다. "빨리 올라갑시다!"

이 단호한 퍼포먼스가 무리를 움직이게 하는 데 성공했다. 윌리엄스 부부까지도 합류했다.

얼마 후, 클로이는 주방 뒷문 쪽에서 나는 소란스러운 소리를 들었다.

의견이 분분해서 내려가는 건 더 무질서했다. 진짜 엉망이었다. 브론슈타인 교수는 클로이를 안고 5층까지 내려갔고, 거기서부터는 젤도프 씨가 교대했다. 클레르 부인이 휠체어를 맡았고, 돕겠다고 나선 윌리엄스 부인의 손가락이 바퀴살에 끼어서 비명을 지르자 콜린스 부인으로부터 하여튼 도움이 안 되는 여자라는 핀잔을 듣고 말았다. 젤도프 부인이 웃음기 가득한 얼굴로 교대했다. 소동에 잠이 깬 모리슨 씨가 팬티 차림으로 층계참에 나타나서 하지 말아야 할 질문을 했다. 디팍에게 무슨 일 있어요?

낯짝 두꺼운 윌리엄스 부인은 내려가면서 자신의 의심이 근거 없지 않았던 것으로 판명 난 것에 대해 내심 기뻐하고 있었다. 디팍이 자백했으니.

클로이는 2층에 이르렀을 때 더는 참지 못하고 분노를 표출했다.

"결코 일어나서는 안 될 일이 일어나고 말았군요!" 클로이가 소리쳤다. "여러분은 어떻게 디팍이 그런 자백을 하게 내버려둘 수 있었죠? 부끄럽지들 않으세요?"

1층에 이르러 윌리엄스 씨가 클로이를 휠체어에 앉혔다. 로비에는 무거운 침묵이 흘렀다.

"클로이의 말이 옳아요." 콜린스 부인이 말했다. "우리는 부끄러워해야 해요. 우리 중에 한순간이라도 디팍을 도둑이라고 생각한 사람이 누가 있어요? 그는 자존심 때문에 거짓 자수한 거예요, 우리한테 상처를 받았기 때문에."

"아니면 자기 조카를 보호하기 위해서겠지!" 윌리엄스 부인이 깐죽거렸다.

그 순간 모두의 시선이 자신에게 쏠리자 그녀는 아무 말도 못 하고 입술만 실룩거렸다.

"좋아요." 클로이가 말했다. "모두 동의하셨으니까 디팍을 곤경에서 구하는 건 우리에게 달려 있어요. 오후 6시에 9층에서 전체 회의를 합시다! 누가 그룹랫 씨에게 연락해주시고요. 그 사람 아니었으면 이런 일은 일어나지 않았을 테니까요! 그리고 모리슨 씨, 바지도 안 입고 여기까지 내려오시다니!"

클로이가 제일 먼저 온 택시에 올랐지만, 감히 아무도 이의를 제기하지 않았다.

*

정오, 산지는 오후를 맥 빠지게 하는 메시지를 받았다.

오늘 저녁엔 만날 수 없어요. 내일 봐요.
당신에게 키스를.

클로이

5번가 12번지, 오후 7시, 처음으로 일찍 도착한 산지는 로비가 텅 비어 있는 것에 놀랐고, 고모부가 보이지 않는 것도 불안했다. 정문이 닫혀 있지 않은 데다 엘리베이터가 1층에 멈춰 있는 걸 확인하고는 점점 더 불안해졌다. 그는 지하실로 뛰어 내려가서 창고를 살펴보며 고모부를 여러 번 부른 다음 부랴부랴 9층으로 올라갔다.

브론슈타인 교수가 문을 열어주었는데 거실에서 시끌벅적한 소리가 들렸다.

"고모부 여기 계세요?" 산지가 헐떡이면서 물었다.

"여기서 잠깐만 기다려요. 상황 설명은 내 딸이 하는 게 나을 거 같으니." 브론슈타인 교수가 대답했다.

클로이가 잠시 후 나타나 복도로 나온 뒤 현관문을 닫았다.

그녀는 아침에 일어난 일을 얘기한 다음 산지에게 말할 겨를을 주지 않고 디팍의 무고함을 의심하는 사람도, 디팍이 그런 자백을 하게 된 이유를 의심하는 사람도 아무도 없다고 단언했다. 그리고 그를 구하기 위한 작전을 짰다고 덧붙였다.

"그럼 고모부가 유치장에서 밤을 보내잖아요? 고모부가

얼마나 참담한 심정일지 그건 생각 안 하는군요!"

클로이는 산지의 손을 잡았다.

"건방지다고 생각하지 말고 들어요. 당신보다는 내가 그분을 더 잘 안다고 생각해요. 어쨌든 오래전부터 알았으니까. 디팍은 분노를 표출하기 위해, 그리고 지난날들을 돌아보기 위해 자신에게 벌을 주고 있는 거예요. 당신이 도착하기 직전에 경찰에 알렸어요. 디팍은 무고하며 범인을 찾았다고."

"그 우라질 놈이 누구예요, 다리를 부러뜨려버리겠어!"

"생각보다 좀 복잡해요."

"고모에게 알려야 해요. 고모부가 집에 오지 못한다는 걸 알게 되면 피가 마를 거예요."

"내가 이미 연락했으니까 가서 고모님 돌봐드려요. 좀 전에 다시 전화해봤더니 경찰서로 가시는 중이었어요."

젤도프 부인이 현관문을 열고 얼굴을 내밀었다.

"얘기 다 들은 것 같네요. 나가려던 참인데 때마침 오셨으니 5층에 내려주면 고맙겠어요."

산지는 젤도프 부인을 노려보고는 대답 없이 돌아섰다.

클로이는 엘리베이터 앞으로 따라갔다.

"괜찮아요?"

"저 사람들은 수준 이하예요!"

"오늘 다들 깨달았어요. 모든 것이 정상으로 돌아오면 나랑 저녁 먹어요."

산지는 엷은 미소를 띠면서 떠났다.

*

　랄리는 경찰서 출입구에 놓인 장의자에서 기다리고 있었다. 당직 경찰관은 그녀에게 여기 있으면 안 된다고 열 번이나 말했다. 하지만 랄리가 안 가고 버티면 자신을 유치장에 넣을 수밖에 없을 것이고 그러면 남편과 함께 있게 될 거라는 답을 하자 경찰관은 학을 떼고 말았다. 아무튼 그녀가 여기서 밤을 보내든 말든 경찰관과는 전혀 상관없는 일이었다.

　때마침 도착한 산지가 고모 옆에 앉아서 안아주었다.

　"내일 아침에 고모부를 내보내줄 거예요. 내가 약속할게요."

　"지금은 또 경찰이니, 네가?"

　"로비에 고모부가 안 계신 걸 보고 불안해서 클로이를 만나러 올라갔다가 들었어요. 무슨 일이 있었는지."

　"이제는 '미스 클로이'라고 안 하는 거니?"

　"주민들이 그녀의 집에 모여서 작전을 짰다고 했는데 뭔지는 모르지만 자신 있는 것 같았어요."

　"그 사람들 얘기는 하지 마, 듣기도 싫으니까!" 랄리는 단호했다.

　"갈아입을 옷 가져오신 거예요?" 산지가 고모 발밑에 놓인 작은 가방을 발견하고 물었다.

　"그와 나를 위한 소지품, 보석금으로 낼 돈 그리고 우리 여권도 챙겨왔어."

　"여권은 뭐하려고요?"

　"떠나야지! 네 고모부가 나오는 즉시. 인도로 돌아가고 싶어. 그들이 너 다음으로 우리를 공격할 거라고 내가 그렇게 말했는데."

"그들은 아무도 공격하지 않았어요. 고모부가 자수한 거예요. 하지만 고모부의 자백은 신빙성이 없어요. 집에 모셔다드릴게요. 여긴 있을 곳이 못 돼요……."

"어디 더 말해봐, 내 나이의 여자에게는 어울리지 않는 곳이다?"

"아니, 내 고모에게 어울리지 않는 곳이라고요."

랄리는 두 손으로 조카의 얼굴을 감싸면서 부둥켜안았다.

"나는 남편 없이 자본 적이 없어, 이해하지?"

산지는 고모를 돌보면서 장의자에서 밤을 샜다.

새벽, 자판기 앞으로 온 당직 경찰관이 발로 기계를 뻥 차자 컵 하나가 떨어졌다. 그렇게 한 번 더 반복한 다음 고모와 산지에게 커피 두 잔을 가져다주었다.

아침 7시, 필게즈 형사가 출근했고, 산지 앞에 멈춰서더니 랄리에게 인사한 다음 자기 방으로 사라졌다.

9시, 필게즈 형사가 와서 두 사람에게 따라오라고 했다. 형사는 산지에게 안 좋은 기억으로 남아 있는 유치장 앞에서 기다리라고 했다.

잠시 후 철문이 열렸고, 디팍이 나와 아내를 꼭 안아주었다.

"댁으로 돌아가 계십시오, 부인." 필게즈 형사가 말했다.

"내 남편을 붙잡아두고 있는 한, 난 한 발짝도 움직이지 않겠어요." 랄리가 항의했다.

"부인의 남편은 자유의 몸이니 걱정 마십시오. 우리가 아직 할 일이 조금 남아서 그럽니다."

"여보, 제발, 말 들어요." 디곽이 말했다. "산지, 고모를 집에 모셔다드려, 난 조금 있다가 돌아가마."

산지는 한 손으로는 가방을 들고, 다른 손으로는 고모의 팔을 잡았는데 이번에는 랄리도 순순히 따라나섰다.

*

경찰차가 5번가 12번지 앞에서 멈췄다.

"주민들 모두 있다고 확신합니까?" 형사가 차에서 내리기 전에 물었다.

"토요일 아침은 의심의 여지가 없어요."

"그럼 가서 그들을 데리고 내려오세요. 내가 할 일은 아니니까요."

하지만 디곽은 이제 지시를 받고 싶지 않았다. 그는 지하실에 내려가서 머리를 빗었고, 옷장에서 다림질해서 걸어놓은 프록코트를 발견했다.

그는 제복을 입고 모든 층의 호출 벨을 누르러 갔다.

24

로비가 또다시 임시 회의실로 변했다. 호출을 받고 한 사람도 빠짐없이 모두 내려왔다. 심지어 모리슨 씨까지. 이 시간에 깨어 있는 모습이 전례 없던지라 그의 참석은 모두를 놀라게 했다.

"대체 무슨 일로 경찰이 우리를 소집한 겁니까, 토요일 아침에?" 클레르 씨가 항의했다.

"경찰서로 나오시는 게 더 좋았을까요?"

일제히 웅성거리는 것으로 보아 어떤 대답일지 뻔했다.

"지금까지 수많은 사건을 수사해봤지만 몇 달이 지난 뒤에도 용의자가 없는 경우는 있었어도, 이번처럼 범인이 아홉 명인 경우는 처음입니다! 오늘 아침에 내가 들은 자백을 다 믿는다면 여기 계신 모든 분들, 아니 전부 다는 아니고 거의가 목걸이를 훔친 것이 될 테니 이 건물은 그야말로 보석가게라고 해도 되겠습니다! 제일 먼저 전화해서 잘못을 인정한 사람은 젤도프 부인이었습니다. 내가 범행 방법을 물었더니 그 설비 세트 훼손 사건에 대해 얘기하려고 콜린스 부인의 아파트에 들어갔다가 훔쳤다고 털어놨습니다. 그다음 모리슨 씨의 전화를 받았는데 술이 좀 과한 탓에 층을 착각하고 콜린스 부인의 집에 들어갔다가 목걸이와 넥타이를 혼동했던 것 같다고 했습니다. 클레르 부인 역시 전화를 걸어와 목걸이를 훔친 이유를 비밀로 해주겠다면 자수하겠다고 말했습니다. 어쩌면 그리도 상상력이 부족하신지! 브론슈타인 씨는 월말이 되면 경제적으로 쪼들리다 보니 그런 짓을 하고 말았다고 하셨고요. 하지만 황금종려상은 윌리엄스 부인에게 줘야 할 것 같습니다. 남편은 고가의 보석을 선물한 적이 없기 때문에 질투심에 그만 목걸이에 손을 댔다고 했거든요. 나는 여러분 중 주인에게 목걸이를 되돌려줄 수 있는 분이 한 명도 없다고 확신하기 때문에 나를 멍청한 바보로 생각한 이유를 묻고 싶습니다."

형사가 이렇게 다 까발릴 줄은 몰랐다는 시선들이 오갔다.

"디팍은 무고합니다." 브론슈타인 교수가 주장했다. "하지만 그가 자수했기 때문에 우리는 수사를 저지하는 것 말고는 달리 할 수 있는 게 없었어요. 형사님이 우리를 믿든 안 믿든 달라지는 것은 없습니다. 이렇게 많은 자백이 있으니 형사님은 더 이상 디팍을 기소할 수 없어요."

"여러분 모두를 입건할 수도 있습니다. 경찰의 수사를 방해하고, 허위 신고를 하고, 공모를 하고, 근데 왜 끝까지 은닉하지 않고……."

"사람들을 설득한 건 나니까 모든 책임은 나한테 있소이다."브론슈타인 교수가 말했다.

"거짓이에요!"클로이가 반대하고 나섰다. "내가 계획한 거였고, 나는 결과에 대해 책임질 각오가 되어 있어요."

"그래서 내가 무책임하고 멍청한 생각이라고 지적했잖아요!"윌리엄스 씨가 끼어들었다. "마음이 약해지는 때가 있었던 건 인정해요. 내 아내는 벌써 이것저것 불평이 많은데, 또다시 엘리베이터 이용을 못 하게 될 경우 내 파티에 초대한 손님들을 어떡할지 생각해보세요."

"그렇다고 디팍의 조카가 범인이라는 의심까지 내 머리에서 지우지는 못해요."윌리엄스 부인이 구겨진 체면을 만회해보겠다고 구시렁거렸다.

"부인은 진짜 편협하고 옹졸하고 꽉 막힌, 진짜 악독한 사람이네요. 거기다 사람을 농락까지 하고!"젤도프 부인이 내뱉은 말에 모두 놀랐다.

"내 아내에게 그런 식으로 말하면 안 되죠!"

"누구나 자신의 생각을 당당히 말할 권리가 있는 법인데 당신에게 허락받을 필요는 없죠."젤도프 부인이 받아쳤다. "디팍의 조카를 고소할 근거가 전혀 없었기 때문에 하는 말이에요. 진짜 환상의 커플이시네. 인종차별주의자와 증오심을 불러일으키는 선전 매체에서 독설을 날리는 칼럼니스트. 한쌍의 독사가 따로 없군요."

놀랄 일은 이걸로 끝이 아니었다.

"디팍의 조카는 도둑이 아니오!"그룸랫 씨가 끼어들었고,

그 말에 다시 조용해졌다.

"당신이 그걸 어떻게 압니까?" 필게즈 형사가 물었다.

"주민 대표인 내가 사전에 알아보지도 않고 직원을 고용했을 거라고 생각합니까? 주민들에게 또 무슨 소리를 들으라고? 특히 그놈의 기계 때문에 태만한 사람 취급을 받은 뒤로 나도 내 방식대로 조사를 해봤지요."

"무슨 기계요?"

"모르셔도 되는 얘깁니다, 이미 다른 기계를 주문했으니까요. 중요한 건 내가 알아냈다는 겁니다. 윌리엄스 부인이 잘못 고발한 젊은이는 콜린스 부인의 그까짓 목걸이를 훔칠 이유가 전혀 없는 사람이라는 걸!"

"그까짓?" 윌리엄스 부인이 반박했다. "50만 달러짜리 목걸이를 그까짓이라니!"

"물론 고가품이지요. 하지만 디팍의 조카는 5억 달러의 재산가, 다시 말해 우리 모두의 재산을 합친 것보다도 훨씬 돈이 많은 갑부입니다. 여러분의 소득 신고서를 작성하는 사람으로서 하는 말입니다. 그런 갑부가 왜 이런 코미디에 동참했는지 그 이유는 나도 전혀 몰라요. 하지만 일이 이렇게 됐으니 알아서들 해결……."

윌리엄스 부부, 클레르 부부, 콜린스 부인과 모리슨 씨, 젤도프 부부, 필게즈 형사는 아무 말도 못 했다. 이윽고 클로이를 시작으로 모두들 데스크 쪽으로 고개를 돌렸고, 디팍이 이미 사라지고 없다는 걸 알았다.

필게즈 형사는 아직 사건이 종료된 건 아니라고 말한 뒤 자리를 떴다. 윌리엄스 씨가 클로이를 9층으로 올려줘야 하는지 묻자 브론슈타인 교수는 난감한 얼굴로 돌아봤다. 그리고 딸 역시 사라진 걸 알았다.

"잘됐네!" 모리슨 씨가 외쳤다. "이제 잠을 마저 자야 하니까 나 깨우지 마요. 위스키 비가 쏟아진다면 모를까!"

산지의 휴대폰이 진동하더니 문자 메시지가 떴다.

어디 있어요?

자요.

지금은 자지 마요.
할 얘기가 있어요.

왜 전화 걸지 않고?

만나서 얘기하려고요!

그 카페로 와요.

저녁 먹자고 하더니!

내가 이스트할렘으로
가도 되고요.

나 이제 거기서 지내지 않아요,
고모부가 돌아오신 뒤로.

그럼 어디 있어요?

플라자 호텔에.

플라자 호텔에서
뭐 하는데요?

그동안의 턱없이 부족한 수면을
보충하고 있어요.

몇 호실?

722.

＊

　콜린스 부인은 리베라 씨의 병실 문을 노크했다. 그녀는 병실로 들어가 침대에 앉았다. 리베라 씨는 머리맡 탁자에 책을 내려놓고 그녀의 뺨을 어루만졌다.

　"표정이 왜 그래요? 의사들이 나 몇 시간 후에 죽는대요?"

　"의사들은 나한테 아무 말도 안 해요. 나는 당신의 아내가 아니니까."

　리베라는 슬픈 얼굴로 콜린스 부인을 응시했다.

　"그건 당신 탓이 아니잖아요?"

　"그건 그렇지만. 그리고 이번 일은 환자를 독살한 소설 속 간호사 얘기와는 다른 문제예요." 콜린스 부인이 대답했다.

　"그런데 왜요?"

　"모든 게 내 잘못이니까요. 당신의 사고, 우리가 사랑하는 동안 혼자 누워 있는 당신의 아내, 아내의 병원비도 못 내게 된 당신. 죄책감이 들어요."

　"내가 오랜 세월 사무치게 그리워하던 사랑을 선사해주고, 아니, 삶에 대한 희망을 되살려준 사람이 당신인데? 내 나이 일흔한 살, 이 나이에 내가 뭘 하는지도 모르고 행동한다고 생각해요? 내 아내는 나라는 존재를 잊었어요. 내가 면회 갈 때마다 나를 다른 사람으로 착각하니까. 때로는 화가로, 배관공으로, 기분이 좋을 때는 의사로 보기도 하고요. 당신이 없었다면 나는 결코 견뎌내지 못했을 거요. 이제 당신에게 비밀을 털어놓을 때가 되었군요. 그 건물에 들어간 날부터 나는 당신을 마음에 품었어요. 당신의 남편을 6층에 내려주고 다시 1층으로 내려가면서 내가 그가 아니라는 것에 얼마나 수많은 밤을 괴로워했는지 당신은 모를 거요. 그리고 당신이 혼자가 되었을 때 나는 오랜 망설임 끝에 감히 그 말을……."

"어느 해 3월 21일이었죠." 콜린스 부인이 말을 잘랐다. "당신이 말했어요, '콜린스 부인, 아름다우세요.' 그날이 나의 예순다섯 살 생일이었기 때문에 똑똑히 기억하고 있어요. 퇴근하고 들어와 '안녕, 여보.' 하고 인사하는 사람이 당신이길 바랐던 밤이 얼마나 많았는지 당신은 모를 거예요. 이따금 인생엔 늦게 오는 것들이 있어요. 중요한 건 결국 오기 마련이라는 거죠, 안 그래요? 나는 너무 비겁해서 주민들이 그 젊은이를 고소했을 때 모든 게 마비된 듯 그저 구경만 했어요. 하지만 디팍이 과감하게 자수한 뒤, 나는 경찰에 모든 걸 고백하기로 결심했죠. 이어서 이웃들이 자수했고요. 나는 내가 저지른 그 미친 짓이 마침내 우리를 난관에서 벗어나게 해줄 거라 믿었어요. 하지만 형사는 결론을 내리지 않았고, 나는 여러 사람에게 피해를 줬어요. 그래서 당신에게 작별 인사를 하러 온 거예요. 이제 내가 경찰서에 갈 시간이에요."

"어느 날 저녁에 디팍이 나한테 뭐라고 했는지 알아요? 범인이 붙잡히지 않은 채 끝나는 탐정소설이야말로 독창적이라고 했죠. 그때는 멍청한 생각이라고 대꾸했는데 어쩌면 디팍의 말이 맞을지도, 꽤 괜찮은 생각인 거 같으니까."

*

산지는 플라자 호텔 정문 앞에서 클로이를 기다리고 있었다.

"이스트할렘에서 아주 나온 거예요?"

"그건 아니에요. 경찰이 고모부를 풀어준다고 해서 고모를 집에 모셔다드렸죠. 그리고 고모부가 집으로 오신다는 전화 연락이 왔을 때 두 분만 있게 하고 싶었어요."

클로이는 플라자 호텔의 호화로운 정면을 올려다봤다.

"왜 엘리베이터 운전을 했죠?"

"당신을 쫓아다니지 않고 밤마다 가까이에 있으려고. 당신은 사람들이 당신의 휠체어만 본다고 확신했고, 나 역시 두려워할 만한 충분한 이유들이 있거든요."

"뭐가 두려운데요?"

"나는 아무것도 주장하지 않았는데 당신이 내 말을 믿지 않았으니까요."

"내가 당신을 평가하는 것이 두려웠다고요?"

"당신 같은 여자는 나 같은 남자를 사랑할 수 없을까 봐 두려웠어요."

"당신 같은 남자는 어떤 사람인데요?"

"세계 반대편에 사는 외국인, 약속 시간에 늘 지각하는 남자. 특히 사랑에 빠진 거, 당신을 만나기 전에는 이런 감정을 느껴본 적이 없던 남자."

"어떤 감정이었는데요?"

"집에 어떻게 갈 거예요? 내가 바래다주는 걸 원한다면 한번 더 엘리베이터를 운전할 수 있는데."

"집에 가고 싶은 마음, 전혀 없어요."

내가 한 럭셔리 호텔에서 잔 날

산지는 나를 끌어안고 키스했다. 그는 내 옆에 누워 내 옷을 벗겼다. 욕망을 느낀 건 처음이었다. 그의 입술이 내 살, 내 가슴, 내 배를 따라 미끄러졌다. 그 힘과 부드러움은 아름다웠다, 그는 알고 있는 것이다. 그는 내 허벅지에 입을 맞췄고 우리는 사랑을 나눴다.

다음 날 아침까지 호텔 방에 있었다. 나는 아버지에게 전화를 걸어 디팍이 돌아오길 기다리다 가 있을 만한 친구 집을 찾았다는 핑계를 댔다. 아버지는 캐묻지 않았다. 그래서 좋았다, 아버지에게는 거짓말할 수가 없는데.

*

우리는 침대에서 아침을 먹었다. 스위트룸의 욕조는 같이 들어가서 목욕할 수 있을 만큼 아주 컸다.

나는 갈아입을 옷이 없었다. 산지는 옷을 사주고 싶어 했다. 외모에 신경을 쓰지 않는 남자가 그런 생각을 했다는 게 신기했다. 우리는 매디슨가를 산책했고, 그는 드레스와 긴 스커트, 블라우스, 심지어 란제리 세트까지 골라주었다. 나는 기꺼이 받았다.

나는 영화의 배경이 된 장소들을 종종 비웃었다. 달뜬 마음에 큰 실수를 저지르는 젊은 연인들, 거기다 줄리아 로버츠 흉내라도 낸다면 그건 정말 우스운 꼴 되는 거다. 센트럴 파크의 인라인 스케이트장은 나에게 꿈도 못 꾸는 곳이었다. 그래서 우리는 호수에서 보트를 탔다. 백조에게 먹이를 주고 싶어 하는 산지를 말리는 것은 불가능했다. 그는 백조를 한 마리라도 발견하면 즉시 그쪽으로 방향을 잡았다. 탱탱한 다리, 팽팽한 근육, 가슴 쪽으로 당기면서 노 젓는 두 팔, 물 위로 미끄러지는 보트, 그가 나를 황홀경에 빠뜨렸다는 것은 부정하기 어렵다. 마치 노 젓기 시합을 하는 것 같았다. 우리는 잔디밭에 앉아서 점심으로 가져온 샌드위치의 남은 속만 먹었다. 빵은 백조들이 먹어 치웠기 때문이다. 우리는 담요를 뒤집어쓴 채 포옹하고 있다가 더위를 견딜 수 없어지자 봄 햇살을 받으며 선탠을 즐겼다.

우리는 티파니 빌딩의 더블루박스 카페에서 차를 마셨다. 온통 푸른색인 실내에서 나는 아주 잠깐, 블랙 미니 드레스 차림으로 컨버터블 스포츠카를 타고 「문 리버」를 흥얼거리는 오드리 헵번이었으면 싶었다. 물론 산지를 조지 페파드와 바꾸고 싶은 마음은 추호도 없지만.

산지는 엠파이어스테이트 빌딩 꼭대기에서 뉴욕 전경을 보고 싶어 했다. 고층 빌딩 앞에 서니 우리의 존재는 이제 엽서 크기에 지나지 않았다. 우리는 줄을 서지 않고 통과했다. 내 인생에도 때론 우대라는 것이 있어야 하니까.

우리는 해 질 무렵 보트 택시를 타러 사우스 시 포트에 갔다. 허드슨강에서 바라보는 맨해튼 상업 지구 쪽 풍경은 현대 건축의 걸작들을 품고 있었다. 브루클린 다리 밑을 지나갈 때 산지는 목이 비틀어질 뻔했고, 자유의 여신상에 가까워질 때는 어린아이처럼 경탄했다. 그는 언젠가 뭄바이의 경이로운 풍광을 보여주겠다고 약속했고, 나는 시선을 내리고 아무 말도 하지 않았다. 내일을 생각하고 싶지 않았다.

우리는 소호 거리의 프랑스 레스토랑 미미에서 저녁을 먹었다.
아주 특별한 요리였다. 내가 계산하겠다고 했고, 산지는 처음에 반
대하다 자신의 원칙에 위배되지만 자칫 진부한 수법으로 보일까 두
렵다면서 받아들였다.

우리는 자정에 플라자 호텔로 돌아갔다. 산지는 다음 날 엘리베
이터 근무를 할 거라고 말했다. 나는 엘리베이터 때문에 내 도시 안
에 영원히 갇혀 있을 수는 없었다. 그리고 아버지가 콘퍼런스 일정
때문에 텍사스로 떠나기 때문에 나는 산지에게 주민들이 모두 귀가
한 뒤에 나를 데려다달라고 했다.

우리는 꼭 붙어 있었고, 졸음이 몰려올 때 나는 깨달았다. 잃어
버린 다리보다 훨씬 그리웠던 것은 어쩌면 사랑이라는 걸.

25

월요일 아침은 모든 게 정상으로 돌아온 것처럼 보였다. 6시 15분, 디팍은 직원용 출입문을 통해 5번가 12번지에 들어갔다. 그는 제복을 입고 머리를 가다듬은 뒤 모자를 쓰고 골방 방문에 걸린 작은 거울을 힐끔 쳐다봤다. 그러고는 1층으로 올라가 엘리베이터에 광을 냈다. 처음에는 부드러운 헝겊에 왁스를 묻혀 니스를 칠한 목재를 닦았고, 다른 헝겊으로 구리 핸들을 닦았다.

주민들의 출근 시간은 39년 동안 경험해보지 못한 침묵 속에서 지나갔다. 엘리베이터를 운행할 때마다 모터 소리, 평형추 소리, 기름칠을 하는데도 삐걱거리는 철제 도어 소리만이 들렸다.

월요일은 결단을 내리기로 예고된 날이었고, 디팍이 제일 먼저 자신의 결정을 표명했다.

디팍은 10시 전에 그룸랫 씨의 사무실 초인종을 누르고 들어가 사직서를 냈다.

"자동화 설비 세트가 도착하고 설치될 때까지만 근무하겠습니다." 디팍은 감정을 드러내지 않고 말했다.

회계사는 디팍이 내민 사직서를 훑어봤다.

"당신의 숙원인 등반은 어쩌고요?" 그룸랫이 물었다.

"알고 있었어요?"

"모두가 알고 있죠."

"내 인생에 의미를 준 사람은 내 아내예요. 남은 건 자존심밖에 없죠." 디팍은 나가려다 덧붙였다. "한 가지 부탁이 있습니다. 혹시 송별회 같은 거 열겠다고 하면 그만두라고 전해주세요. 내가 원치 않아요."

10시 조금 지나 클로이가 한 번도 본 적 없는 원피스 차림으로 로비에 나타났을 때 디팍은 아름답다고 말하면서 6주 후면 퇴직할 거라고 덧붙였다. 이번에는 디팍이 손을 내밀며 악수를 청했다.

"멋진 추억으로 간직해요, 우리. 미스 클로이는 나에게 아주 소중한 사람이었어요. 그동안 나한테 해준 모든 것을 절대 잊지 않을게요."

눈물을 글썽이는 클로이를 보면서 디팍은 더는 아무 말도 하지 않았다.

*

산지는 자신의 결정을 샘에게 알렸고, 샘은 잠자코 들었다.

"얘기 다한 거야?" 샘이 물었다.

"다 설명했다고 생각하는데."

"네가 그 고약한 햄버거 맛을 보여준 날부터 한 가지 의문이 있었어. 너 마약하냐?"

"재미없어."

"진짜 배꼽 잡을 일은 나를 인도로 보내서 네 회사를 관리하게 하고 미국 자회사를 맡기려고 한다는 거야."

"아주 상식적인 발상이잖아. 여긴 모든 게 발전했지만 거긴……."

"다시 말하면 내가 너의 상사가 되는 건가?"

"다시 말하면 그렇지!"

"구미가 당기네. 내가 힌디어를 유창하게 한다면야 직원이 백 명도 넘는 회사를 운영해도 승산이 있을 테지!"

"뭄바이에서는 모든 사람이 2개 국어를 사용해."

"그렇겠지, 인도인의 영어를 알아듣는 이들에게는. 그리고 네가 만나는 그 여자는 네 결정과 아무 관계없는 것이 확실해?"

"이 결정을 내리는 데 큰 기여를 했지. 랄리 고모도."

"네 고모는 거기 가서 뭐 하시는데?"

"얘기가 길어. 그래서, 찬성?"

"회사 대표로서 내리는 첫 번째 지시는 나를 가만두고 나가서 산책을 하든가, 아니다, 그것보다는." 샘은 종이에 주소 하나를 써주면서 말했다. "여기 가서 사무실들을 둘러봐, 임대 사무실들인데 임대료가 합리적으로 보여. 나는 생각할 시간이 필요해. 나가기 전에 모키모토 은행장의 계약서에 사인하고. 계약서는 제럴드가 줄 거야."

"제럴드?"

"내 미래의 어시스턴트. 제럴드의 사무실은 복도 끝에 있어. 우리가 꼭 잡아야 하는 사람이라는 것만 명심하고."

샘은 창가에 서서 산지가 택시에 오르는 모습을 지켜봤다. 사실은 산지를 뉴저지에 있는 이케아로 보냈다. 녀석이 속았다는 걸 알아차리기 전에 오전 중으로 끝낼 일이 있었다.

*

11시, 샘은 5번가 12번지의 로비에 들어서서 9층에 내려달라고 부탁했다.

"약속이 된 겁니까?" 디팍이 물었다.

"저는 산지의 친구입니다." 샘이 대답했다.

*

뉴저지에서 돌아오면서, 산지는 샘에게 공격적인 메시지를 보냈다. 뉴욕 외곽으로 보내면서 고의적으로 잘못된 주소를 준 거라면 뭄바이에서 크게 당할 줄 알라고 경고했다. 교통 체증에도 불구하고 산지는 울워드 변호사와의 약속 장소에 제시간에 도착했다.

*

저녁 7시, 산지는 고모부와 교대하면서 자신의 결정을 알렸다.

"너를 구속하는 것은 아무것도 없으니 그만두는 날은 네가 정하는 거야. 예의상 주민들에게 48시간 전에 통보하는 것이 좋겠지. 네가 우리를 위해, 특히 나를 위해 해준 것에 대해 고맙다고 한 적이 없구나. 너에게 갚을 방법이 있을지 모르겠다."

"방법은 제가 아는데요." 산지가 말했다. "누구도 흉내 내지 못할 크리켓 배트 기술을 나한테 전수해줄 사람을 알고 있거든요."

디팍은 자부심이 역력히 드러나는 얼굴로 조카를 쳐다봤다.

"진심이니?"

"무리한 요구라는 건 알지만 시도하지 않으면 아무것도 얻지 못하죠."

"일요일, 오후 2시 30분에 경기장으로 와, 제대로 된 운동복 착용하고. 아니면 레슨은 없다, 알아들었니?"

"사직하신 거 고모는 알고 계세요?"

"결정을 내리는 나보다 먼저 알고 있었어."

"그럼 난다데비 등반은요?"

"내가 꿈꿔왔던 걸 포기하는 것에도 어떤 의미가 있을 거라고 생각한 지 몇 년 됐다. 고모에게는 말하지 마, 뻔한 꼰대는 절대 되지 않겠다고 맹세했거든."

디팍은 산지의 어깨를 토닥이다 감정이 복받쳐서 조카를

끌어안았다.

디팍은 조카와 헤어져 병원으로 달려갔다.

*

"옳은 일을 한 거니까 내가 할 말은 없지만……." 리베라 씨가 볼멘소리를 했다.

"자네에게 선택권을 주지 않았기 때문이라는 거 알아. 사전에 자네와 의논했으면 좋았겠지만 그랬다고 달라질 건 없었을 거야."

"자네 고집을 누가 꺾겠어. 내가 그럴 줄 알았지. 나도 어젯밤에 퇴직하기로 결정했어. 이제 내 아내의 병원비가 확보되었으니 퇴직해도 되지."

"자넨 계속 일해도 되는데 왜 포기해?" 디팍은 침대 밑에 떨어진 신문을 주우면서 건성으로 대꾸했다.

디팍의 무심한 말에 서운해진 리베라는 침대에서 몸을 일으켜 신문을 빼앗았다.

"어떻게 살아갈 건지 물어보지도 않나?"

디팍은 손목시계를 보더니 입술을 실룩거렸다.

"적어도 5분은 기다릴 줄 알았지. 진통제 탓으로 생각하겠네."

"털어놓을 비밀이 있는데, 아무에게도 발설하지 않겠다고 약속하겠나?"

"비밀을 듣는 사람의 당연한 도리 아닌가?"

"내가 지난번에 그 도난 사건은 내부에서 일어난 거라고 말했었지?"

"그게 비밀이야?" 디팍이 말을 끊으면서 한숨을 내쉬었다.

"내 말 아직 안 끝났어! 그 목걸이는 애당초 도난당한 적이 없었어. 보험금을 노린 사기극이었으니까. 콜린스 부인이 나를 위해 그런 위험을 무릅썼으니 남은 생은 그녀에게 헌신하면서 살고 싶어."

"말해줘서 고마운데 난 이미 오래전에 알고 있었어."

"진짜 믿어야 하는 건지!" 리베라 씨가 이죽거렸다. "늘 그렇게 자신만만해서 자넨 좋겠어!"

"인도에 이런 속담이 있어. '달걀 도둑이 닭 도둑 된다.' 자넨 공공연한 비밀이 아니길 바라겠지? 하지만 자네의 비밀 애인은 자동화 설비 세트를 훼손했고, 미스 클로이는 공범이었고, 나는 그 증거를 지웠어."

깜짝 놀라서 쳐다보는 동료의 시선을 받으면서 디팍은 침대 밑에 떨어진 신문을 다시 주워 일어났다.

"이건 내가 지하철에서 읽을 거니까 자넨 탐정소설이나 읽게. 나는 아내에게 가야겠어."

*

산지는 자정이 되길 기다리다 정문을 걸어 잠갔다. 몇 분전, 그는 모리슨 씨를 부축해서 엘리베이터에 태웠고, 자꾸 말을 걸었기 때문에 그의 귀에 대고 냅다 소리를 질렀다. 어서 들어가서 잠이나 자라고.

산지는 9층으로 올라가서 클로이의 집 초인종을 세 번이나 연거푸 눌렀지만 문은 열리지 않았다. 화가 나지만 너무 늦은 시간이라서 그녀가 곤히 잠든 거라고 생각했다. 잠들기 전에 메시지 하나쯤 보내주지 않은 것에 섭섭해하며 다시 내려가서 로비에서 밤을 보냈다.

*

아침에 디팍이 출근하자, 산지는 첫 번째 미팅을 위해 서둘렀다. 건물을 나간 산지는 벌써 너무나 보고 싶은 여인의 실루엣이라도 발견하게 되길 바라면서 9층 창문을 올려다봤다.

울워드 변호사는 좋은 소식을 갖고 사무실 근처 카페에서 산지를 기다리고 있었다.

"내가 보낸 메일에 삼촌들께서 바로 답신을 보내왔습니다. 삼촌들께서는 당신이 뭄바이 팰레스 호텔 이사회에 자리를 차지할까 봐 아주 두려워하면서 당신의 지분 5퍼센트를 주겠다고 제안했어요. 그리고 미국에서 하는 프로젝트에 투자할 준비가 되어 있다고 했고요."

"거절한다고 답하세요." 산지가 대답했다.

"좀 더 생각해보지 그래요?"

"그럴 필요 없어요, 삼촌들은 전쟁을 원하는 거니까. 내가 삼촌들에게 두 가지 제의를 했기 때문에, 삼촌들은 내가 인도에서 착수한 유산 상속 절차가 두려운 거예요. 몇 달 후면 고모도 상속재산을 회수할 거예요. 그러면 고모와 내가 그 사기꾼 삼촌들과 동등한 지분을 가진 주주 신분이 되거든요."

산지는 울워드에게 수고했다고 말한 다음 두 번째 약속을 위해 이스트할렘으로 향했다.

세 번째는 소호의 부동산 중개업자와의 약속이었다.

산지는 허드슨강이 내다보이는 사무실을 빌리고 싶었다.

그리고 마지막 약속을 위해 5번가 12번지로 향했다.

*

"웬일로 일찍 왔구나." 디곽이 조카를 보면서 반가워했다.

"좋아하지 마세요! 고모부와 교대하러 온 게 아니라 9층에 가는 거예요."

"지금 없어." 디곽이 말했다.

"괜찮아요, 기다릴 거니까요."

디곽은 헛기침을 하면서 데스크 서랍을 열었다.

"미스 클로이가 이걸 전해달라고 부탁했다." 디곽이 편지를 내밀면서 말했다.

"참 일찍도 주시네요! 그건 이미 지난 편지고, 무슨 내용인지도 알아요."

"글쎄다." 디곽이 한숨지었다. "오늘 아침에 맡긴 건데."

산지는 편지를 낚아채서 밖으로 나갔다.

산지,

우리 둘 중 에고이스트는 나예요. 당신의 과거에 대해, 뉴욕에
온 이유에 대해 한 번도 묻지 않았던 사람은 나였어요. 나는 당신
의 어린 시절에 대해서도, 당신이 걸어온 길에 대해서도 아는 게 전
혀 없었어요. 샘이 오늘 아침에 나를 찾아왔어요. 친구로서 한 행동
이니까 나무라지 말기를. 당신이 내린 결정, 당신이 그에게 제안했
다는 그 무모한 계획은 친구의 장점을 보고 내린 결정일 테니 그 사
람으로서는 나를 만나보는 것이 어쩌면 당연한 일이었다고 생각해
요. 나에게 일어난 사고에 대해 우린 얘기한 적이 없었고, 난 그게
마음에 들었어요. 아무에게도 말하고 싶지 않았으니까요. 심지어는
심리치료사라는 직업을 나에게 알려준 선생님에게도. 중요한 건 스
스로 털고 일어나는 것이었으니까. 여담이지만 공원에서 당신을 마
주한 날부터 내가 느낀 행복만으로도 당신은 믿을 만한 사람이었어
요, 내게는. 그래요, 당신이 그 벤치에 앉는 순간부터 당신이 마음
에 들었어요. 아니었다면 내가 그렇게 직설적으로 말을 건넬 수 있
었을까요? 어떤 만남의 순간을 뇌리에 각인시켜주는 곡이 있다고
내가 한 말은 맞았어요. 그럼 이제 내 시계가 멈춘 날의 이야기를
할게요.

출발선에는 수천 명이 운집해 있었어요. 몇 주 전만 해도 나는
피렌체로 날아갈 예정이었는데 ─ 하지만 인생은 다른 결정을 내렸
죠. 맑은 날씨가 예고되어 있었어요. 눈부시게 파란 하늘과 내 편이
되어줄 산들바람. 소속 단체를 위해 달리는 사람들, 가족을 기쁘게
하려고 달리는 사람들, 또는 나처럼 자신의 한계를 넘어설 수 있다

는 걸 증명하기 위해 달리는 사람들. 그게 마라톤의 정신이죠.

14시 47분, 코먼웰스가, 헤리퍼드가에서 우회전, 다시 좌회전.

14시 48분, 나는 마침내 마지막 직선 코스 보일스턴가에 진입했어요. 산들바람에 휘날리는 만국기, 펜스 뒤에서 우리를 응원하는 군중의 고함소리. "브라보", "이제 100미터", "50미터만 더", "할수 있어", "이제 다 왔어", "우리가 함께한다"……

14시 49분, 나는 계속 나아가기 위해 마지막 안간힘을 다하고 있었고, 기진맥진해서 꼭두각시처럼 흐느적거리면서도 결승선을 코앞에 두고 포기하지 않겠다고 다짐했어요. 내 뒤에서 달리는 이들을 방해하지 않고 호흡을 가다듬기 위해 펜스 쪽에 붙으려는 순간, 갑자기……

14시 50분, 폭탄이 터졌고 나는 내동댕이쳐졌어요.

땅바닥에 매캐한 연기가 감돌면서 숨이 막혔어요. 나는 피에 젖어 있었는데 몇 초 동안 그게 내 피라고는 생각하지 못했어요. 한 남자가 자기 허리띠를 풀면서 달려들었지만 그가 뭘 하려는 건지 이해하지 못했죠. 그의 입이 무슨 말을 하는데, 날카로운 휘파람 소리에 귀가 먹먹해졌어요. 나는 아직도 그 남자가 뭐라고 했는지 몰라요. 나는 얼굴을 들고 봤어요. 남자가 허리띠로 내 무릎을 묶으면서 누군가에게 찢겨나간 살을 눌러달라고 소리쳤죠. 내 심장박동에 따라 피가 분출했어요. 나는 고개를 돌렸고…… 불에 타는 옷, 사지가 떨어져 나간 시신들을 봤어요. 그리고 비명 소리, 신음 소리가 들렸죠. 그래서 생각했어요, 나는 곧 죽는구나. 피렌체는 영원히 못 가겠구나. 나는 다른 사람들만 봤어요. 그건 용기가 아니라, 도저히 현실이라고 믿어지지 않았던 지옥 같은 현장을 낱낱이 목격하기 위해서였어요. 그것이 지금 나를 살게 해주는 것이고. 나는 들것에 실렸고, 사람들이 사방으로 뛰어다니고 있었어요. 한 여자가 내 입술이 파랗다고, 피를 너무 흘렸다고 말하는 소리도 들렸죠. 내 몸 위로 뭔가가 덮였고, 나는 내 몸속으로 빨려드는 느낌이 들었어요. 그다음은 아무것도 기억나지 않아요.

이상한 일이지만 가장 인상 깊은 기억은 내가 병원에서 깨어났을 때였어요. 함께 서 있는 아버지와 어머니 그리고 아버지의 눈물.

산지, 나도 그 마라톤을 포기하고 싶지 않으면서 당신이 구상한 계획을 포기하라고 할 순 없어요.

당신 같은 남자의 가치를 평가하기에는 시간이 너무 부족했어요. 어느 날 당신은 나한테 물었죠, 우리를 갈라놓는 거리가 두 대륙 사이의 바다인지 아니면 9층인지. 그것보다는 정확히 40센티미터가 훨씬 큰 거리예요.

피렌체로 여행을 떠날 때가 되었어요. 당신이 이 편지를 읽을 때쯤 나는 이탈리아를 향해 날아가고 있을 거예요. 내가 이루겠다고 다짐한 많은 것이 있어요. 당신 덕분에, 아니 당신의 실수로, 우리가 사랑을 나눈 플라자 호텔의 방에서 당신이 나에게 자유를 주었고, 날개를 달아주었으니까요.

잘못된 이유로 못 만나는 사람들이 많다는 것, 그걸 나한테 알려준 사람은 당신이에요. 우리는 그 반대지만, 당신이 얘기한 행복한 순간들을 우리는 경험했어요. 그 순간들을 가슴속에 간직할게요. 나는 당신의 일부를 영원히 간직할 거니까.

만나서 말하는 대신 편지를 쓰는 나를 용서해요, 이별에는 재주가 없어서.

내가 뭄바이의 거리를 산책하는 날이 온다면 우리는 같은 공기를 마시는 거겠죠. 그것만으로도 나는 행복할 거예요. 누가 알아요, 어쩌면 우리가 어느 공원에서 또 우연히 마주치게 될지.

무한한 애정을 담아서.

클로이

*

"미스 클로이는 오늘 아침 가방을 들고 떠났어. 너한테 알리지 말라고 부탁하면서." 디팍이 정문까지 따라 나와서 설명했다.

산지는 편지를 접어서 호주머니에 넣었다.

"내가 어리석었어요."

"세 가지 철칙, 내가 세 가지 철칙을 준수하라고 그토록 당부했건만 그게 그렇게 어려웠니?"

"네." 산지가 대답했다.

"여기서 기다려라, 금방 오마."

디팍은 옷을 갈아입고 돌아왔다.

"가자, 고모가 기다리고 있어, 함께 저녁 먹자고. 미스 클로이는 이제 우리의 도움이 필요 없고, 다른 주민들은 계단을 이용하면 될 테고."

산지는 택시를 잡으려고 했지만, 여간해선 타성을 버리지 못하는 디팍의 고집으로 그들은 지하철을 타고 이스트할렘으로 향했다.

랄리는 세 사람분의 식사를 차려놓았고, 남편이 좋아하는 요리를 준비했다.

식사 초반에는 침묵이 흘렀지만, 산지는 캐묻듯 쳐다보는 고모의 시선을 견디지 못하고 결국 털어놓았다.

"네가 말했어야지, 샘이 아니라!" 고모가 나무랐다. "다른 어떤 것보다도 그녀와 함께 있고 싶다고 네가 직접 말했어야지."

"그런다고 뭐가 달라지는데요?"

"이런 바보가 있나, 모든 게 달라지지. 그러니까 넌 내가 해준 얘기를 하나도 귀담아두지 않았구나?"

"당신이 뭐라고 했는지 나도 알면 안 되나?" 디팍이 천진하게 물었다.

랄리는 마치 없는 사람마냥 디팍을 무시하고 조카에게 계속 말했다.

"그리고 왜 항상 일방통행이 되는 걸까? 왜 우리는 모든 걸 버리고 다른 나라로 떠나서 살아야 하는 거니?" 그녀가 통탄했다.

"랄리, 당신 일도 아닌데." 디팍이 끼어들었다.

"내 조카의 운명인데 내 일이 아니란 말이에요? 우리가 이 아이만 할 때, 우리 가족 중 누구 한 명이라도 우리를 지지해 줬으면 당신은 싫었겠어요?"

"큰 도시인가요, 피렌체?" 산지가 물었다.

랄리는 남편 쪽으로 고개를 돌리고 강압적인 표정을 지었다.

"그렇진 않아!" 디팍이 대답했다.

"1분 줄게요!" 랄리는 남편의 접시를 몰수하며 명령했다.

디팍은 입술을 닦고 툭 소리가 나게 냅킨을 식탁에 올려놓았다. 그러고는 39년 만에 처음으로 세 가지 철칙 중 가장 신성불가침한 것을 어겼다.

"미스 클로이는 코네티컷의 어머니 집으로 갔어. 너를 위해 참고 삼아 말해주는데, 내가 네 고모를 자극했었지, 이제 그만 헤어지자고. 그래놓고는 생각이 바뀌었다면서 함께 멀리 떠나서 새로운 인생을 살자고 다시 부추겼단다. 늙은 승무원의 조언이 먹힐지 모르겠다만. 어서 가봐, 나는 자야겠다!"

26

메리트 파크웨이에 날이 밝아오고 있었다.

차가 그리니치에 도착했을 때 헤드라이트 불빛이 새벽 어스름 속의 도로를 밝혀주었다.

길게 이어진 길 끝에 은빛 소나무 숲 뒤로 밝은 목조주택이 나타났다.

브론슈타인 부인이 문을 열고 현관 앞 계단에 서 있는 산지를 유심히 살폈다. 산지는 이른 아침부터 찾아온 걸 사과했다. 부인은 나이트가운 주머니에서 담배를 꺼내더니 산지에게 불이 있냐고 물은 다음, 자신의 라이터를 꺼내 담배에 불을 붙였다.

부인은 담배 연기를 내뿜고 또다시 산지를 훑어봤다.

"그렇게 이른 아침은 아니에요, 얘기하느라 거실에서 밤을 샜으니까요. 들어가서 만나도 돼요, 나는 여기 있을 거니까.

딸애가 실내에서는 못 피우게 해서."

벽난로 아궁이에서 남은 불씨가 타고 있었다. 산지는 장작을 더 넣을까 물었고, 그녀는 옆에 와서 앉으라고 말했다.

두 사람의 대화를 들은 증인은 없었다. 잠시 후 들어온 브론슈타인 부인은 그저 딸이 몇 주 동안 뭄바이로 여행을 떠날 것이라 짐작하면서 소파에 앉아 얘기가 끝나길 마냥 기다렸다.

두어 주의 행복, 클로이가 잃을 게 뭐 있겠어?

문학적 소양이 깊은 브론슈타인 부인은 침실로 가기 전에 인도 속담을 인용했다. '사랑에 빠지면 거지나 왕이나 다 똑같다.'

에필로그

랄리와 디팍은 이스트할렘을 떠났다. 랄리는 뭄바이 팔레스 호텔 이사회의 임원이 되었다. 디팍은 승무원 조의 사령관으로서 엘리베이터 세 대를 완벽하게 유지 보수하는 책임을 지고 있다. 그는 인도에 도착한 지 여섯 달 후 자신의 숙원이던 엘리베이터 등반을 완수했고, 이제는 8,586미터 칸첸중가산 등반을 꿈꾸고 있다.

리베라 씨는 5번가 12번지 건물의 중간보다 높은 6층의 콜린스 부인 집에 들어앉았다. 공식 커플로 인정받고 싶었던 콜린스 부인은 비밀을 지켜달라는 조건을 걸고 젤도프 부인에게 둘의 관계에 대해 말했다.

주민들은 엘리베이터에서 리베라를 마주칠 때마다 그가 버튼을 누르길 정중히 기다렸다.

한편 클로이와 산지는…….

2020년 5월 24일, 뭄바이

너를 낳는 동안 네 아버지는 내 손을 잡아주었어.

나는 병원 침대에서 잠을 깼고, 두 번째로 내 인생은 뒤죽박죽이 되었지.

네 왕고모부 디팍이 아침마다 말하듯이 우리는 모두 오르락내리락하는 인생을 살고 있어.

나는 의심의 여지없는 한 가지를 알았다. 최악이라고 보이는 것에 이르렀을 때, 인생은 숨기고 있던 경이로움을 드러내 보여준다는 걸. 그 경이로움…… 네가 바로 그 증거란다.

이 일기는 너를 위해 쓴 거야.

네 엄마가

P.S. 4월 15일 월요일, 14시 50분……. 왜 그런 일이 일어났는지, 나는 절대 이해하지 못할 거야. 하지만, 보스턴이여, 영원하라!

옮긴이의 말

2013년 보스턴 마라톤 대회에서 일어난 참혹한 폭탄 테러, 결승선을 앞두고 불의의 사고를 당해 다리를 잃은 클로이의 일기로 이야기는 시작된다. 한편 뭄바이에서 데이트 애플리케이션을 개발해 성공한 사업가 산지는 사업 확장을 위해 뉴욕에 도착하는 장면으로 등장한다.

워싱턴스퀘어 파크에서 트럼펫 연주에 홀려 벤치에 앉는 남자, 그런 남자에게 불쑥 말을 걸어오는 여자, "우리의 곡이 되겠네요, 잊어서는 안 될. 살다 보면 어떤 만남의 순간을 뇌리에 각인시켜주는 곡이 있거든요." 이렇게 시작된 산지와 클로이의 우연한 만남은 아름다운 사랑으로 이어지는데……

『피에스 프롬 파리P. S. From Paris』 이후 작가는 휴먼 로맨스로 돌아왔다. 맨해튼 5번가 12번지 9층 아파트 건물, 세계적 유명 매장과 고급 아파트가 즐비한 부자 동네에 있을 법하지 않은 수동식 엘리베이터, 이 골동품이나 다름없는 엘리베이터에 애착을 가진 승무원과 아파트 주민들의 일상을 그리면서 인종차별, 편견, 다름에 대한 문제의식을 담아내고 있다.

어느 날, 야간 승무원이 계단에서 구르는 사고가 일어나고, 그로 인해 작은 공동체의 일상이 깨진다. 이 수동식 엘리베이터를 삶의 지혜가 깃든 흔적이자 추억이라고 자부하던 주민들의 민낯이 낱낱이 드러나기 시작한다. 이때, 아파트 건물에서 39년째 승무원으로 일하는 디팍의 조카인 산지가 구세주로 등장해 야간에 엘리베이터를 운전하게 되는데, 이 인물이 뭄바이 최고의 갑부일 줄이야, 그 누구도 상상하지 못한다. 심지어 꼭대기 층에 사는 클로이조차도.

마르크 레비 특유의 위트와 예상치 못한 로맨티시즘, 코믹, 반전에 반전을 거듭하는 속도감 있는 전개로 재미와 감동을 더하는 작품이다. 이 매력적인 소설에 빠져들고 싶다면, 이제 5번가 12번지 건물의 로비를 지나 수동식 엘리베이터를 타고 도시 코미디가 일어나는 현장에서 작가가 그려낸 사람들을 새로운 시선으로 찬찬히 뜯어보는 건 어떨지. 어떤 의미에서는 그들이 곧 편견의 피해자인 동시에 피의자라고 할 수 있는 우리 자신이기에.

마르크 레비는 《엘르》와 인터뷰하면서 직접 밝혔다. 작가의 면모와 이 작품에 대한 생각을 엿볼 수 있어 여기에 소개한다.

이번 소설의 진정한 주인공은 수동식 엘리베이터가 아닐까?
오래된 엘리베이터가 이 책의 중심이 되는 건 맞는다. 만남의 장소이기 때문이다. 뉴욕의 승강기 조합에 알아보니 수동식 엘리베이터는 53대만 남아 있고, 곧 역사의 뒤안길로 사라질 위기에 놓여 있다고 한다. 그래도 늘 그랬듯 내 작품 속의 주인공은 뭐니 뭐니 해도 사람이다.

어떻게 한 건물에 거주하는 주민들을 거의 다 주인공으로 만들겠다는 생각을 했는지?

아내와 나는 자주 뉴욕의 거리를 산책하는데 낯선 사람들을 관찰하면서 그들의 삶을 상상한다. 그게 인스타그램 하는 것보다 훨씬 재미있기 때문이다. 맨해튼 5번가의 그 작은 건물은 실재하는 곳이고, 어느 날, 그 안으로 들어가보고 싶었다. 수동식 엘리베이터를 타고 등지고 선 승무원을 봤다. 주민들의 일상과 삶, 모든 걸 보고 듣고 있지만 정작 봐주는 이가 아무도 없는 승무원이 대단한 사람이라는 생각이 들면서 궁금해졌다. 그래서 상상했다, 그가 아침저녁으로 만나는 사람들을.

미국인 여자와 인도인 남자, 문화권이 전혀 다른 남녀를 주인공으로 선택한 특별한 이유가 있을까?

나와 다른 사람들을 바라보는 시선에 관심이 있다. 다르다는 것은 두려움을 주는 동시에 행복을 줄 수도 있다는 걸 보여주고, 진심으로 그 다름을 사랑하게 만들고 싶었다.『그녀, 클로이』를 쓴 것은 나와 다른 사람에 대해, 다른 문화권의 사람들이 받는 상처에 대해, 인간의 위선과 편견에 대해 이야기하기 위해서니까.

로맨틱 코미디라는 프레임 속에 트럼프의 미국에 대한, 유색 인종들에게 가하는 불관용에 대한 날선 비판 의식이 담겨 있는데…….

미국은 1950년대 극단적인 반공 운동이 벌어지던 시절 못지 않게 어두운 시간을 살고 있고, 민주주의가 위태롭다고 생각한다. 코미디라는 프리즘을 통해서 아주 심각한 것들에 대해 이야기하면 도덕적 교훈 이상으로 사람들의 가슴을 건드릴 수 있다. 만약 내가 대놓고 정치적인 소설을 쓴다면 지루하고 짜증스러울 뿐일 것이다.

아내를 생각하면서 글을 쓰는 편인가? 혹시 아내의 의견이 반영되기도 하는지?

물론이다! 아내를 홀리기 위해 소설을 쓰는데……(웃음). 아내가 나를 자랑스러워하도록 최선을 다한다. 스토리를 얘기해주면서 아내를 놀라게 하거나 나의 큰 결점을 유머러스한 순간으로 바꾸려고 노력도 한다. 어떤 소설에서는 아내가 작중 인물의 목숨을 구한 적도 있다. 몰래 원고를 훔쳐본 아내가 새벽 3시에 서재 문을 벌컥 열고 들어와서 말했다. "경고하는데 그 사람 죽이면 나 당신 떠날 거야!" 그렇게 무섭게 말하는데 위험을 무릅쓸 수는 없었다.

프랑스에 오면 얼마나 있다가 맨해튼으로 돌아가는가?

아내, 아이들과 오래 떨어져 있을 수는 없다(폴린 레베크 루이 30세, 조르주 10세, 클레아 4세). 조르주와 약속했기 때문이다, 아홉 밤만 자면 돌아온다고. 그 이상은 절대 안 된다.

작품에 강인한 여성이 많이 나오는데 페미니스트인가?

눈치챘는가? 알아봐주니 기쁘다(웃음). 9층에 사는 클로이, 엘리베이터 승무원 디팍의 아내 랄리, 은밀한 연애를 하는 콜린스 부인은 결단력이 있는 여성들이다. 모든 사람이 그렇듯, 그들도 처음에는 주저하지만 그래도 가장 먼저 편견을 버리고 행동으로 옮기면서 다른 이들을 이끌어간다. 우리의 삶에서 그런 게 중요하다고 생각하는데 그렇지 않은가?

문학상을 받아본 적이 없는데?

작가의 생애에 일어날 수 있는 가장 멋진 상은 일반 대중이 사랑해주는 것이다. 글을 쓴 지 19년이 되었지만 단 한 권도 문학상 기간에 발표한 적이 없다. 등록도 하지 않았으면서 경주에서 이기길 꿈꿀 수는 없다. 나는 공쿠르상보다 독자들이 주는 상을 받는 것이 훨씬 좋다.

이 소설이 영화로 만들어진다면 이상적인 캐스팅은?

그런 기회가 또 온다고 해도 나는 캐스팅에 관여하지 않을 것이다. 소설의 기적은 독자들에게 작중 인물들의 얼굴을 강요하지 않는 거니까. 지금까지 한 번도 등장인물의 외모를 구체적으로 묘사한 적이 없는데도 내 글이 아주 시각적이라고들 한다. 묘사한 적이 전혀 없는데 당신의 주인공은 금발이라고 한다면, 그건 성공한 거다.

옮긴이 이원희

프랑스 아미앵 대학에서 「장 지오노의 작품 세계에 나타난 감각적 공간에 관한 문체 연구」로 석사 학위를 받았다. 옮긴 책으로 장 지오노의 『영원한 기쁨』 『세상의 노래』, 아민 말루프의 『사마르칸드』 『타니오스의 바위』, 블라디미르 바르톨의 『알라무트』, 도미니크 페르낭데스의 『사랑』, 장 크리스토프 뤼팽의 『붉은 브라질』 『아담의 향기』, 다이 시지에의 『발자크와 바느질하는 중국소녀』, 엠마뉘엘 베르네임의 『그의 여자』 『금요일 저녁』 『커플』 『잭나이프』 『다 잘된 거야』 『나의 마지막 히어로』, 소피 오두인 마미코니안의 『타라 덩컨』 시리즈, 카트린 클레망의 『테오의 여행』 『세상의 피』, 마린 카르테롱의 『분서자들』(전 3권), 마르크 레비의 『피에스 프롬 파리』 등 다수가 있다.

그녀, 클로이

초판 1쇄 2020년 6월 9일

지은이 마르크 레비 | **옮긴이** 이원희
펴낸이 박진숙 | **펴낸곳** 작가정신
편집 황민지 김미래 | **디자인** 서유리
마케팅 김미숙 | **홍보** 정지수 | **디지털콘텐츠** 김영란 | **재무** 윤미경
인쇄 및 제본 한영문화사

주소 (10881) 경기도 파주시 문발로 314
대표전화 031-955-6230 | **팩스** 031-944-2858
이메일 editor@jakka.co.kr | **블로그** blog.naver.com/jakkapub
페이스북 facebook.com/jakkajungsin | **인스타그램** instagram.com/jakkajungsin
출판 등록 제406-2012-000021호

ISBN 979-11-6026-164-6 03860

이 도서의 국립중앙도서관 출판시도서목록(CIP)은 서지정보유통지원시스템 홈페이지(http://seoji.nl.go.kr)와 국가자료공동목록시스템(http://www.nl.go.kr/kolisnet)에서 이용하실 수 있습니다.
(CIP제어번호 : CIP2020018876)